GRAÇA & MALDIÇÃO

LAURE EVE

GRAÇA & MALDIÇÃO

QUANDO A MAGIA É UM
ASSUNTO DE FAMÍLIA

Tradução
NATALIE GERHARDT

1ª edição

— **Galera** —
RIO DE JANEIRO
2017

CIP-BRASIL. CATALOGAÇÃO NA PUBLICAÇÃO
SINDICATO NACIONAL DOS EDITORES DE LIVROS, RJ

E94g
Eve, Laure
 Graça e maldição / Laure Eve; tradução de Natalie Gerhardt. – 1ª ed. –
Rio de Janeiro: Galera Record, 2017.

Tradução de: The Graces
ISBN: 978-85-01-10940-8

1. Ficção juvenil inglesa. I. Gerhardt, Natalie. II. Título.

17-38956
CDD: 028.5
CDU: 087.5

Título original:
The Graces

Copyright © Laure Eve, 2016

Todos os direitos reservados.
Proibida a reprodução, no todo ou em parte, através de quaisquer meios.
Os direitos morais do autor foram assegurados.

Texto revisado segundo o novo Acordo Ortográfico da Língua Portuguesa.

Direitos exclusivos de publicação em língua portuguesa somente para o Brasil
adquiridos pela
EDITORA RECORD LTDA.
Rua Argentina, 171 – Rio de Janeiro, RJ – 20921-380 – Tel.: (21) 2585-2000,
que se reserva a propriedade literária desta tradução.

Impresso no Brasil

ISBN 978-85-01-10940-8

EDITORA AFILIADA

Seja um leitor preferencial Record.
Cadastre-se em www.record.com.br e receba
informações sobre nossos lançamentos e nossas promoções.

Atendimento e venda direta ao leitor:
mdireto@record.com.br ou (21) 2585-2002.

PARTE 1

PARTE 2

CAPÍTULO UM

Todos diziam que eles eram envolvidos com bruxaria.

Eu queria desesperadamente acreditar nisso. Eu estava estudando naquela escola há uns dois meses apenas, mas via como eram as coisas. Eles passavam pelos corredores como se fossem celebridades, seguidos por cochichos e olhares vidrados em suas costas e seus cabelos. Àquela altura os alunos do mesmo ano já haviam se acostumado, ou pelo menos fingiam que sim e tentavam parecer entediados com tudo aquilo. Mas os alunos mais novos ainda não tinham aprendido a esconder os olhares inocentes, as expressões sinceras e encantadas.

Summer Grace, a mais jovem, tinha 15 anos e estava no mesmo ano que eu. Ela discutia com os professores de um jeito que ninguém mais se atrevia, sua voz no tom adequado de indelicadeza para deixar bem claro que ela estava se rebelando, mas não o suficiente para provocar problemas sérios. O cabelo claro característico dos Grace estava tingido de preto azulado, e seus olhos estavam sempre delineados com lápis preto e muita sombra. Usava jeans *skinny* e botas com fivelas ou amarração vitoriana. Seus dedos eram cobertos com grossos anéis de prata, e ela sempre usava pelo menos dois colares. Considerava música pop uma "obra do demônio" — frase sempre dita com um sorriso sarcástico — e, se pegasse você falando de boy bands, já começava a atormentá-lo. O pior é que todo mundo engrossava o coro dela, até mesmo as pessoas com quem você conversava animadamente sobre a banda três segundos atrás. Porque ela era uma Grace.

Thalia e Fenrin Grace, com 17 anos, eram os mais velhos. Embora não fossem gêmeos idênticos, dava para perceber a semelhança familiar. Thalia era magra e flexível, os pulsos finos destacados por um monte de pulseiras e braceletes tilintantes. Usava um aplique de mechas crespas cor de caramelo, trançado permanentemente numa faixa grossa do cabelo cor de mel. Usava o cabelo solto, caindo em ondas pelos ombros ou presos num coque descuidado de onde cachos sempre se soltavam, roçando no pescoço. Usava saias compridas com delicadas contas bordadas e fileiras de espelhinhos costurados na bainha, blusas finas com decote em V que flutuavam contra sua pele, lenços franjados com fios metálicos amarrados no quadril. Algumas meninas tentavam copiar o estilo, mas sempre pareciam ter se fantasiado de cigana para ir à escola, o que não provocava o resultado esperado, e então elas nunca mais voltavam a usar aquele tipo de roupa. Nem mesmo eu fui capaz de resistir ao impulso de tentar alguma coisa assim, só uma vez, logo que cheguei aqui. E fiquei parecendo uma idiota. Thalia simplesmente parecia ter nascido vestindo aquelas roupas.

E aí havia Fenrin.

Fenrin.

Fenrin Grace. Até o nome soava místico, como se fosse mais criatura do que menino. Era o Pã da escola. Mais louro do que a irmã gêmea, Thalia, deixava o cabelo crescer solto e despenteado, caindo sobre a testa. Usava camisas brancas de musselina e várias pulseiras de couro amarradas nos pulsos. Uma concha cônica envernizada pendia de uma tira de couro em volta do seu pescoço, todos os dias. Parecia que nunca a tirava. O peso do pingente descansava contra o peito, um V perfeito. E ele era esbelto, muito esbelto. O sorriso, arrogante e lânguido.

E eu era total e perdidamente apaixonada por ele.

O que era a coisa mais estúpida e óbvia que eu poderia ter feito, e eu me odiava por isso. Todas as garotas eram apaixonadas por Fenrin. Mas eu não era como aquelas tolas infantis e tagarelas, que jogavam o cabelo e pintavam os lábios com uma camada grossa de *gloss*. Dentro de mim, enterrada bem fundo, onde ninguém poderia ver, estava a minha essência, queimando eternamente, carvão-negro e carvão-luzente.

Os Grace tinham amigos, mas então não tinham mais. De vez em quando, eles se aproximavam de alguém com quem nunca tinham andado antes, tornando aquela pessoa um deles por um tempo, mas em geral só durava aquilo mesmo: um tempo. Eles trocavam de amigos como algumas pessoas trocavam de penteado, como se estivessem eternamente à espera de encontrar alguém melhor ao longo do caminho. Nunca saíam para beber nos fins de semana e nunca participavam da noite dos alunos em um clube local às quartas-feiras, tal como todo mundo fazia. O boato era que não tinham permissão para sair de casa, a não ser para ir à escola.

Ninguém sabia os detalhes da vida pessoal deles — a não ser em relação à garota com quem Fenrin estivesse dormindo na semana, já que ele nunca fazia segredo disso. Ele desfilava com a garota pela escola pelo tempo que durasse o relacionamento, um braço apoiado de um jeito descolado nos ombros dela, enquanto a menina era toda sorrisos, morrendo de felicidade. Nunca vi nenhuma delas ficar com ele por mais de um ou dois meses. Elas não eram nada, só distração. Fenrin estava esperando alguém especial, alguém diferente que chamaria sua atenção de forma tão repentina e intensa que ele se perguntaria como tinha sobrevivido tanto tempo sem ela. Eles todos estavam, os três. Dava para notar.

Tudo que eu precisava fazer era achar um jeito de mostrar a eles que era por mim que eles estavam esperando.

CAPÍTULO DOIS

No início, achei que a mudança para aquela cidade era uma punição pelo que eu tinha feito.

Ficava a quilômetros de distância de onde eu cresci, e eu nunca tinha ouvido falar deste lugar antes de nos mudarmos. Minha mãe tinha passado alguns feriados aqui quando era criança e, de alguma forma, concluíra que aquela antiga cidadezinha costeira entre o mar e quilômetros de terras ermas era exatamente o tipo certo de local para nos mudarmos depois dos últimos meses horrorosos. Dunas, bosques e charcos salpicados com pedras altas espalhadas pela paisagem cercavam o lugar, formando uma barreira natural. Eu vim de um subúrbio de cimento, abarrotado de lojas, armazéns de móveis e cabeleireiros. Os canteiros de flores nas ruas mantidos pelo conselho administrativo da cidade era o mais perto que eu já tinha chegado da natureza. Aqui, era difícil se esquecer de onde a gente realmente tinha vindo. A natureza era onde você pisava, onde você respirava.

Antes dos Grace me notarem, eu era uma garota quieta que ficava pelos cantos, tentando não chamar atenção. Umas duas pessoas se revelaram amigáveis logo que cheguei — andamos juntas por um tempo, e elas me deram um curso rápido de como as coisas funcionavam por aqui. Mas elas ficaram cansadas do jeito como eu me protegia para que ninguém realmente visse quem eu era, e eu me cansei do modo como elas sempre falavam sobre coisas nas quais eu sequer conseguia fingir interesse, tipo transar, ir a festas e assistir a seriados sobre pessoas que transavam e iam a festas.

Os Grace eram diferentes.

Quando me disseram que se tratava de uma família de feiticeiros, eu ri, sem acreditar, achando que era a hora de mentir para a garota nova para ver se ela engolia. Mas, embora algumas pessoas revirassem os olhos, dava para notar que, sob o ceticismo, todos achavam que aquilo era verdade. Os Grace tinham alguma coisa diferente. Eles estavam a um passo do restante da escola, pequenas celebridades envoltas numa onda de mistério como se fosse uma estola, um ar etéreo que sussurrava provocantemente sobre magia.

Mas eu precisava ter certeza.

Passei algum tempo tentando descobrir qual era a dos três, a única coisa, aliás, que eu poderia fazer para atrair a atenção deles. Eu poderia ter uma beleza singular, o que não era o caso. Poderia ser amiga dos amigos deles, o que eu não era — ninguém que eu tinha conhecido até o momento fazia parte do círculo de amizades deles. Eu poderia surfar, a principal preocupação de qualquer um que fosse remotamente legal por aqui, mas eu nunca nem tentara aquilo e ainda por cima seria vergonhosamente ruim. Eu poderia ser escandalosa, mas pessoas assim se queimavam rapidamente — todo mundo se cansava delas. Então, logo que cheguei, não fiz nada, tentei apenas viver. Meu problema era que eu tinha uma tendência a realmente analisar as coisas. Às vezes, isso me paralisava, os "e se" de uma ação, e eu não fazia absolutamente nada porque era mais seguro dessa forma. Eu tinha medo do que poderia acontecer caso eu permitisse.

Mas, no dia que eles me notaram, eu estava agindo por puro instinto, e foi assim que depois eu soube que estava certa. Veja bem, bruxas de verdade estariam em sintonia com o ritmo secreto do universo. Não ficariam pesando matematicamente e conferindo todas as opções possíveis porque não é isso que criaturas mágicas fazem. Elas não tinham medo de se render. Tinham coragem de ser diferentes, e não ligavam para o que as pessoas pensavam. Isso simplesmente não era importante.

Eu queria tanto ser assim.

Era o intervalo para o almoço, e um raro ar primaveril tinha atraído todo mundo para o lado de fora. O campo ainda estava molhado da chuva da noite anterior, então ficamos todos espremidos nas quadras de cimento. Os garotos estavam jogando futebol americano. As meninas estavam sentadas na murada baixa, as pernas nuas esticadas na quadra, recostadas na cerca de arame, conversando, gritando e enviando mensagens de texto.

Os amigos do momento estavam jogando bola, e Fenrin se juntou a eles sem muita animação, parando de vez em quando para falar com uma garota que se aproximava, seu sorriso largo e fácil. Ele brilhava na multidão como um farol no meio deles, mas separado, de bom grado. Fenrin jogava com eles, conversava e ria como se tudo estivesse bem, mas algo na sua postura me dizia que ele mantinha a verdadeira natureza escondida.

E era isso que me interessava mais.

Cheguei cedo à murada e abri meu livro, na esperança de parecer autossuficiente, legal e reservada, em vez de triste e solitária. Eu não sabia se ele ia me ver. Não ergui o olhar, pois isso deixaria óbvio que eu estava fingindo.

Vinte minutos depois, um dos caras do futebol, o que se chamava Danny, mas a quem todos chamavam Dannyboy, como se isso fosse um nome, estava paquerando uma garota especialmente escandalosa e engraçadinha chamada Niral. Ele ficava chutando a bola na direção de onde ela estava, provocando um grito toda vez que a bola quicava ali. Quanto mais ele fazia aquilo, mais eu via seus colegas revirando os olhos às suas costas.

Niral não gostava de mim. O que era estranho porque todo mundo me deixou em paz quando percebeu que eu não tinha nada de interessante. Mas eu a flagrava olhando para mim algumas vezes, como se algo no meu rosto a ofendesse. Eu imaginava o que poderia ser. Nós nunca trocamos nenhuma palavra.

Uma vez eu procurei o significado do nome dela. Queria dizer "calma". A vida era cheia de pequenas ironias. Ela usava grandes argolas douradas de bijuteria nas orelhas, saias curtas, e a voz tinha o tom agudo de um corvo. Eu já a tinha visto com os pais na cidade. Sua mãe, baixinha e gordinha, estava usando um belo *sari* e tinha prendido o cabelo comprido em uma trança. O cabelo de Niral era curto e raspado numa das laterais. Ela não gostava das suas origens.

Niral também não gostava de uma menina tímida chamada Anna, que parecia uma boneca com seus cachos pretos e grandes olhos escuros. Niral gostava de provocar as pessoas, e sua voz sempre tinha um tom zombeteiro e maldoso quando fazia isso. Anna, seu alvo favorito, estava sentada na mureta, um pouco distante de mim. Niral veio para a quadra com uma amiga, olhou à sua volta e escolheu um lugar ao lado de Anna, que ficou tensa enquanto se curvava mais em direção ao celular.

Cheguei a fazer aula de inglês e de matemática com Niral, e ela sempre me pareceu uma garota comum. Talvez ela fosse tão escandalosa exatamente porque parte dela tinha noção disso. Ela não parecia gostar das pessoas que não conseguia compreender na hora. Anna era calma e infantil, um alvo natural. Niral gostava de dizer para os outros que Anna era lésbica. Ela nunca dizia "gay", mas sim "lésbica" em uma voz arrastada, enfatizando cada sílaba. A pele de Anna parecia feita de cola porque ela não conseguia se desviar de nenhuma das ofensas, que não escorriam dela — e sim grudavam formando camadas grossas e brilhantes. Niral cochichava e apontava, e Anna se encolhia como se quisesse desaparecer dentro de si.

Então Dannyboy se juntou, querendo impressionar Niral. Chutou a bola na direção de Anna com precisão admirável, acertando as mãos da menina e derrubando o celular. O aparelho caiu no chão fazendo barulho de vidro quebrado.

Dannyboy se aproximou.

— Foi mal — desculpou-se, mas seu olhar estava em Niral.

Anna baixou a cabeça. Os cachos escuros balançavam junto às bochechas. A coitada não sabia o que fazer. Se fizesse menção de pegar o aparelho, talvez eles continuassem a atormentá-la. Se ficasse quieta, talvez eles roubassem seu telefone e continuassem a sacanagem.

Fiquei observando tudo por sobre o livro.

Eu realmente odiava aquele tipo de bullying casual que as pessoas ignoravam simplesmente porque era mais fácil assim — eu mesma já tinha sido alvo daquele tipo de coisa. Fiquei observando a bola enquanto rolava lentamente na minha direção até encostar no meu pé. Eu me levantei, peguei-a e, em vez de atirar de volta para Dannyboy, joguei para o outro lado, direto para o campo. A bola quicou na grama molhada.

— Por que você fez isso? — perguntou um outro garoto, zangado. Eu não sabia o nome dele, pois ele não andava com Fenrin. Dannyboy e Niral olharam para mim.

Fenrin estava observando. De soslaio, eu vi a silhueta dourada dele parar.

— Meu Deus, foi mal — falei. — Eu meio que achei que esses dois podiam encontrar um canto para ficarem a sós por um tempo em vez de ficar enchendo o saco da gente.

Seguiu-se o mais absoluto silêncio.

Então o garoto zangado começou a rir.

— Dannyboy, pegue a sua namorada e vá buscar a bola, cara. E a gente se vê daqui a umas duas horas.

Dannyboy se virou, sem graça.

— Tem o bosque atrás do campo — sugeri. — Um lugar calmo e isolado.

— Sua vaca estúpida — xingou-me Niral.

— Talvez seja melhor você não provocar — respondi em voz baixa —, se não consegue aguentar quando alguém revida.

— A novata tem razão — disse o zangado.

Niral ficou parada por um momento, tentando decidir o que fazer. A maré estava contra ela.

— Vamos — disse ela para a amiga. Elas pegaram as bolsas, a maquiagem e os celulares, e foram embora.

Dannyboy nem se atreveu a segui-la com o olhar — o zangado ainda estava pegando no pé dele. Ele voltou a jogar futebol. Anna recuperou o telefone e fingiu enviar uma mensagem de texto, seus dedos digitando de forma absurda e sem ritmo. Eu quase não ouvi quando ela disse num quase sussurro:

— Achei que a tela tivesse quebrado ao meio. Parecia que sim.

Ela não me agradeceu nem olhou para mim. Fiquei feliz. Pelo menos eu era tão estranha quanto ela, e nós duas nos estranhando seria demais para mim. Eu me sentei ao lado dela e afundei o rosto no meu livro, esperando minha pulsação parar de bater fora do compasso.

Quando o sinal tocou, pendurei a bolsa no ombro e, naquele instante, usei da minha estratégia arrojada. Sem pensar muito, caminhei em direção a Fenrin, como se fosse falar com ele. Senti os olhos dele em mim, sua curiosidade, enquanto eu me aproximava. Em vez de falar alguma coisa, porém, continuei andando e, antes que o meu rosto começasse a queimar de forma trágica, ergui uma sobrancelha como quem diz: *E agora? O que você vai fazer?* E também: *É, eu estou vendo você, e daí?* Dizia ainda: *Ainda não me dei ao trabalho de falar com você, mas também não estou te ignorando, já que isso seria óbvio demais.*

Baixei o olhar e continuei andando.

— Ei — chamou ele atrás de mim.

Eu parei. Meu coração disparou no peito. Ele estava a poucos centímetros de distância.

— Defensora dos fracos e oprimidos — comentou com um sorriso. As primeiras palavras que ele dirigia a mim.

— Eu só não gosto muito de quem faz bullying — respondi.

— Você pode ser nossa super-heroína permanente. Salvar os inocentes. Usar uma capa.

Dei um sorriso meio torto para ele.

— Eu não sou boa o suficiente para ser uma super-heroína.

— Não? Você está tentando me dizer que é a vilã?

Parei, pensando em como eu poderia responder.

— Não acredito que ninguém seja tão preto ou tão branco assim. Incluindo você.

O sorriso dele ficou mais largo.

— Eu?

— É. Às vezes eu acho que você deve ficar de saco cheio do jeito como todo mundo o venera por aqui, quando talvez ninguém realmente conheça quem você é de verdade. Talvez você seja bem mais sombrio do que demonstra para o mundo.

O sorriso dele congelou. Uma eu de outra época se encolheu, horrorizada, com minha falta de tato. As pessoas não gostavam quando eu falava coisas daquele tipo.

— Hum — disse ele, pensativo. — Você não está a fim de fazer amigos, não é?

Estremeci por dentro. Eu tinha estragado tudo.

— Acho que eu... Eu só estou procurando as pessoas certas. As que se sentem como eu. Só isso.

Tinha prometido para mim mesma que eu não ia mais fazer isso. Eles não me conheciam aqui — eu poderia ser uma nova versão de mim mesma. Uma versão 2.0 com habilidades sociais melhoradas.

Pare de falar. Pare de falar. Vá embora antes que piore ainda mais as coisas.

— E como é que *você* se *sente?* — perguntou ele. O tom não era de implicância. Ele parecia curioso.

Sendo assim, eu poderia muito bem ir com tudo.

— Como se eu precisasse descobrir a verdade do mundo — respondi. — Como se existisse mais do que isto. — Gesticulei para indicar o prédio cinzento da escola. — Mais do que apenas... *isto*, esta vida, todo dia, sem parar, até eu morrer. Tem que existir. Eu quero encontrar. Eu *preciso* encontrar.

Seus olhos se anuviaram. Pensei reconhecer aquele olhar — era a expressão cuidadosa que as pessoas fazem diante de malucos.

Suspirei.

— Eu preciso ir. Desculpe se eu o ofendi.

Ele não disse nada enquanto eu me afastava.

Eu tinha acabado de expor minha alma para o cara mais popular da escola, e ele retribuíra com silêncio.

Talvez eu conseguisse convencer minha mãe a nos mudarmos de cidade de novo.

No dia seguinte, estava chovendo, então eu almocei na biblioteca. Eu estava sozinha — as meninas com quem eu andava logo que cheguei à cidade nunca mais tinham me convidado para sentar ao lado delas na cantina, e eu fiquei feliz por ter tempo para ler um pouco mais antes da aula. Estava frio demais para sair para o pátio, e o Sr. Jarvis, o bibliotecário, não estava à vista, então coloquei a mochila na mesa e abri o pote atrás dela. Feijão enlatado numa torrada com queijo derretido por cima. Um pouco gosmento, mas barato e fácil de preparar, dois fatores importantes na minha casa.

Peguei meu garfo, o único na nossa gaveta que não parecia aqueles de plástico vendidos em conjuntos de piquenique. Tinha uma cor prateada leitosa e grossa e uma chapa trabalhada no cabo. Eu o lavava todas as noites e o levava para escola todos os dias. Fazia com que eu me sentisse mais especial ao usá-lo, como se eu não fosse da escória, e minha mãe nunca dera falta.

Passei o dia e a noite inteira preocupada com a conversa que tive com Fenrin, relembrando as minhas palavras e me perguntando o que eu poderia ter feito de diferente. Na minha mente, minha voz estava neutra e comedida, uma cadência agradável que se encaixava perfeitamente bem entre lânguida e musical. Mas, na realidade, eu tinha um sotaque urbano esquisito do qual eu não conseguia me livrar, usando sílabas fortes e marcadas. Fiquei me perguntando se ele tinha notado. Se havia me julgado por isso.

Almocei e li meu livro, aquele tipo de romance fantástico que eu curtia secretamente. Era o que eu mais gostava de fazer — comer e ler. O mundo deixava de existir por um tempo. Eu tinha acabado de chegar na parte em que a Princesa Mar'a'tha atirava uma flecha numa horda de demônios que estava atacando o acampamento real, quando senti.

A presença dele. Foi isso que senti.

Olhei para ele, que estava olhando para meu livro constrangedor e meu almoço de merda.

— Estou atrapalhando? — perguntou Fenrin. Uma longa mecha do cabelo louro tinha escapado de trás da orelha e caía em seu rosto. Eu sentia o cheiro dele. Um cheiro de baunilha, só que mais forte e mais masculino. A pele de Fenrin estava levemente bronzeada.

Eu não baixei o garfo. Só fiquei olhando para ele em silêncio.

Funcionou. Eu disse a verdade para ele e funcionou.

— Almoçando na biblioteca de novo quando o restante da escola usa a cantina — comentou ele. — Você realmente deve gostar de ficar sozinha.

— Eu gosto — respondi. Mas acho que usei o tom errado, porque ele ergueu a sobrancelha.

— Hã... tudo bem. Sinto muito por ter atrapalhado você — disse ele, virando-se para ir embora. Eu baixei o garfo.

NÃO, ESPERA!, eu queria gritar. Você deveria ter dito alguma coisa, algo inteligente e em tom de autocrítica, não é? E arrancar uma risada, e aí depois ficaria nítido nos olhos dele: Fenrin considerava você uma pessoa legal. E, simples assim, você seria incluída na galera.

Mas nenhuma palavra saiu da minha boca, e minha oportunidade estava escorrendo por entre os dedos.

A única outra pessoa na biblioteca era Marcus, um cara do mesmo ano de Fenrin (sempre *Marcus*, nunca Marc, eu ouvira alguém debochar). Ele tinha o tipo de personalidade introspectiva que parecia querer se virar do avesso, como se não conseguisse suportar ser notado. Eu compreendia isso e lhe dava muito espaço.

Então achei interessante quando Fenrin se virou para Marcus e olhou para ele, em vez de ignorá-lo. E, em vez de tentar ficar invisível, Marcus sustentou o olhar. Fenrin apertou os lábios. Marcus não se mexeu.

Depois de um momento daquele lance estranho que não chegava a ser agressão, mas que não era nada fácil de se interpretar, Fenrin riu, virou-se e percebeu que eu estava olhando. Tentei sorrir, dando--lhe abertura.

Pareceu funcionar. Ele cruzou os braços, oscilando o corpo.

— Então, correndo o risco de bancar o idiota e ganhar mais um fora — disse ele para mim —, por que você *gosta* de ficar sozinha?

Fiz menção de falar e desisti, e resolvi falar a verdade, porque a verdade tinha me trazido tão longe, e a verdade o conquistaria ainda mais do que qualquer outra coisa.

Eu me obriguei a olhar diretamente nos olhos dele.

— Eu posso parar de fingir quando estou sozinha.

Fenrin sorriu.

Bingo!, como minha mãe costumava exclamar.

CAPÍTULO TRÊS

Existe uma história sobre os Grace, uma história tão entranhada na história desta cidade que até a minha mãe já tinha ouvido a respeito no trabalho. Era sobre a festa de aniversário de 8 anos de Thalia e Fenrin.

As festas de aniversário dos Grace eram lendárias até aquela época. A maioria das mães da cidade rezava para que os filhos fossem convidados e, assim, elas também pudessem ir e aproveitar a cozinha espaçosa e enorme de Esther Grace, tomando coquetéis em taças de champanhe e lançando olhares para o marido bonitão, Gwydion, enquanto ele passava com elegância e tranquilidade por elas.

A festa seguira normalmente durante toda a tarde. As mães tinham escolhido as roupas com cuidado, usado batons de cores vibrantes e ficaram na cozinha tomando *mojitos* feitos na hora com menta recém-colhida na horta de Esther. As risadas tilintantes ficaram mais fortes à medida que o dia passava, e logo as mães pararam de verificar seus filhos com tanta frequência; eles, aliás, já tinham comido e aproveitado as brincadeiras e se reuniam agora na sala de visitas. Os Grace tinham uma casa com sala de visitas.

Ninguém sabe com certeza quem sugeriu brincarem com um tabuleiro *ouija*, mas a maioria das crianças achava que foi coisa de Fenrin. Afinal, ele era exibido. Todos eram estritamente proibidos de tocar no tabuleiro, mas isto não o impediu de pegar a chave do armário e de subir numa cadeira para alcançar a prateleira mais alta onde ficava. E assim conseguiram pegar a tábua envolvida em tecido de veludo cor de ferrugem e amarrada com fitas pretas. Quando soltaram as fitas e o veludo se abriu, lá estava a caixa de sândalo que emanava um cheiro de madeira polida quando você a aproximava do nariz.

Metade das crianças sentiu o coração disparar de medo. Porque e se...? Mas Fenrin apenas riu de todos e disse que fantasmas não existiam, e eles queriam brincar ou queriam ser um bando de cagões pelo resto de suas vidas?

Sendo assim eles brincaram; todos eles.

Para saber o que realmente aconteceu em seguida, você teria de poder conversar com as paredes daquela sala de visitas. As histórias variavam tanto de criança para criança, que ninguém nunca soube exatamente como as coisas aconteceram.

Quando os adultos ouviram gritos, correram para a sala e encontraram Matthew Feldspar no chão, os olhos fechados e a respiração fraca. Não importava o quanto sua mãe o sacudisse, ele não acordava.

Foi levado às pressas para o hospital.

Quando chegaram lá, ele voltou a si, e o médico que o examinou assegurou à mãe que não havia qualquer sinal de violência física. Os exames estavam todos normais, e a conclusão a que todos chegaram foi que ele desmaiou por algum motivo. Talvez não tivesse se alimentado bem no decorrer do dia. Talvez fosse uma reação à emoção e animação da festa.

A Sra. Feldspar, porém, não aceitou nenhuma das explicações. Foi inflexível dizendo que Matthew não era um garoto fraco e que nunca tinha desmaiado na vida. Ela preferiu acreditar na ideia de que algo havia sido feito contra ele, algo que o médico não conseguira ver. Algo que só o filho de uma feiticeira poderia provocar.

Acusações foram atiradas para todos os lados durante semanas depois da festa. Alguns diziam que era uma vingança — Matthew tinha reputação de fofoqueiro, assim como de agarrar as partes íntimas das outras crianças para fazê-las chorar. Aparentemente tinha feito aquilo com Fenrin umas duas semanas antes, e depois saiu dizendo que Fenrin tinha gostado muito. Fenrin chegou a tentar socá-lo na aula de educação física e acabou suspenso por causa disso. Depois, as coisas pareceram se acalmar. Até a festa de aniversário.

A Sra. Feldspar disse que Matthew era um garoto brincalhão, só isso. Depois tentou fazer uma queixa criminal, mas o policial riu dela. Tentou processar os Grace, mas os advogados explicaram que não havia qualquer prova de qualquer tipo de ataque ao filho, e sem provas não havia um caso.

Os Feldspar foram embora da cidade logo depois do episódio.

Ninguém foi autorizado a ir à festa de 9 anos de Fenrin e Thalia depois do ocorrido; mas, em vez de se sentirem desprezados, os Grace seguiram com a festa e chamaram pessoas de fora da cidade. Nos dias que antecederam a data, era possível ver os convidados chegando. Alguns pareciam astros do rock, outros pareciam o *Psicopata americano em pessoa*, alguns eram boêmios como os Grace, e todos se destacavam de uma forma ou de outra.

Os gêmeos faziam aniversário no dia primeiro de agosto, e, se você passasse perto da entrada da casa, conseguia ouvir a música e as risadas que vinham do jardim, e o cheiro de bolo de cenoura com cobertura de cream cheese, de salsichas com mostarda e limonada recém preparada.

Todo ano Thalia e Fenrin tinham sua festa de aniversário, mas ninguém da escola jamais voltou a ser convidado. Dois ou três dias antes, a cidade era inundada de estranhos ligados aos Grace, e dois ou três dias depois eles iam embora. O boato mais popular dizia que eram bruxos de todo o país reunindo-se para algum tipo de ritual imoral. O aniversário servia apenas como um pretexto, cochichavam as pessoas da cidade — depois que as crianças iam dormir, os adultos participavam de um tipo bem diferente e mais sombrio de festa.

Por muito tempo depois daquela infeliz festa de 8 anos, tudo que dava errado era atribuído ao dia primeiro de agosto. A coisa toda começou como uma piada entre os adultos: "Deu uma topada com o dedinho? Deve ser culpa dos Grace". Aquilo foi levado adiante pelos filhos e acrescentado à história assustadora. Por exemplo, em determinado ano, a velha Sra. Galloway caíra *sem motivo* e morrera no dia seguinte, nem uma semana depois do dia primeiro de agosto. Em outro ano, um incêndio no ginásio da escola aconteceu no dia dois de agosto. E como é que um ginásio simplesmente pegaria fogo daquela forma? Em outro, quatro crianças sem nenhum parentesco voltaram às aulas em setembro com a recente decisão dos pais de se divorciarem pairando sobre sua cabeça, como algum tipo de lepra. Algo ruim acontecia todos os anos logo depois do aniversário de Thalia e Fenrin, sem exceção.

Era a sexta-feira 13 exclusiva da cidade. Era a sua punição por tê-los julgado.

CAPÍTULO QUATRO

Naquela semana inteira, almocei na biblioteca.

Toda vez que alguém entrava, meu coração parava por um segundo, e eu esperava ver uma sombra na minha mesa. Mas a única pessoa comigo era Marcus. Eu me perguntava porque ele sempre passava a hora do almoço na biblioteca. Mas o que eu mais queria entender era o que aquele olhar entre ele e Fenrin significava. Tinha uma história ali, mas a fábrica de boatos sobre os Grace não explicava aquela história em especial, e eu não poderia simplesmente perguntar para nenhum dos dois. Não ainda.

Fenrin nunca apareceu, mas Summer sim.

Na sexta-feira seguinte, as portas duplas da biblioteca se abriram de forma violenta, batendo nas paredes adjacentes. Marcus, que estava sentado duas mesas depois da minha, deu um pulo. Summer entrou, olhando em volta com nojo indisfarçável. Ela parou logo depois da porta, como se estivesse fazendo pose. Se qualquer outra pessoa tivesse feito aquilo, eu teria engasgado no meu próprio desdém. Mas Summer era do tipo que jamais daria a mínima para o que você pensava, porque o que você pensava não valia a pena. E aquilo simplesmente funcionava.

Ela cruzou os braços devagar, examinando o salão. Seu cabelo preto comprido estava preso na altura do pescoço, e suas botas de cadarço até os joelhos estalavam no silêncio enquanto ela alternava o peso do corpo entre as pernas. Percebi tudo isso um pouco antes de os olhos dela pousarem em mim e ela arquear uma das sobrancelhas.

Ela caminhou até a minha mesa.

— Oi, novata.

— Oi — respondi, surpresa.

— Você já está aqui há alguns meses, não é?

— É.

— Estamos em março. Como é que você foi transferida no meio do ano letivo?

O motivo oficial era que tivemos que nos mudar por causa do novo emprego da minha mãe.

A não oficial morreria comigo.

Ela revirou os olhos diante do meu silêncio, me deu as costas e virou a cabeça para que ficasse na direção do ombro. Tentei guardar aquele movimento na memória.

— Você vem? — perguntou ela.

— Para onde?

— É o único convite que vamos fazer.

Único convite.

Era isso.

Não estrague tudo, sussurrou uma voz na minha cabeça.

E eu não pretendia fazer isso. Então enfiei o pote de comida vazio na mochila, o garfo chacoalhando ali dentro, assim como a brochura com orelhas que eu estivera lendo. Summer já estava na porta e nem mesmo olhou para ver se eu estava em seu encalço. Era melhor eu acompanhá-la.

Ela passou pelos corredores à frente. A maioria das pessoas estava na cantina, mas os poucos que estavam por ali a olharam de forma discreta enquanto ela passava por eles. Eu seguia alguns passos atrás — não o suficiente para abafá-la, mas o suficiente para permitir que os outros soubessem que eu tinha permissão para estar ali.

Chegamos ao corredor dos armários, e, quando passamos por Jase Worthington, ele disse:

— Vaca gótica idiota.

Summer parou.

Tom, o amigo dele de quem eu tinha gostado logo que cheguei à cidade, avisou:

— Cara, *não faça* isso.

Os dois eram surfistas populares na escola. Tom era bem mais baixo do que os outros e isto o irritava muito. Aquilo significava que eles andavam naturalmente com Fenrin, já que estavam no mesmo ano, e eu achei que todos fossem amigos. Um amigo de Fenrin jamais se atreveria a tratar uma pessoa da família dele daquele jeito.

Principalmente se fosse Summer.

— Ah, Jase-ington — disse ela, com um suspiro vibrante na voz.

— Eu simplesmente não tenho tempo para você hoje.

E eu voltei a respirar. Summer começou a se afastar.

— Ooooh, e o que você vai fazer? — provocou Jase. — Vai jogar um feitiço em mim?

Ela olhou para trás, dando-lhe um olhar impaciente.

— É claro.

Silêncio.

Só quando chegamos às portas duplas do outro lado do corredor foi que Jase gritou de repente:

— Eu não tenho medo de você! Você não passa de uma farsante! Você e sua família são um bando de farsantes!

— Que vocabulário rico — resmungou Summer. — E que intelecto. E que... — Ela parou de falar.

Uma outra pessoa talvez tentasse consolá-la ou dizer pra deixar para lá. Eu não falei nada.

Passamos pelas quadras de cimento, onde alguns outros garotos da turma de Fenrin estavam jogando bola. Estava começando a chuviscar e o jogo parecia monótono.

— Oi, Summer — cumprimentou um deles. Ela deu língua para ele quando passou, mas havia uma sugestão de sorriso em seu rosto.

Senti o olhar dela em mim.

— O que foi? — perguntou ela, desafiando-me a dizer alguma coisa.

Eu dei de ombros.

— Uau, você realmente é do tipo quieto, hein? Esconde direitinho as cartas, né?

Aquilo era ruim? Será que eu estava sendo cuidadosa demais com ela? Não dava para saber.

Estávamos nos dirigindo para o bosque depois do campo, onde um amontoado de árvores e arbustos baixos davam cobertura, servindo como barreira contra os olhares intrometidos dos professores.

— Eu meio que estava saindo com ele — contou Summer, como se já tivéssemos conversado sobre o assunto. — Jase. Ele pode ser gato, mas meu Deus, como é chato. Tipo, não existe literalmente nada mais de interessante nele. Além disso, ele é péssimo de cama. Só fica gemendo e fazendo barulho como um zumbi de merda.

Eu não gostava daquele tipo de conversa. Não havia uma resposta óbvia. Eu não o conhecia, então não tinha exatamente como concordar.

— Ah, tá — tentei.

Chegamos ao bosque. Havia alguém de guarda, uma garota taciturna chamada Macy, que era boa em se tornar útil para os populares. Ela me olhou de cima a baixo.

— Todo mundo chegou? — quis saber Summer.

— Todo mundo que foi convidado.

A resposta se dirigia a mim, mas Summer não pareceu notar.

— Venha — chamou ela. Meus sapatos escorregavam no tapete molhado e pesado de folhas à medida que avançávamos. Aquele lugar parecia bastante útil. A clareira ficava escondida da vista por vários arbustos. Ninguém tinha como chegar ali se não fosse pelo campo, já que o bosque acabava no muro que delimitava o terreno da escola. Era só botar alguém de guarda e você poderia fazer o que quisesse sem ser visto.

Na clareira, sentadas em seus casacos e formando um círculo meio torto, estavam algumas meninas da nossa turma. Eu sabia que duas delas eram amigas atuais de Summer. Cada uma tinha pelo menos dez piercings e usava camisetas com estampa de bandas, cobras e insetos ou rios de sangue. A com cabelo com corte irregular e vermelho vivo, Gemma, era o tipo de garota atrevida de quem todos gostavam. Eu nunca tinha saído com ela, mas já tínhamos formado dupla na aula de matemática umas duas vezes — ela era sempre legal. A outra menina, Lou, tinha cabelo preto como o de Summer, dois piercings no nariz (os quais precisava tirar antes da aula todos os dias) e uma risada baixa e cruel.

Havia outras três, e, quando vi quem era uma delas, senti meu coração parar.

Era Niral.

O que ela estava fazendo ali? Ela não andava com Summer. Será que estava tentando conquistar Fenrin? Nosso último encontro voltou à minha mente com detalhes coloridos em toda sua glória.

Tem um bosque atrás do campo. Um lugar calmo e isolado.

Summer se sentou no espaço no círculo, e Gemma se afastou de bom grado para eu me acomodar. Observei Summer bater as mãos uma vez, num gesto estranhamente formal. As outras pararam de falar e olharam para ela, ansiosas. Dava pra sentir o olhar delas passando por mim. Eu sabia o que aqueles olhares significavam. Eu não deveria estar ali.

— Vocês trouxeram o que eu pedi? — perguntou Summer.

Todas as meninas começaram a mexer nos bolsos ou mochilas aos seus pés. Lou tirou um pedaço de veludo preto e o abriu no chão, alisando-o. Sobre o tecido, cada uma das meninas colocou um item.

Velas vermelhas de *rechaud*. Uma panela vinho. Garrafinhas de ervas vendidas em supermercado. Tesoura.

Niral começou a rir, apontando para a panela.

— O que é *aquilo*?

Uma outra garota enrubesceu. Eu sempre a confundia com pelo menos duas outras meninas que tinham o mesmo cabelo louro e se vestiam com o mesmo estilo de roupa.

— Ela disse para eu trazer um recipiente vermelho e foi o que eu fiz!

— Mas isto aí é para, tipo, fazer *ensopado*, sua burra.

— É exatamente do que precisamos — interveio Summer, com um tom notadamente calmo. — Vocês todas trouxeram um item?

Ninguém se mexeu. Eu não tinha trazido nada, mas também não tinha sido avisada com antecedência.

— Vou interpretar isso como um sim. Não se preocupe, vamos todas fechar os olhos enquanto você coloca o que trouxe na panela. Ninguém vai ver.

Summer pegou uma caixa de fósforos e acendeu cada uma das velas, organizando-as em um círculo ao redor da panela vermelha. Aí pegou uma garrafa de vidro — manjericão, li no rótulo — e salpicou o conteúdo em torno da panela, deixando que caísse nas velas, que tremeluziram e queimaram as ervas secas, emitindo um cheiro suave.

Eu deveria estar satisfeita. Aquilo era a confirmação da qual eu precisava para saber se os boatos sobre os Grace eram verdadeiros.

Era só que eu achava que aquele tipo de coisa era feito com um pouco mais de... estilo.

Ervas de supermercado e velas vermelhas de *rechaud*?

— Summer — murmurei. Todas estavam observando-a.

— Sim? — respondeu ela com o mesmo tom calmo. Ela estava começando a me deixar tensa, e eu não era a única. O mundo tinha ficado estranhamente silencioso. Havia apenas os movimentos seguros de Summer e o silêncio crescente do grupo.

— Eu não trouxe nada.

Ela se empertigou, erguendo a voz para o restante do círculo.

— Não importa. O item é significativo para você, mas é apenas um canal. — Ela deu de ombros. — Se você for poderosa o suficiente, não vai precisar de nenhum tipo de objeto. Nem de velas, nem de nada disso. Você conseguirá fazer sozinha. Mas ainda não chegamos lá.

Uma ou duas meninas deram risadinhas nervosas.

— É assim que vai funcionar — disse Summer, e ninguém duvidou dela. — Vamos começar o encanto. Isso aumenta a energia dentro de cada uma de nós. Fazemos isso de olhos fechados até conseguirmos energia suficiente. Mesmo que leve uma hora.

— Mas o meu horário de almoço termina em vinte minutos — protestou alguém.

— Por que você se importa? O que é mais importante: isto ou uma aula qualquer? Vocês me *pediram*. Imploraram durante semanas. Então agora que chegou a hora, vão fugir assustadas?

O círculo ficou em silêncio.

— Isso só vai funcionar se vocês se dedicarem, se derem *tudo* de si. — Summer sentou-se nos calcanhares. — Não se prendam a nada. Não pensem em outras coisas. Isso é magia e é difícil. Se vocês quebrarem a concentração, perdem energia. Perder a energia faz com que o feitiço não funcione. Vocês precisam estar aqui, comigo, agora, pelo tempo que eu precisar de vocês. O tempo que for necessário. Vocês estão comigo ou preferem ir embora?

Senti uma animação brotar dentro de mim. Eu estava errada. Aquilo era verdadeiro. Ela era verdadeira.

— Vocês têm que se comprometer — declarou Summer com voz fria. — Cada uma de vocês precisa dizer "Estou dentro, vou dar tudo de mim". Digam agora. Lou.

Lou respondeu sem hesitar, sua voz ávida. Eu teria sentido vergonha alheia por ela se eu também não estivesse me sentindo exatamente do mesmo jeito.

— Estou dentro. Eu vou dar tudo de mim.

Summer obrigou cada uma de nós a dizer. Algumas gaguejaram, constrangidas. Quando chegou a minha vez, perguntei-me o quão estável e clara minha voz estava. É surpreendente o que você pode conseguir fazer quando quer muito uma coisa.

— O encanto é o seguinte — disse ela. — *"Faça com que para mim eles venham. Faça com que a mim eles vejam."* — Ela fez uma pausa.

— Substituam *eles* por *ele* ou *ela*. — Ela deu um sorriso malicioso, o primeiro que vi desde que chegamos ao bosque.

Niral bufou, nervosa e irritada.

— É só uma rima. Como pode ser um feitiço?

— As palavras têm poder. Mas as palavras não são nada sem a intenção por trás delas, guiando-as. A rima é só para que até mesmo os idiotas consigam se lembrar o que dizer. Agora cale a boca e se junte a nós, ou vá embora. Se você trouxer dúvida para o círculo, vai arruinar tudo para o restante de nós.

Algumas meninas lançaram olhares irritados para Niral, e eu me atrevi a fazer o mesmo, e ela percebeu.

— Eu não estou trazendo dúvidas — disse ela, semicerrando os olhos ao olhar para mim. — Estou dentro.

— Então vamos começar. Fechem os olhos.

Eu observei enquanto todas obedeciam, e só depois fechei os meus olhos.

Senti-me vulnerável e envergonhada na hora.

Aquilo era besteira. Aquilo realmente era besteira. E se um professor chegasse de repente?

— Faça com que para mim ele venha. Faça com que a mim ele veja — começou Summer.

Ninguém se juntou a ela no início. Senti vontade de rir, mas me controlei.

— Faça com que para mim ele venha. Faça com que a mim ele veja — repeti, numa total falta de sincronia com ela. Mas continuei até que estivéssemos no mesmo ritmo.

Outras vozes se juntaram às nossas. Murmurando e gaguejando no início. Mas quanto mais repetíamos, menos fazia sentido, e mais mergulhávamos nos sons umas das outras, como uma revoada de pássaros virando juntos.

Não sei por quanto tempo entoamos o encanto. Não sei mesmo. Poderia sido por uma eternidade. Eu não me distraí nem por um minuto, como num sonho em que o tempo perdeu todo o sentido porque já não tinha mais como senti-lo, e aí aquilo ficou simplesmente reverberando de nós, *faça com que para mim ele venha. Faça com que a mim ele veja*, e eu comecei a me afogar no ritmo porque não havia mais nada.

— Lou — disse Summer. — Abra os seus olhos e coloque o seu objeto na panela. E vocês não se atrevam a parar.

Mal registrei a interrupção. Ouvi um tinido baixo. Eu não conseguiria ter parado. Minha voz parecia estar sendo arrancada de mim.

Summer disse algo em voz baixa. Sussurrando.

Eu não parei. Nenhuma de nós parou. Cochichos ao redor, repetidas vezes.

— Lou, feche os olhos e continue entoando. Gemma, abra os olhos e coloque o seu objeto na panela.

Summer passou por todo o círculo. Pareceu que levou anos até chegar a mim. Fui a última.

— Abra os olhos — sussurrou ela ao meu ouvido.

Eu abri, mas foi difícil, como se estivessem grudados com mel. Eu pisquei e olhei em volta. De alguma forma, achei que tivesse escurecido.

— Corte uma mecha de cabelo — disse Summer, oferecendo-me uma tesoura. Segurava alguma coisa na outra mão com firmeza, mas eu não consegui ver o que era. — Coloque o cabelo na panela. Quando fizer isso, visualize quem você deseja. Visualize-o bem na sua frente, como se você pudesse se aproximar e beijá-lo. Não deixe o rosto desaparecer.

Peguei a tesoura. Meus músculos pareciam gelatina. Minha cabeça estava vibrando com o som repetido do encanto. Cortei uma mecha comprida e a segurei entre os dedos. Olhei além dela, e aí vi o rosto dele. Seu cabelo louro como ouro velho, caindo na testa e acariciando a bochecha. Seu sorriso. Seus olhos olhando nos meus.

Eu me inclinei e coloquei meu cabelo na panela.

Fenrin, pensei, enquanto meus lábios repetiam as palavras.

Um farfalhar, o som de passos.

E então uma voz aguda e zangada:

— O que vocês pensam que estão fazendo?

Nosso encanto vacilou, nós gaguejamos e tropeçamos nas palavras interrompidas. A toalha de veludo era constrangedora. A panela, ridícula. Niral estava certa — as garrafinhas de ervas faziam com que parecesse que estávamos preparando um ensopado. Ergui o olhar, meu rosto queimando.

Era Thalia. A umidade primaveril ainda estava no ar. Ela usava botas de couro marrons, uma blusa de manga comprida bordada que se ajustava ao corpo nos lugares certos. O cabelo estava preso no alto da cabeça num coque fofo, enquanto as mechas soltas caíam pelo seu pescoço.

O meu alívio por não ser um professor não durou muito, porque Thalia parecia furiosa.

— Então? — perguntou ela, olhando para cada uma de nós.

— Eu acho que é bem óbvio, não? — rebateu Summer, mantendo a calma.

— Arrumem essa bagunça e voltem para a escola.

Summer não se mexeu. O restante de nós estava se contorcendo de nervoso, pegas no flagra.

— Você adora um drama, Thalia — disse Summer, por fim. — A gente só está se divertindo um pouco.

— Não foi o que você disse antes — interveio Niral num tom nervoso de tanta vergonha. — Você disse que tínhamos que dar tudo de nós para isso!

Ergui os olhos para o céu diante do erro. *Meu Deus, não faça isso. Não tente fazer Summer parecer burra na frente da irmã dela. Thalia não vai gostar de você por isso, e aí você vai perder Summer também.*

Os olhos cor de caramelo de Thalia se estreitaram para Niral.

— Voltem para a escola — repetiu ela. — Tenho certeza de que vocês estão perdendo aula. Voltem agora ou vou denunciá-las. Vão logo. Todas vocês.

Summer continuou parada. Sem saber o que fazer, com o rosto queimando, as outras meninas começaram a se levantar, sacudindo os casacos e deixando o bosque. Ninguém se atreveu a pegar a panela nem qualquer outra coisa.

Eu fiquei exatamente onde estava. Se aquilo era um teste, eu teria passado com louvor. A resposta era fácil demais: lealdade. Nenhuma delas passou, mas eu passaria.

Thalia olhou para a panela e franziu o nariz.

— Sabia que dava para escutar o que estava acontecendo aqui lá da quadra? Você tem sorte de ter sido eu que peguei você. Fen teria tido um ataque.

Ao ouvir o nome dele, meu coração disparou.

Summer zombou:

— Ele não está nem aí para o que eu faço.

— Fala sério. Ele odeia essas coisas. Você sabe muito bem disso — devolveu Thalia.

— Isso é problema dele. Não nosso.

Thalia suspirou, acalmando-se.

— Olha só, eu sei. Mas ainda assim. — Ela afastou o olhar da panela. — E Fen não seria o único a surtar com isto aqui, não é? Se Esther descobrir, ela vai ficar louca da vida.

Demorei um segundo para entender quem era Esther, mas então eu me lembrei de que aquele era o nome da mãe delas. Será que elas sempre a chamavam pelo primeiro nome? Aquilo era estranho.

— Então não conte para ela — pediu Summer.

— Então não *faça* coisas assim.

— A cidade inteira sabe sobre nós, Thalia.

Thalia se virou um pouco, parecendo distraída.

— Nós não vamos ter essa conversa de novo. Leve essa porcaria toda com você quando sair. Os professores vão fazer perguntas, e depois nós todos sofreremos as consequências.

Ela foi embora.

Quando Thalia sumiu de vista, Summer soltou um suspiro. Parecia um pouco aflita. Eu não tinha notado quando Thalia ainda estava lá. Ela era boa em esconder sentimentos.

— Você está bem? — perguntei com cuidado, esperando que ela me desse um fora.

— Estou.

— Thalia vai contar o que você fez?

— Não.

— Como você sabe? Ela não disse que não contaria.

— Se eu tivesse pedido para ela não contar, ela teria contado só para me contrariar. Agindo como agi, ela acha que não estou nem aí, então não vai se dar ao trabalho.

Summer soltou o objeto que segurava enquanto falava, e eu arrisquei uma olhada para ver o que ela havia mantido consigo o tempo inteiro. Era uma estatueta, feita de pedra polida, serpenteada com riscos em tons de marrom-alaranjado e com o formato de um pássaro. A luz iluminou o profundo sulco entalhado das asas. Olhei disfarçadamente, tentando entender o que aquilo significava.

— Então os boatos são verdadeiros. — Tentei usar um tom leve. — Vocês realmente são bruxas.

— Foi por isso que você veio comigo hoje?

Tentei pensar na resposta certa para a situação.

— Acho que eu fiquei curiosa. E por que você me convidou?

— Mesmo motivo. — Ela sorriu de um jeito brincalhão e eu me senti à vontade para pressionar um pouco mais.

— Por que a sua família não gosta que as pessoas saibam?

— Bem, digamos apenas que eles gostam de ter seus segredinhos. Eu sou a única honesta em relação a isso. Por que esconder? Afinal de contas, Esther trabalha com isso.

A mãe deles, Esther Grace, tinha um salão de beleza e bem-estar na cidade, usava apenas produtos naturais e orgânicos. Extratos para dor de cabeça, unguentos feitos de ervas das quais eu nunca tinha ouvido falar, máscaras faciais com cheiro de terra molhada de chuva. Algumas de suas criações eram vendidas em farmácias conhecidas e lojas de departamento da cidade.

— Você está me dizendo que o creme facial tem propriedades mágicas? — perguntei em tom de dúvida.

Summer riu.

— O preço talvez faça você pensar que sim. — Ela se levantou. — Vamos logo. É melhor devolvermos a panela da Emily.

Eu não me mexi.

— A gente ainda não terminou o feitiço. Tipo, não parece que tenhamos terminado.

Summer me avaliou. Tentei não me contorcer. Eu não fazia ideia do que ela estava pensando.

— Não — disse ela depois de um momento. — Você quer terminar?

Eu não disse nada. Ela se ajoelhou, pegou a caixa de fósforos e acendeu um.

— Nós não precisamos repetir o encanto?

— Tem muita energia aqui — explicou Summer. — Principalmente por causa da explosão de Thalia. Talvez ainda funcione.

Ela jogou o fósforo aceso na panela. Eu não olhei. Só ela sabia quais objetos tinham sido jogados ali. Senti o cheiro de cabelo queimado. Olhei para o chão por um tempo, mergulhando no momento, imaginando o rosto dele enquanto as chamas subiam.

Eu não me importava se aquilo era errado. Eu não podia me dar a este luxo se quisesse que ele fosse meu.

CAPÍTULO CINCO

Duas semanas atrás, comecei o meu próprio Livro das Sombras.

Desde que descobri sobre os Grace, comecei a ler sobre feitiçaria. De acordo com minha pesquisa, um Livro das Sombras era um diário no qual bruxos registravam seus feitiços, seu conhecimento e suas observações, formando um tipo de manual de trabalho. Eu copiava cuidadosamente as ideias dos livros de autores com nomes como Elisia Storm, livros que eu comprava com o dinheiro que eu economizara de um trabalho antigo de fim de semana no qual eu lavava a louça em um restaurante de hambúrgueres.

Eu nunca tive livros desse tipo antes. O único tipo de magia sobre o qual eu já tinha lido era "arremesso de bolas de fogo" nos livros de fantasia. O único tipo de amigos que eu já tive acharia que havia algo de errado comigo se eu conversasse sobre feitiços com eles. Eu nem sabia que existiam pessoas que conversavam sobre o assunto, como se tudo pudesse ser mesmo verdade.

Eu costumava ser cuidadosa com dinheiro, mas queria aqueles livros tão desesperadamente. Eu precisava deles. Eu sabia que eles não resolveriam todos os meus problemas de uma vez só — tipo assim, se fosse tão fácil quanto ler sobre o assunto, todo mundo faria isso —, mas talvez aquilo ajudasse. Era ali que os Grace entravam.

Eu não queria que minha mãe soubesse sobre os livros, mas não importava muito porque no final ela acabou encontrando-os, de qualquer forma. Eu sabia que tinha encontrado, sim — eu havia feito um círculo de sal como proteção em volta da caixa, a qual eu mantinha embaixo da cama. Na semana passada, quando voltei para casa, uma seção do círculo estava aberta e espalhada, e os livros estavam empilhados em uma ordem diferente da que eu havia deixado.

Meus pais sempre foram supernervosos em relação a qualquer coisa que considerassem ligeiramente anormal, então era irônico que tivessem uma filha que desejasse tudo que fosse estranho tal como outras pessoas desejavam drogas. No instante que percebi que minha mãe tinha mexido na minha caixa, senti o estômago queimar e se revirar na barriga, e esperei que ela entrasse no meu quarto, exigindo saber o que eu estava fazendo, onde eu tinha arrumado dinheiro para aquilo e *de que forma* eu achava que ser daquele jeito resolveria a minha vida.

Ela precisava saber por que eu tinha aqueles livros.

Ela precisava saber que eu estava tentando trazer o papai de volta. Para tentar resolver as coisas.

Mas ela não disse uma palavra. Não mencionou nada até então.

Ela gostava de declarar de forma decisiva: "Eu sou a melhor mãe que alguém poderia pedir. Deixo você fazer tudo o que quer. Permito que seja independente. Qualquer pessoa adoraria que eu fosse sua mãe."

Ela estava certa. E estava errada. Se eu estivesse em chamas, ela jogaria água para apagar o fogo ou passaria direto por mim e seguiria para o bar, largando-me para queimar até morrer? Às vezes, você precisa de limites. Limites demonstram que você é amada.

CAPÍTULO SEIS

Trocávamos bilhetinhos na aula, conversávamos nos intervalos, e ela sorria para mim nos corredores, mas Summer ainda não me convidara para almoçar com ela. Todos os dias eu esperava por isso, mas parte de mim também ficava apavorada. Eu ainda não tinha encontrado um emprego de fim de semana, então eu nunca poderia pagar para almoçar na cantina. Nós vivíamos em mundos diferentes — a comida que eu trazia de casa era uma janela para o meu, e eu não queria que ela espiasse.

Certa manhã, na sala de aula, um bilhete bem dobrado caiu na minha mesa. Nós podíamos usar o celular até a primeira aula, mas os Grace, inacreditavelmente, não tinham telefones celulares.

O papel tinha aquela textura grossa e áspera e aquele tom acinzentado de material reciclado que fazia com que eu me sentisse mais especial apenas por tocá-lo. Eu gostaria de poder comprar algumas folhas como aquelas e organizá-las num fichário bem bonito para escrever o meu Livro das Sombras, mas eu tinha que me contentar com um caderno de folhas pautadas com capa preta brilhante de 1,99.

Abri o bilhete.

Já está funcionando? Alguma vibração? — S

Ela estava se referindo ao feitiço. E não. Mas eu também não vira Fenrin desde que o tínhamos feito. Eu meio que estava esperando que ele se aproximasse de mim logo no dia seguinte, falando alguma coisa sobre não conseguir evitar, que ele *precisava* saber se eu tinha algum compromisso naquela noite. Mas esse tipo de coisa só acontece nos filmes. Fiquei feliz por não ter acontecido assim. Teria soado artificial, e eu queria uma coisa verdadeira — eu queria tanto que chegava a doer.

Peguei minha caneta roxa de ponta fina, aquela que fazia com que a minha letra parecesse delicada e criativa, e respondi:

Acho que não. Talvez demore um pouco?

Ela estava cinco carteiras atrás de mim na diagonal, mas as pessoas passavam os bilhetes sem abrir. Vi enquanto ela lia e respondia com letras pequenas na ponta da página.

Almoço?

Meu coração deu um salto. Eu deixaria para comer as tiras de peixe empanado no intervalo da tarde, e se ela questionasse por que eu não estava almoçando nada, eu diria que tinha comido muito no café da manhã. Mas quando saímos da aula de física e ela lançou um olhar para mim no corredor para se certificar de que eu a estava seguindo, não fomos para a cantina. Voltamos para o bosque.

Não estava chovendo, mas o vento ainda estava frio, e eu desejei estar com o meu cachecol listrado. Ele me deixava parecendo uma garotinha de 5 anos, mas era o mais quente que eu tinha. Atravessamos o campo em silêncio. Summer nunca parecia esperar perguntas. Acho que nunca ninguém perguntava nada, as pessoas simplesmente a acompanhavam. Será que eu queria ser uma daquelas pessoas também? Ou será que eu deveria tentar impressioná-la desafiando-a?

Chegamos à clareira do bosque e nos sentamos. Summer ainda não tinha olhado para mim. Ela mexeu na bolsa — um negócio de *patchwork*, totalmente estranho ao seu estilo — e sacou um pote de plástico enorme. Eu a observei, segura para ficar olhando por alguns segundos. As pernas dela eram tão compridas. Eu faria qualquer coisa para ter pernas como as dela.

— Onde está seu almoço? — perguntou ela enquanto abria o pote. Estava cheio de comida colorida.

Pensei nas tristes tiras de peixe empanado embrulhadas em papel alumínio metidas num saco no fundo da minha mochila.

— Eu não trouxe.

— Como assim? Por que não? — Summer fez uma careta. — Você não é do tipo que está sempre de dieta, né?

Ela deixou sua opinião bem clara em cada sílaba. Summer podia ficar muito impaciente com qualquer coisa que considerasse burrice, o que incluía diversos tipos de comportamento. Eu precisava lembrá-la do motivo pelo qual ela se interessara por mim, que eu não era como as outras garotas; mas nem todo mundo era naturalmente esbelto e bonito como ela, nem tinha tanta sorte.

— Não — respondi. — Eu não faço dieta. Eu só não estou com muita fome, só isso.

— Você quer provar um pouco? — ofereceu ela. — É muito gostoso. Esther cozinha muito bem.

— Hum, eu não vou comer o seu almoço — falei, ainda magoada. Será que eu parecia tão pateticamente faminta?

Summer ficou surpresa.

— Uau! Eu não tenho nenhuma doença contagiosa nem nada.

— Não é isso. É que eu... Eu só sou fresca para comer.

— Então prove um pouco, se você não gostar, não coma. Simples assim.

Espiei o conteúdo do pote.

— É só almôndega com lentilha e salada de legumes. Mas ela manda bem no tempero — comentou Summer.

Peguei uma almôndega e provei com cuidado.

Estava gostosa.

Estava *muito* gostosa. Carne moída com alguma coisa com sabor acentuado. Tipo limão, com cebola e alho e mais alguma coisa que não consegui identificar, algo forte e frutado. Comi três antes de me dar conta do que eu estava fazendo.

— Foi mal — desculpei-me, afastando a mão. — Meu Deus, estou atacando seu almoço feito uma porca.

— Eu não estou com fome — disse Summer, dando de ombros, e ela me entregou um garfo cuidadosamente embrulhado em tecido.

A salada estava ainda melhor. Lentilha era algo que eu fervia até que ficasse amargo, inchado e molenga, e aí eu acrescentava algumas salsichas e o resultado era um tipo de ensopado. Era um tipo de comida barata e pesada para o inverno. Jamais aqueles pequenos botões de tempero crocante.

— Sua mãe é um gênio — elogiei de boca cheia.

Os lábios de Summer, pintados de um tom de roxo profundo, deram um sorriso frio.

— Não é, não.

— Bem, a ideia da minha mãe de cozinhar consiste em colecionar um monte de cardápios de entrega e decorar a cozinha com eles, então, em comparação...

Summer não respondeu. Mães pareciam ser um assunto delicado para ela, e eu não ia insistir, mas logo me peguei imaginando se um dia conheceria a temida matriarca Esther Grace.

Tentei mudar de assunto:

— Por que você não está almoçando na cantina hoje?

— Não estava muito a fim de ver gente.

— Mas você sempre se encontra lá pelo menos com Lou e Gemma nas terças-feiras — comentei, aí calei-me depressa, irritada com o meu deslize. Quando eu estava com ela, eu baixava a guarda com facilidade demais.

Summer pareceu não notar que eu tinha acabado de confessar um comportamento meio stalker.

— Eu desmarquei — contou Summer, olhando para as árvores.

Baixei a cabeça para esconder o sorriso que ameaçava brotar.

Ela havia largado as duas para almoçar comigo. Só nós duas.

Aquela hora que passamos juntas foi a primeira vez que eu realmente conversei com Summer de verdade. Eu meio que estava com medo de ela perguntar sobre a minha casa, ou minha família, ou minha vida antes de vir morar aqui, como todos faziam, como se a existência de alguém se resumisse apenas a estas coisas e nada mais.

Em vez disso, conversamos sobre sonhos que tínhamos, aqueles que pareciam mais reais do que estarmos acordadas; conversamos sobre reencarnação e fantasmas e se tentaríamos matar Hitler se fosse possível fazer uma viagem no tempo; sobre como era inebriante poder nos perder em outro mundo e esquecer completamente a nossa própria realidade. Para mim, isso acontecia nos livros. Para ela, ao ouvir música.

Eu nunca tinha conhecido ninguém que conversasse daquele jeito, tão natural, como uma dança, como se não houvesse outra forma de conversar. Ela me contou que, para ela, a música era o que havia de mais próximo do divino. Eu disse para ela que a música que ela gostava mais parecia coisa de demônios transando no inferno, e ela morreu de rir, obviamente satisfeita.

Eu estava sentada ao lado de uma criatura selvagem, dividindo meus pensamentos mais íntimos com uma Grace que tinha voltado sua atenção para mim; era aterrorizante e emocionante. Era o começo de alguma coisa.

Nós tivemos três almoços como aquele antes de eu finalmente me dar conta de que Summer estava me alimentando de propósito. Não entendi a princípio. Mas então eu me lembrei de que Fenrin tinha visto minha torrada com feijão gosmento e queijo e, depois disso, durante dias eu só conseguia sentir uma onda quente de vergonha toda vez que ela se aproximava.

Se ela notou, nunca disse nada.

Meu nome mudou na semana seguinte.

Eu nunca tinha contado o meu nome secreto antes. Estava anotado na segunda capa do meu Livro das Sombras.

ESTE É O DIÁRIO DE
TRABALHOS DO OFÍCIO

DE RIVER PAGE

Eu sempre fui River, meu nome secreto desde que me entendo por gente. Era assim que eu sabia que era o certo. Ele se revelara na minha mente, criando suas raízes ao longo da minha coluna. Page — "página" em inglês — porque virar uma página em branco para mim sempre provocava uma doce sensação no âmago do meu ser. Páginas em branco podiam ser transformadas. Eram novas vidas, várias vezes.

Mas eu nunca tinha contado para ninguém sobre aquele nome. E nunca pensei que contaria.

— Eu não gosto muito do meu nome — falei para Summer em um dos nossos almoços. Estávamos na cantina, enquanto a chuva caía do lado de fora. Ela me dera o almoço dela como sempre, depois de duas garfadas, declarando que estava satisfeita.

Em vez de ficar falando sobre coisas agradáveis como as outras pessoas gostavam de fazer, como suas outras amigas faziam com ela, Summer declarou:

— É claro que não gosta. É um nome chato.

Eu gostava dela por isso. Mas ainda magoava, até que ela continuou:

— Não tem nada a ver com você. Não é o seu nome de verdade, não é?

E eu entendi exatamente o que ela queria dizer. E ela só disse isso por saber que eu entenderia. E, naquele momento, criamos uma conexão forte, e eu senti gratidão e felicidade surgindo dentro de mim. Minha essência carvão-negro se acendeu em brasas ao reconhecer uma alma semelhante à minha.

— Não — respondi. — Não é nem parecido.

— Então qual é o seu verdadeiro nome?

Eu nem pensei sobre aquilo. Eu deveria ter pensado, mas não pensei. Lou e Gemma estavam com a gente, mas estavam conversando sobre um seriado da TV e não estavam prestando atenção à conversa.

— River — revelei. — River Page.

— Bem melhor — comentou ela, e isso foi tudo. — De agora em diante, eu só vou chamá-la de River.

Nada demais. Feito.

— Então, o que você vai fazer neste fim de semana? — perguntou-me ela.

— Summer — murmurou Lou em tom urgente, antes que eu tivesse a chance de responder. Seus olhos estavam fixos no outro lado do salão. — Veja. Ele está *perseguindo* mesmo a sua irmã.

Acompanhei o olhar dela. Thalia tinha entrado na cantina e estava entrando na fila para pegar comida. Enquanto eu observava, Marcus se afastou da parede em que estava encostado e entrou atrás dela.

— Meu Deus, isso é medonho — comentou Gemma.

Vi quando ele bateu no ombro ela, e o jeito como a expressão dela ficou séria ao ver quem era. Eles trocaram algumas palavras, mas ficou claro que Thalia só queria se afastar dele.

O rosto da doce e delicada Gemma estava com uma expressão que era um misto de fascínio e desdém.

— Por que ele está aqui? Ele nunca vem à cantina.

— Qual é o lance entre ele e Thalia? — atrevi-me a perguntar.

Lou deu de ombros.

— Marcus é totalmente obcecado por ela desde sempre. É meio triste, na verdade. Tipo assim, ela obviamente nunca chega perto dele. Mas ele simplesmente não se toca. Ele precisa de ajuda profissional.

Olhei para Summer. Ela estava em silêncio, observando o que se passava do outro lado da cantina.

— Eu vou lá salvá-la — disse Gemma.

Summer bufou.

— Ela não precisa ser salva.

Gemma, obediente, relaxou na cadeira.

— Ela poderia conseguir uma ordem de restrição — murmurou Lou.

— Mas eles eram amigos antes, não eram? — perguntou Gemma.

— É, mas não mais. De qualquer forma, não dá para ser amigo de alguém assim.

— Assim como? — perguntei.

Lou me lançou um olhar avaliador. Eu era nova demais no grupo. Ainda não podia ter uma opinião. Esforcei-me ao máximo para parecer agradável

— Alguém com problemas mentais — resumiu Lou.

Gemma a cutucou.

— Ele foi embora.

— Graças a Deus.

Olhei para Summer. Ela estava brincando com o cordão, virando a pedra negra diversas vezes nos dedos, e parecia não estar ouvindo.

A batalha de olhares entre Marcus e Fenrin fazia mais sentido agora; Fenrin tinha um problema com ele por causa de Thalia, e todo mundo sabia disso. Eu nunca vira Marcus interagir com absolutamente ninguém na escola. Ele era um pária porque era isso que acontecia com quem mexia com os Grace.

Ele era uma lição para mim.

— Sum, pare de brincar com o cordão e coma um pouco — disse uma voz.

Summer deu um sorriso doce.

— Essa é boa, vaca.

Thalia lançou um olhar de advertência e se acomodou na cadeira vazia ao meu lado, espremendo-se para conseguir se sentar sem puxar a cadeira. Ela usava dois lenços finos em volta do pescoço, brincos compridos de pena e uma blusa verde-escura que envolvia seu corpo magro com fitas que circundavam a cintura duas vezes e desciam até a coxa. O aplique cor de caramelo estava solto do coque e descansava no ombro. Summer tinha me revelado que o aplique era feito com pelos da cauda de um cavalo selvagem.

Era impossível não olhar. Eu me esforcei para não olhar. Thalia era apenas dois anos mais velha do que a gente, mas em todos os outros aspectos parecia tão mais avançada. Era curioso ver como os Grace eram próximos entre si, porque eu sabia que pessoas mais velhas não gostavam de ficar com pessoas mais jovens, principalmente quando tinham algum grau de parentesco. Mas os Grace não davam qualquer sinal de seguirem essa regra.

— Ei, você está bem? — perguntou Gemma para Thalia com um tom de preocupação na voz. — O que ele disse?

Thalia fez uma pausa.

— Está tudo bem — assegurou ela. — Nada. — Ela começou a organizar os objetos na sua bandeja com movimentos rápidos e precisos, as pulseiras tilintando no pulso.

Lou balançou a cabeça.

— Que babaca.

Thalia se empertigou. Será que elas não percebiam o quanto ela as odiava naquele momento por estarem tocando naquele assunto?

— Chato — disse Summer alto. — Acho que vocês iam gostar muito mais do que estávamos conversando um pouco antes de você chegar. — Ela fez um sinal em direção a mim.

— Por quê? Sobre o quê vocês estavam falando?

— Sobre o verdadeiro nome das pessoas — revelou Summer. — Às vezes acontece de você receber o nome errado.

Thalia ergueu uma sobrancelha, apoiando o queixo em uma das mãos, parecendo atenta. Pelo canto do olho, vi Lou começar a cochichar no ouvido de Gemma.

— E — continuou Summer — às vezes você simplesmente sabe qual é o certo.

Eu ouvi, completamente horrorizada. Será que ela ia realmente contar para a irmã dela, a deusa do sol, sobre o meu nome?

— Então — concluiu Summer — o verdadeiro nome dela, conforme determinamos, é River.

— Ah, não! — disse eu. — Tipo, a gente só estava brincando.

Thalia deu de ombros.

— Se é o seu verdadeiro nome, você deveria usá-lo, né?

Engoli em seco, tentando não pensar no fato de Thalia Grace estar falando comigo de forma tão casual, como se fizesse aquilo todos os dias.

— É — respondi —, mas eu não posso simplesmente... mudar o meu nome.

— É claro que pode. O seu nome é simplesmente o que todos à sua volta escolhem chamá-la. Então nós só vamos chamá-la de River.

— Claro — murmurei, constrangida.

Mas por dentro senti florescer dentro de mim um tipo de empolgação secreta. E se eu realmente virasse River?

— Então, River — disse Summer, e o nome saiu dos seus lábios de forma tão natural, como se aquele sempre tivesse sido o meu nome. — Voltando ao assunto, o que você vai fazer neste fim de semana?

— Nada de mais — respondi.

Todo mundo provavelmente iria para o Wader, um bar que ficava aberto até tarde, aonde os surfistas costumavam ir. Era o único assunto na aula de inglês na sexta à tarde. O que iam usar. Quem iam ver.

Meus planos extraordinários envolviam ir ao Luigi's, o restaurante italiano ao lado do cinema, para ver se precisavam de uma ajudante no fim de semana. Durante o restante do tempo eu ia me enterrar num monte de filmes. Ler um pouco mais dos meus livros sobre feitiçaria. Escrever no meu Livro das Sombras.

Eu me perguntava o que os Grace iam fazer.

— Nós estamos organizando um evento na praia — disse Summer de forma vaga. — Poucas pessoas. Você devia vir.

— Estamos em abril. Não está muito frio ainda?

— Ah, a gente sempre faz uma fogueira enorme. Vai ser legal. E vai ter comida. TSPB.

Eu olhei para ela sem entender.

— Traga sua própria bebida — explicou Thalia, solícita. — A gente leva a comida. Vocês levam a bebida. E um presente.

— Um presente? — repeti, perplexa. Será que era algum estranho costume local?

Thalia pareceu se divertir com aquilo.

— Bem, *é* considerado educado levar um presente quando se é convidado para uma festa de aniversário. Ou você não faz isso de onde você veio?

— De quem é o aniversário?

Summer revirou os olhos.

— Não é nada de mais.

Eu olhei para ela.

— É o seu aniversário? Mas você não disse nada.

— Eu sei, porque não é nada de mais

— Nada de mais? — interveio Lou, interrompendo. — Fala sério. É basicamente a festa do ano. Da última vez todo mundo ficou pelado e ficou repetindo uns cânticos...

— Não seja ridícula — cortou Thalia. — Eu estava lá, não teve nada disso.

— Foi depois que você dormiu. — Summer deu um sorriso malicioso para a irmã.

Não consegui entender se era piada ou não. Pelados e repetindo cânticos? Eu jamais conseguiria fazer uma coisa dessas, independentemente do quanto eu bebesse. Mas, naquela época, eu também não sabia até onde estaria disposta a ir.

Thalia deve ter notado minha expressão consternada. Ela se aproximou mais enquanto as outras conversavam sobre os pontos altos da festa do ano anterior.

— O que foi? — perguntou ela suavemente sob o barulho do refeitório.

— É só... que eu preciso comprar um presente para ela.

— No sábado eu vou ter que comprar um presente para o Fenrin dar para ela. Ele nunca consegue fazer isso a tempo. Você quer ir comigo?

Ouvir o nome de Fenrin fez meus nervos palpitarem.

— Se você não se importar, isso seria ótimo — respondi sem parar para pensar. — Por que eu não faço a *menor* ideia do que comprar.

Eu ainda tinha um pouco de dinheiro guardado na caixa embaixo da minha cama; poderia usar uma parte para comprar um presente, embora ultimamente eu estivesse sempre pegando um pouco para comprar comida quando estávamos mais apertados. Nós nunca fomos uma família rica, mas depois que papai foi embora, acabou-se a segunda renda para esconder o vício da minha mãe em caça-níqueis. Nós tínhamos um pacto de silêncio que eu não me lembrava de ter feito — ela não me lembraria dos motivos pelos quais ele não estava mais conosco, e eu não explicaria para ela que apostas não eram a melhor forma de resolver nossos problemas financeiros.

A voz de Thalia assumiu um tom casualmente dissimulado.

— Mas Fenrin não vai com a gente — disse ela. — Ele sempre surfa o dia inteiro aos sábados. Vamos ser só você e eu.

— T-t-tranquilo — falei devagar. Meu coração falhou uma batida.
O rosto bonito dele brilhou na minha mente.

Thalia ficou me observando, aí olhou para Summer e riu.

— Você estava certa. Não tem nada.

Summer deu de ombros.

— Eu disse para você. É um milagre.

— Então ela é gay.

Franzi as sobrancelhas.

— Ela? Eu estou bem aqui, gente.

— Você é gay? — perguntou Summer, recostando-se na cadeira.

De repente notei que Lou e Gemma estavam prestando atenção.

— Do que vocês estão falando? — perguntei.

— Você não gosta de Fenrin — explicou Thalia, seus olhos delicados de corça semicerrados de diversão.

— Tipo, eu nem conheço Fenrin direito. Tenho certeza de que ele deve ser muito legal.

— Mas você não quer ficar com ele. Então a única explicação é que seja gay.

Lou riu. Até mesmo Gemma estava sorrindo. Eu queria estrangular as duas.

— Hum, olha só — eu ergui as mãos —, não sou gay.

— Não tem nada de errado em ser gay — disse Summer com expressão fria. — Você tem *vergonha* ou alguma coisa assim?

Os lobos estavam circulando. Pense rápido.

— Claro que não — respondi com voz firme. — Eu li um artigo que dizia que ninguém é homo nem heterossexual e que a sexualidade é algo fluido. Tipo, talvez se você for totalmente hétero, você seja meio chato. Sem querer ofender.

Summer riu para Thalia, que meneou a cabeça e disse:

— Sem querer *ofender*, mas meninas não têm o que eu preciso.

— O pinto? — perguntou Summer, encantada.

— Pare com isso. Gay, bi ou hétero, seja lá o que ela for, River e eu vamos sair no sábado para comprar o seu presente, então diga logo o que quer porque você deixou esta pobre menina numa situação difícil por não dizer a ela que seu aniversário é daqui a *três dias*.

— Quem é River? — perguntou Gemma.

Ambas a ignoraram.

Summer deu de ombros.

— Você sabe o tipo de coisa que eu gosto. Pode me dar uma camiseta de banda.

— Nem pensar — disse Thalia. — A última que você comprou tinha a imagem de duas caveiras que ficavam bem nos seus peitos. Esther teve um treco, e eu não quero que ela fique zangada comigo.

— Tanto faz — disse Summer, distraída, começando a conversar com Lou à sua esquerda.

— Então, eu estava pensando em ir ao meio-dia — disse Thalia.

— Legal. Eu te encontro direto lá. Você vai ao Four Bells, certo?

O Four Bells era o shopping que ficava no meio da cidade. Quatro Sinos era um nome estranho para um centro comercial, então fiz uma pequena pesquisa. Aparentemente, a câmara dos vereadores tinha escolhido o nome em homenagem a um antigo mito da cidade, talvez pensando em estabelecê-lo de alguma forma na sociedade, tornando-o parte de sua história. Como se uma construção feita pelo homem, cheia de placas douradas e cheiro de hambúrguer fosse algo tão legal quanto aquela história.

Thalia zombou.

— Aquela espelunca? Não mesmo. Nós vamos ao Mews.

A região de Mews era cheia de becos, ficava longe do mar e perto da estação de trem. Diziam que era um lugar frequentado só por esquisitões.

— Não fique preocupada com isso. É tranquilo — disse Thalia de forma espontânea. — Bem, pelo menos durante o dia. Não vamos nos meter em problemas com ninguém.

Dei de ombros.

— Eu não estou preocupada. Então, a gente se encontra em frente à estação de trem ao meio-dia?

— Isso.

Minha mente estava um turbilhão.

Eu ia sair com Thalia no sábado.

Ela havia me chamado de River.

Thalia jogou uma das pontas do lenço no ombro, pegou o garfo e começou a comer. Mas ela não comeu simplesmente. Ela *devorou tudo*, como se fosse morrer se não comesse aquilo tudo em um minuto, os dentes trabalhando intensamente e as bochechas inchadas de comida.

Acho que fiquei boquiaberta.

Summer me lançou um olhar compreensivo.

— É — disse ela. — Todo mundo fica com a mesma expressão quando vê essa vaca gulosa comendo.

CAPÍTULO SETE

Eu já tinha começado a juntar cuidadosamente as peças que constituíam a vida de um Grace. Talvez se eu conhecesse a fórmula, a combinação dos elementos que faziam com que fossem quem eram, eu poderia compreendê-los. Compreender alguma coisa deixava a pessoa a um passo mais perto de se transformar naquilo. Então eu anotava tudo, todos os fragmentos de história e de caráter com os quais me deparava, e fazia perguntas sempre que achava que não se importariam.

Encontrei o website logo no início.

Assim como havia a regra de não usar celulares, de acordo com Summer, eles não tinham acesso à internet em casa, então talvez sequer soubessem da existência dele. O link estava metido num fórum estranho com apenas uns duzentos membros.

Era um site meio rudimentar e básico, as fotos não estavam alinhadas com as legendas, e o texto escrito com fonte branca em fundo preto fazia os olhos doerem depois de um tempo. Mas as informações mais do que compensavam a ausência de design.

Uma seção de biografia dava um breve resumo sobre cada integrante da família, incluindo os pais, Esther e Gwydion. A loja de Esther, Nature's Way, estava listada ali, com algumas fotos do interior do estabelecimento. Gwydion Grace viajava muito a negócios. Era consultor. O site não sabia ao certo que tipo de consultoria ele prestava, mas seus clientes eram pessoas importantes. Os pais formavam um casal adorável. Fenrin era mais parecido com a mãe do que com o pai. Havia tias e tios, avós e primos. Todos tinham profissões como advogado, executivos ou algum cargo no governo. Um tio era o presidente de um selo de discos. Um primo artista vendia suas criações por preços ridiculamente altos. Parecia que o que quer que um Grace fizesse, era bem-sucedido.

O site não deixava a menor dúvida de que eram envolvidos com feitiçaria. Havia relatos de todos os incidentes ocorridos na cidade nos últimos nove anos e que o povo atribuía ao primeiro de agosto. Todos os relatos constavam numa seção de envios de leitores, então não era a especulação de uma pessoa — um monte de gente postava as próprias histórias nos comentários.

O site dizia que a família morava na região desde sempre. Que o nome Grace era tão antigo quanto as pedras do pântano nos arredores da cidade; eles eram parte da paisagem tanto quanto qualquer colina escarpada ou árvore retorcida. Oficialmente, era uma família rica e respeitada, e muitos deles pareciam ocupar cargos de poder.

Fazia muito sentido. Se você fosse feiticeiro, certamente usaria magia para garantir que se daria bem na vida. Era a natureza humana.

O site dizia que havia quatro tipos básicos de bruxo Grace:

Da água: eram indóceis, criativos, excêntricos e persuasivos. Assim como a água, eles desgastavam a vontade das pessoas. Se você conhecesse um feiticeiro da água, as chances seriam de que todos concordassem com eles. Eram extremamente charmosos e podiam fazer com que as pessoas mudassem de opinião. O símbolo deles era a árvore da vida, que ficava dentro de um círculo representando o universo.

Do fogo: os protetores. Eram força. Confiança. Poder. Em geral, sabiam lutar. Líderes naturais. Seu símbolo era uma cruz grossa com extremidades afiladas dentro de um círculo.

Do ar: os videntes. Eram capazes de ver o futuro e a verdade do presente. Eram os mais usados como consultores por pessoas poderosas, e era assim que se sustentavam e ganhavam dinheiro. O site especulava se Gwydion seria um feiticeiro do ar. Eram muito suscetíveis a ataques mentais e tendiam a ser indivíduos sensíveis. Seu símbolo era uma vara de madeira dentro de um círculo.

Da terra: eram bruxos práticos e conhecedores das ervas. Cuidavam das necessidades do dia a dia da feitiçaria, como produtos de saúde e remédios, proteção de casa e alimentos mágicos. Não recebiam nenhuma glória, mas eram os mais essenciais dentre os demais; costumavam ser os chefes da família. Eram racionais, pacientes, amorosos e diretos. Seu símbolo era uma estrela de cinco pontas, representando os cinco sentidos, geralmente com uma pedra no meio para simbolizar o feiticeiro no centro plácido de todas as coisas.

Passei bastante tempo tentando descobrir que tipo cada um dos Grace era. Achava que Summer era do ar. Ela tinha um lance com pássaros e gostava de dizer a verdade. Fenrin talvez fosse do fogo, um líder natural. Mas ele também surfava e amava o mar, e era a criatura mais charmosa que eu já tinha conhecido. Então talvez fosse da água. Thalia era da terra sem a menor sombra de dúvida. Ela parecia uma dríade, algo nascido das árvores e raios do sol. Eu divagava sobre qual tipo eu seria se fosse uma bruxa, mas nenhum deles parecia se encaixar bem.

Não havia pistas sobre quem seria o criador do site. Tinha que ser alguém da cidade, mas não dava para imaginar quem. Seria um dos Grace fazendo aquilo em segredo? Como é que outra pessoa poderia saber de tudo aquilo? Eu li tudo que havia ali de forma obsessiva, mas eu me perguntava se o autor do site não seria algum tipo de biruta e tudo aquilo não passasse de mentiras.

Mas eu não conseguia negar um aviso dentro de mim: uma vibração insistente que dizia "e se?"

Só porque uma coisa parecia inacreditável não significava que também não podia ser verdade.

CAPÍTULO OITO

Thalia já estava me esperando em frente à estação de trem.

Eu só estava dois minutos atrasada, mas era meio ridículo eu ter me atrasado considerando a hora que acordei. Demorei mais tempo que o previsto para escolher uma roupa — algo que dissesse tudo que eu queria dizer sem ter que dizer.

A expressão dela era de vaga impaciência, como se tivesse se arrependido daquilo. Seu cabelo estava solto, caído pelos ombros em ondas brilhantes, e ela usava um cinto no quadril com uma corrente fina decorada com pequenos pingentes redondos e achatados que tilintavam quando ela se mexia.

— Acho que a gente pode começar na loja preferida da Summer — disse ela assim que eu me aproximei o suficiente para ouvi-la.

Eu inclinei a cabeça, nervosa.

— Hum. Oi? Por mim parece ótimo.

Ela seguiu na frente, e eu tentei acompanhá-la. Cortamos caminho pela estação de trem, saímos pelos fundos e descemos uma escada com corrimão de ferro que parecia ter sido entalhado diretamente na pedra. Os degraus levavam a um beco de pedras arredondadas de tamanhos variados, formando um piso irregular. Não havia nada por ali a não ser algumas lojas minúsculas, cujas portas estavam abarrotadas de bolsas vagabundas.

Thalia andava de forma confiante. Tentei acompanhá-la. Algo chamou minha atenção, e olhei para um muro quando passamos.

Havia o entalhe de um rosto esculpido na pedra grossa e achatada.

— O que é aquilo? — perguntei, parando, surpresa.

— É o Hoffy Man — disse Thalia.

— O quê?

— O Hoffy Man — repetiu ela, parando ao meu lado. — Você nunca ouviu falar? Ah, você é nova aqui, não é? Eu tinha esquecido. Este é o Hoffy Man. É apenas um deus local da natureza.

Fiquei olhando para a escultura. O rosto era suave e redondo com lábios fartos e cerrados. Os olhos eram ocos, e a testa, coroada de cabelos que mais pareciam moitas de folhas. Seria um ser real com quem eu poderia conversar? Ele aparecia para as pessoas se elas dissessem os encantamentos corretos ou se soubessem seu verdadeiro nome? O que ele pensava sobre os seres humanos? O que ele sabia?

— O que ele está fazendo aqui? — perguntei. O rosto encarava do outro lado do beco sem nada ver.

— Mews é o bairro mais antigo da cidade. A normalidade não tem tanta vez por esses lados. As coisas antigas conseguem continuar por aqui, sabe?

Ela me puxou pelo cotovelo.

— A gente precisa ir — disse.

Eu desviei o olhar rapidamente. Eu não queria alertá-los tão cedo quanto à minha obsessão em relação a coisas como aquela. Os amigos que tinham eram atraídos pela implicação da magia que pairava ao redor deles como uma névoa tanto quanto o glamour que inspiravam quando falavam ou respiravam. Eu era diferente. Eu queria ver além do glamour. Eu queria conhecer quem eram de verdade.

Thalia nos levou pelo beco até chegarmos a uma rua com aparência mais normal, embora estivesse cheia e fosse suja em comparação a outras partes da cidade. Aquele era o tipo de lugar que nunca recebia nenhuma ajuda da câmara dos vereadores para a iluminação de Natal.

Ela não falou muita coisa enquanto caminhávamos. Eu esperava que ela fosse mais parecida com Summer, que parecia falar até você entregar o que ela queria de você. Thalia parecia não querer nada.

Chegamos a uma porta. Havia uma placa de madeira presa em um suporte na parede onde se lia "Trove". A sineta acima da porta tocou suavemente. Degraus nos levaram a outra porta, que estava fechada.

— Parece que está fechada — comentei.

— Não está. — Thalia empurrou a porta, e eu a segui.

Lá dentro fomos recebidas por uma desordem claustrofóbica de insanidade. Se você fosse alto, bateria a cabeça em estranhos instrumentos musicais que pendiam do teto, e pessoas de todas as alturas tinham que passar por globos de vidros pendurados em cordas que iam quase até o chão. Havia objetos empilhados em mesas e bancos, armários de madeira escura cheios de tralhas preenchiam todas as paredes e cantos. Uma música tribal irritante soava no fundo. O ar era carregado de um cheiro úmido de coisas velhas.

— A gente vai encontrar alguma coisa aqui — declarou Thalia, olhando para trás.

Ela passou por uma mesa alta de aparência antiga, e de repente um homem apareceu ali.

— Ah — disse ele, olhando para Thalia. — Você é a irmã.

— Olá, Sr. Tulsent — cumprimentou Thalia. — O senhor está se referindo a Summer?

O homem ajeitou os óculos com um gesto nervoso. Ele era magro e ossudo, usava um casaco grande demais para a estrutura delgada, e tinha um montinho de cabelo grisalho e ralo na cabeça.

— Bem, estou — respondeu ele. — Ela não veio com você?

Thalia sorriu.

— Hoje não.

Contornamos uma parede e ficamos juntas em um canto apertado, escondidas da vista. Thalia pegou um enorme pedaço de mármore com uma mancha estranha e escura bem no meio.

— Ele está muito a fim de Summer — contou-me Thalia num sussurro. — E ele é muito esquisito, como se não soubesse como os rituais sociais funcionam. Eu nunca o ouvi dizer "oi". É quase como se ele não fosse daqui, mas não chegasse a ser um estrangeiro, sabe? Summer sempre vem aqui e diz que conversa às vezes com ele.

— Sério? Por quê? — perguntei, correspondendo o desdém de Thalia.

Ela riu.

— Não faço a menor ideia. Você sabe como Summer é.

Na verdade, não. Superficialmente, talvez, mas não o suficiente para entender o que Thalia queria dizer. Aquilo era outro lance dos Grace que eu estava começando a notar — quando você começava a andar com eles, eles presumiam que você sempre havia estado ali e que sabia tudo que eles sabiam. Aquilo provocava uma espécie de isolamento e de conforto ao mesmo tempo.

Perambulei até um armário e olhei pelo vidro. Estava cheio de bijuterias — braceletes grossos, anéis, cordões com elos de prata retorcida e pedras polidas e coloridas tão grandes quanto as minhas unhas. Eu queria tocar em todos, correr o meu dedo por eles, experimentá-los. Daria pra passar horas naquele lugar, só olhando tudo que o Sr. Tulsent tinha a oferecer.

Estávamos lá havia um tempo, rindo diante de ídolos da fertilidade e olhando para instrumentos que eu não conseguiria nem supor como deveriam ser tocados. Por fim, vi uma tigela de madeira com um dos lados se erguendo até formar um pássaro entalhado com as asas abraçando as bordas.

— Isto é muito bonito — arrisquei.

Era muito pequeno para servir como um prato e totalmente sem serventia para qualquer outra coisa, mas parecia misterioso e elegante.

Thalia tirou o objeto de mim e o revirou nas mãos.

— Legal. Um porta-incenso. Como você o escolheu?

Eu dei de ombros.

— Summer gosta de pássaros, não é.

— E como você sabe?

— Ela carrega um pássaro marrom-alaranjado para todos os lugares que vai — respondi. — O que é?

— É âmbar — respondeu Thalia abruptamente. — Vem. Vamos comprar o queimador de incenso.

Ela se virou antes que eu tivesse chance de dizer qualquer coisa e levou a tigela até o caixa. Era o dobro da quantia que eu tinha pegado na minha caixa naquela manhã. Antes que conseguisse protestar, Thalia pagou a outra metade sem dizer nada. Eu não soube como agradecer — só prometi pagar na próxima semana —, e a vi dar de ombros, rir e dizer que nem deveria me preocupar porque ela já tinha muito dinheiro. Eu sempre imaginava como seria ter muito dinheiro. E achava que devia ser um problema que apenas atletas profissionais e celebridades enfrentavam, mas parecia que era possível ser rico de forma discreta também.

Depois disso, fomos para uma lojinha de música, e Thalia comprou um disco de alguma banda obscura de um vendedor sorridente no caixa — o sujeito nitidamente a considerava a coisa mais deliciosa que ele já tinha visto. Fiquei com vontade de socá-lo. Senti-me protetora. Todo mundo naquela cidade era apaixonado por um Grace.

Eu estava esperançosa de que a gente ia tomar um café juntas, sentar-nos com nossos presentes entre nós na mesa e tomar *cappuccinos* espumosos e conversar e rir, e as outras pessoas olhariam para nós com inveja. Mas Thalia disse que tinha muita coisa para fazer, então, duas horas depois, eu me vi em frente à estação de trem novamente, observando enquanto ela se afastava com o sol brilhando em seus cabelos. Ela me disse para ir à praia naquela noite, por volta das seis horas. Eu esperei até ela sumir de vista e voltei para casa, minha mente já tomada pelas opções de roupa que eu poderia usar.

Às cinco, eu já estava pronta, mas de jeito nenhum chegaria tão cedo assim. O ônibus da minha casa até a praia só levava dez minutos, então me sentei na sala e assisti à TV, tentando ignorar o nervosismo que crescia na minha barriga.

Às quinze para as seis, minha mãe enfiou a cabeça pela porta e notou minha roupa.

— Vai sair?

— Tem essa festa na praia...

— Eu vou voltar tarde — interrompeu-me ela, desaparecendo novamente.

Aquele era o máximo que eu conseguia dela naquela época. Ela sempre foi muito expansiva, igualmente sagaz tanto nas brincadeiras quanto numa briga. Mas agora que papai não estava mais com a gente, ela havia aderido ao silêncio, como se fosse melhor nunca mais ter que falar comigo de novo. Eu sentia falta daquilo. Até mesmo das brigas.

De repente, percebi que o presente de Summer e a garrafa de vodca que eu havia surrupiado do armário estavam aos meus pés, mas ela nem olhou.

Cheguei às seis e meia. A festa era em uma enseada isolada da praia principal por uma fileira de pedras altas e escorregadias. Eu deslizei e cambaleei até lá, e vi, surpresa, um grupo pequeno de pessoas ainda arrumando tudo. Fiquei parada ali por um momento estranho antes de ver Thalia e ir até ela.

— Oi — cumprimentei. — Eu me atrasei?

Thalia olhou para mim, surpresa.

— Não, na verdade, você está adiantada. Ninguém chegou ainda.

— Ah, claro — disse eu de forma casual. — Eu cheguei mais cedo para ajudar a arrumar tudo.

Thalia parou, como se estivesse me avaliando. O risco de parecer esquisita valeria a pena se eu tivesse uma oportunidade de passar um tempo com a família antes de todo mundo.

— Tudo bem — concordou ela. — Tem uma mesa grandona bem ali. Deixe a bebida lá com as outras e o presente de Summer pode ficar na pilha ao lado da mesa. Eu tenho que desembalar toda essa comida que está no isopor. Venha me ajudar.

Ela se afastou.

Eu mantive a cabeça baixa enquanto andava, mantendo o pescoço firme para não ficar olhando em volta, procurando Fenrin. Coloquei o presente no lugar indicado e a garrafa de vodca na mesa e fui até Thalia, que arrumava a variedade incrível de comida que ela havia levado.

— Aqueles são seus pais? — perguntei, mesmo sabendo que eram.

Um homem e uma mulher estavam ao lado da fogueira que estava sendo preparada no meio da enseada. A mulher, Esther Grace, jogava punhados de alguma coisa no meio do fogo, e seus lábios articulavam palavras.

— São. Não se preocupe. Eles vão embora assim que os convidados começarem a chegar.

Vi a mãe dela estender o braço delgado de novo e não consegui segurar a pergunta:

— O que ela está fazendo? — perguntei, virando-me para Thalia.

E congelei. Fenrin apareceu de repente na nossa frente. Estava se servindo de um pedaço de pão de nozes.

— Está "enfeitiçando" a fogueira para que se mantenha acesa durante a noite toda para nós — explicou ele, fazendo as aspas sarcásticas no ar e falando de boca cheia.

— Cale a boca, Fenrin. Não comece. E não coma toda a comida. Vá embora. — Thalia deu um tapinha nele. — E por favor, espere ela ir embora para começar a beber.

Fenrin sorriu para a irmã, ainda mastigando. Mesmo com a boca cheia, ele ainda era perfeito. Como todos eles. Ele engoliu e voltou o olhar para mim.

— Então finalmente estamos vendo você fora do seu habitat — disse ele.

— Você está se referindo à escola? Aquele não é o meu habitat.

— Ah, acho que é. Você ama a biblioteca, todo aquele silêncio sinistro e o farfalhar de papel. Você ouve o chamado dos livros como uma matilha distante de lobos. — A voz dele tinha um tom implicante.

— Livros trazem conhecimento. Conhecimento é poder — respondi de forma astuta.

— E é poder que você quer? "Que estranhíssimo, que muito estranhíssimo, Alice".

— Poder é o objetivo de todo mundo, não é? Só não é algo que a maioria das pessoas tem coragem de admitir.

— Eu admito. — Ele abriu as mãos de forma grandiosa. — Eu *amo* o poder.

Eu ri. Gostava de vê-lo se pavonear. Ele fazia aquilo de forma consciente, o que o ajudava a se safar.

— Somos os corajosos — declarou ele, inclinando-se na minha direção com um sorriso suave.

Flertando.

Eu tinha certeza de que estávamos flertando.

Procurei uma resposta inteligente, mas logo vi que Thalia tinha perdido o interesse. E de repente entendi o motivo — Fenrin flertava com todas as mulheres com quem se deparava. Devia ser algo tão natural para ele quanto respirar.

Não era nada especial. Ainda não.

— Claro — respondi. Então voltei minha atenção para Thalia. — Tem mais comida para organizar, não tem?

Ela ergueu as sobrancelhas.

— Hum. Tem. As saladas. É só colocar nestas tigelas aqui.

— Pode deixar. — Eu me ocupei com a comida na mesa e fiquei imaginando o que eles deviam estar pensando.

As coisas ficaram bem agitadas depois daquilo.

Metade da escola estava ali, e eu tinha quase certeza de que mais da metade deles sequer tinha sido convidada; eram penetras, atraídos por uma festa como mariposas pela luz de vela. A notícia da festa tinha se espalhado. Quando perguntei a Summer a respeito, ela apenas riu e disse que não se importava, desde que as pessoas mais interessantes estivessem lá. Eu me atrevi a pensar que talvez, apenas talvez, ela tivesse se referindo a mim.

Thalia estava certa — Summer adorou o presente e quando o desembrulhou deu um gritinho que não lhe era característico.

— Onde você encontrou isto? — quis saber ela, arregalando os olhos.

— Trove.

— Ai, meu Deus, eu amo aquele lugar. Ai, meu Deus, é perfeito. Obrigada.

Seus olhos cintilaram. Senti um brilho cálido, do qual eu vinha sentindo falta, começando a abrir suas asas dentro do meu peito. Eu a deixara feliz. Valeu a pena ficar devendo dinheiro para Thalia para sentir aquilo, mesmo que Thalia tivesse dito que eu não precisava pagar.

— Estou feliz que você gostou — respondi. O meu rosto estava resplandecente de tanta felicidade, mas daquela vez não me importei de demonstrar o que estava sentindo.

Summer embrulhou a tigela de novo e a colocou junto aos outros presentes. Ela se apoiou nas mãos quando sentamos juntas num cobertor, olhando para o céu escuro. A fogueira brilhava ali perto.

— Então, como é que você começou a gostar de pássaros? — perguntei.

— Eu gosto mais de águias — disse ela. — Mas de qualquer coisa que voe, na verdade.

— Por quê?

— Porque eles são livres. Podem ir para qualquer lugar que queiram. Ninguém os controla.

Ela olhou para mim por um momento que se estendeu por um tempo longo demais e então mais um pouco; eu não consegui afastar o olhar.

— Você se divertiu com Thalia? — perguntou ela com um sorriso sagaz.

— Ela é legal. Meio assustadora no início, mas é só fachada, né? Summer não disse nada.

Eu me recuperei rápido, sentindo que tinha vacilado.

— Tipo assim, todo mundo tem seus motivos.

— Todos escondemos nossa verdadeira natureza — concordou Summer, e meu coração deu um salto animado e assustado.

Mas era cedo demais para fazer aquela jogada.

A música reverberava nas pedras e se misturava aos estalos da fogueira. Ficamos observando enquanto Thalia ria e girava nos braços de um garoto, a luz do fogo iluminando a lateral do seu corpo.

— Ela é mais frágil do que parece — disse Summer, inesperadamente. Ela ofereceu uma abertura para minha próxima pergunta.

— Marcus não vai aparecer por aqui, não é?

— Não. Ele não faria isso.

— Mas ele não é perigoso nem nada, né? Tipo, ele é só meio obcecado.

Summer suspirou, tomando um gole de bebida.

Eu falei enquanto ela bebia, num tom indiferente:

— Não vamos falar sobre isso. É assunto dela.

— Marcus... — Summer fez uma pausa. — As coisas são mais complicadas do que isso.

Ela olhou ao redor, mas o som do fogo e das ondas quebrando na praia e o barulho das pessoas eram suficientes para manter nossa conversa privada.

— Eles meio que namoraram por um tempo — contou ela.

Ergui as sobrancelhas até quase o cabelo.

— Ninguém ficou sabendo. E agora as pessoas... Elas pensam o que querem sobre o assunto. — Ela deu de ombros, como se dissesse *o que se pode fazer?* Então lançou um olhar aguçado para mim. — Mas não vai sair falando sobre isso por aí. É assunto dela, como você disse.

— Imagina. — Neguei com a cabeça. E estava sendo sincera. Outro teste de lealdade. Eu podia guardar segredos.

— Mas então eles terminaram, e ele não a deixa em paz — continuou Summer. — Ele está em todos os lugares em que ela está. Ele a segue constantemente, tentando voltar. Ela esconde, mas isso a faz sofrer.

Olhei para Thalia, dançando e rindo. Você nunca imaginaria o que estava acontecendo sob a superfície das coisas. Você não olharia para aquela garota linda e pensaria que devia haver alguma coisa ruim na vida dela.

— Bem, talvez alguém devesse fazer algo sobre isso — sugeri.

Summer deu de ombros.

— Tipo o quê?

Mas o rosto dela dizia que ela sabia o que eu queria dizer.

Lou e Gemma chegaram saltitantes naquele momento, empurrando os presentes que compraram para Summer abrir e conversando entre si. Ambas optaram por música. As três ficaram gritando sobre bandas que eu não conhecia por um tempo, e o meu copo ficou vazio. Então eu me levantei para pegar mais bebida.

Eu tinha conseguido pegar uma dose de vodca misturada a suco de laranja da minha garrafa, a qual já estava vazia, então peguei um ponche de frutas que Thalia preparara. Tinha gosto do cheiro de flores primaveris e antes de eu me dar conta, tomei dois copos e percebi que estava flutuando meio bêbada, aquela sensação estranha de andar parecendo estar meio fora de mim. Como se minha alma tivesse separado a cabeça da minha e eu estivesse vendo tudo a partir de duas perspectivas diferentes, uma delas com um pouco de atraso e em câmera lenta, como se alguém ficasse apertando acidentalmente o botão para pausar a cena.

Os adultos já tinham ido embora havia um tempo, e eu estava conversando com alguém cujo nome eu não conseguia nem me lembrar, e era mais tarde, mas quem saberia dizer o quanto? A fogueira atraía todo mundo e havia música e garotas gritando e dançando. Eu continuava me perdendo no tempo, flutuando de volta ao presente de vez em quando. Bêbada. Eu lembrava que estava bêbada. Houve um chamado para nadarmos nuas. Garotas gritando como bobas. Correndo.

— Você vem? — perguntou a menina com quem eu aparentemente estivera conversando.

— Está muito frio.

— E daí? — Ela riu. — Somos jovens e irresponsáveis. — E ela saiu, correndo pela praia, tirando a roupa ao som de gritos na beirada da água.

— Meu Deus — murmurei, mas devo ter falado mais alto do que imaginei.

Ouvi uma risada na minha frente, e lá estava Fenrin, brilhando através do nevoeiro no meu campo de visão. Estávamos praticamente a sós; a maioria das pessoas tinha ido para a beira d'água assistir às meninas tirando as roupas e gritando, ou para se juntar a elas.

— Você não procura impressionar as pessoas, não é? — disse ele para mim.

— Ah, se isso fosse verdade. Aí eu poderia dizer que sou descolada como você — respondi em tom irônico e sorri. Depois eu me preocupei com a possibilidade de estar falando arrastado por causa da bebida.

Ele se aproximou do cobertor onde eu estava sentada e se acomodou ao meu lado, apoiando-se nas mãos, com um suspiro. Nossos dedos estavam próximos.

— Eu não sou descolado — disse ele, olhando para as estrelas.

— Ah — respondi mexendo um dedo. — Eis o momento da verdade. Estive esperando por isso.

— Gosto de você bêbada. — Ele sorriu.

— Eu não estou tão bêbada assim.

— Está, sim. Dá para perceber.

— Como?

— Você está mais relaxada, e não na defensiva.

— Hum. Não sei se me sinto ofendida ou lisonjeada.

— Ah — respondeu ele com um sorriso largo. — É um elogio.

Talvez tenha havido uma pausa ali, mas eu não tinha certeza. Eu continuava tendo lapsos da noção do tempo. Fenrin. Fenrin estava conversando comigo. Meu corpo ainda nem tinha se dado conta da situação, e eu não estava sentindo frio na barriga. Era uma sensação engraçada e sob controle.

— Summer tem falado sobre você comigo — contou ele.

— Sério? — perguntei, tensa e feliz.

— Sério.

— E que mentiras terríveis ela contou?

Ele riu.

— Summer nunca mente. Ela faz questão de dizer a verdade.

— E quanto a você? — perguntei, com o que esperava ser o tom certo de provocação.

— Ah, eu minto o tempo todo. Não é assim com todo mundo?

— É.

— E você também mente, não é?

Eu não respondi. Observei os dedos dele envolverem o pingente de concha cônica presa no cordão.

— Por que você sempre usa isto? — perguntei.

Ele passou os dedos na concha, o tipo de gesto que parecia já ter feito mil vezes.

— É só um lance. Tipo um lance de família. Cada um de nós tem um objeto. Escolhemos quando éramos crianças.

— Como o pássaro de âmbar de Summer — disse eu.

— Ela contou para você?

— Eu adivinhei.

— Você é muito observadora.

— É como uma coisa mágica, então? Uma vez ela falou sobre canalizar energia através de objetos. Este é o seu objeto mágico?

Mas meus olhos finalmente entraram em sincronia com meu cérebro e pude perceber a expressão dele. Eu tinha cometido um erro em algum momento.

— Você não acredita mesmo nessas coisas, não é? — perguntou ele, com o que eu acho que era para ser um sorriso tranquilo. — Você sabe que magia não existe, certo? Tipo unicórnios e Papai Noel?

Eu me lembrei do que Summer dissera — sobre os outros membros de sua família desejarem esconder o que eram de verdade.

— Ah, eu sei — respondi de improviso. — A não ser por fadas. Elas existem, não é? Não vá arruinar minha infância.

Ele riu.

— Claro que *existem* — disse uma menina chamada Clementine, em um cobertor perto do nosso, e que tinha acabado de fumar um baseado enorme e parecia quase adormecida. — Você só precisa procurar com muita atenção. Elas não se mostram para pessoas impacientes.

— Vocês duas são doidas — declarou Fenrin em tom afável, e tomou um gole da sua bebida.

— Mas e se existisse? — continuei. — A magia? O que você faria? Tipo, digamos que você pudesse fazer qualquer coisa acontecer? O que você faria?

Ele deu de ombros.

— Sei lá. Eu me tornaria o Rei do Universo.

— Tem que ser algo realista.

Ele pareceu se divertir com o comentário.

— Ah, magia *realista*. Por que você não disse logo? Eu provavelmente ia querer um alterador de aparência ou algo idiota assim. Aí eu poderia passar muito tempo sendo um golfinho ou uma baleia ou algo do tipo e sair pelo mar. Deixar tudo isto para trás.

Dei-lhe um olhar de esguelha. Aquele era o segundo Grace falando sobre liberdade naquela noite. Que estranhíssimo, que muito estranhíssimo.

— E quanto a você? — perguntou ele.

Bem, se estávamos sendo sinceros...

— Acho que usaria para vingança — respondi.

Ele ergueu as sobrancelhas, e eu ri.

— Nossa, isso é sinistro.

— Para ajudar as pessoas que foram injustiçadas — insisti.

— Não sei se você sabe, mas existe todo um sistema jurídico para cuidar desse tipo de coisa.

— Eu não estou falando de crimes e coisas assim. Estou falando sobre coisas que as pessoas fazem com as outras todos os dias só porque podem. As coisas que fazem e das quais se safam. Se você pudesse usar magia para impedir que as pessoas fossem magoadas e se vingar dos caras maus...

— Você está falando sobre ser uma vigilante. Olho por olho.

Eu dei de ombros.

— Você não ficaria tentado?

— A seguir pelo caminho negro? Magia negra? — provocou. — Não. Teria que ser uma situação muito ruim para eu sequer cogitar como uma boa ideia. Esse tipo de coisa sempre traz consequências, e quase nunca vale a pena. — Ele fez uma pausa. — Mas eu consigo entender por que Summer gosta de você.

Ele sorriu, e eu lhe dei um leve empurrão.

Logo depois disso, Summer nos encontrou. Ela estava sem nada além da calça jeans preta encharcada e uma blusa de veludo pesada e pingando, as mãos nos quadris e os ombros tremendo de frio. Eu estava rindo de alguma coisa que Fenrin tinha dito quando ela se dirigiu ao irmão:

— Não transe com ela — falou com desconfiança. — Ela é minha amiga.

Minha risada se transformou numa engasgada daquelas.

— Tente não ser grosseira, Summer — pediu Fenrin com leveza.

— Isso é mais uma coisa que *você* faria. Não eu.

— Jase foi um erro — devolveu ela. — Eu realmente não entendo por que você anda com ele.

— Bem, não importa agora — respondeu Fenrin. — Ele está me ignorando.

Summer murchou.

— Sinto muito — desculpou-se ela.

Fenrin deu de ombros e chutou de leve na canela dela. Ela gritou e se jogou em cima dele, seu cabelo comprido espirrando gotas gélidas em cima da gente. Jase era insignificante. De verdade. Nada ficava entre os Grace, e você seria estúpido se tentasse se colocar entre eles. Será que eu me daria bem no quesito que Jase tinha estragado? Será que eu seria capaz?

Talvez sim, porque até mesmo Summer agora estava achando que Fenrin estava a fim de mim.

Fenrin. A fim *de mim*.

O feitiço estava funcionando.

CAPÍTULO NOVE

Maio estava chegando, o tempo naquele perpétuo chuva-sol, chuva-sol que fazia as quadras externas soltarem vapor, e Summer e eu já éramos amigas havia pouco mais de um mês. A inveja das pessoas nos acompanhava pelos corredores da escola como um fedor, e eu estava sendo alvo de mais atenção sutil do que poderia suportar. Ao que tudo indicava, estar sob a proteção de um Grace não tornava ninguém invencível.

Tudo começou quando a professora, a Srta. Franks, estava fazendo a chamada. Ela disse o meu nome. Antes que eu tivesse a chance de responder, Niral ergueu a mão e disse:

— Professora, ela não está aqui.

A Srta. Franks olhou para mim, tentando decifrar o jogo.

— Ela está bem na minha frente, Niral. Estou vendo.

Fiquei muda. Eu deveria simplesmente ter pensado em alguma coisa inteligente e irônica para dizer, e aquilo impediria o ataque de Niral antes que começasse de fato. Mas minha garganta se fechou, traindo a covardia fundamental do meu corpo e seu mantra: melhor ficar em silêncio do que dizer alguma burrice.

As sobrancelhas de Niral se ergueram, como se ela estivesse surpresa:

— Ah, você está se referindo a River?

Ela olhou para mim.

A turma inteira ficou em silêncio, absorvendo aquilo.

A Srta. Franks aguardou que eu dissesse alguma coisa, então pigarreou.

— O nome dela não é River, Niral.

— Ué? Mas foi o que me *disseram*. Acho que ela mudou de nome. Ela. Eles estavam ali falando de mim, e eu não conseguia falar. Silêncio.

Todo mundo ficou esperando que eu me defendesse. Mas eu sabia que se abrisse a boca, ia acabar dizendo a coisa errada ou talvez a voz nem saísse.

Summer teria suspirado, recostando-se na cadeira e aí diria algo do tipo "Você está com inveja, querida. Tipo assim, o seu nome significa 'calma' e você é, tipo, uma palhaça escandalosa. Toda sua existência não passa de uma grande ironia."

Risadas. Niral sendo ainda mais diminuída.

Imaginei todo aquele cenário enquanto todos me encaravam. Baixei a cabeça.

A Srta. Franks suspirou.

— Bem, obrigada pela sua adorável informação, Niral, mas acho que vou continuar usando o nome de batismo dela.

Ela continuou a chamada.

Ouvi risadas.

Ouvi alguém cochichar *"Vaca metida a besta"*.

Eu estava sentada do lado de fora, aproveitando o fim de tarde e lendo as instruções de novo.

O encanto era idiota. Eu procurei ajuda em todos os meus livros, mas não consegui encontrar nada que não me fizesse parecer uma idiota falando em voz alta. Um livro dizia que você poderia inventar o próprio feitiço, o que confirmava o que Summer dissera sobre magia — não eram as palavras, mas sim a intenção. Então criei o meu, e na penumbra do meu quarto, às três horas da manhã, parecera assustadoramente bom. Durante o dia, soava completamente errado.

Peguei os objetos que tinha trazido — um rolo de fita de cetim preta, uma vela preta com fragrância de cravo e uma fotografia de Niral, a qual escolhi dentre as várias que ela postava nas redes sociais, e imprimi.

— *Buuu!*

Assustada, larguei a fotografia de Niral, e o vento a carregou e arrastou pelo chão. A bota de motociclista de Summer a prendeu com uma pisada.

Agarrei meus apetrechos ridículos para o feitiço. Summer se sentou ao meu lado. Estava vestida de preto da cabeça aos pés, e suas pernas pareciam não ter fim no jeans justo. Eu tinha escolhido um ponto com poucos arbustos nas margens do rio, a uns dez minutos a pé da escola. Estávamos protegidas por algumas árvores, mas bem em frente ficava o estacionamento do supermercado, cheio de gente entrando e saindo com suas sacolas de compras.

— Por que você escolheu este lugar? — quis saber Summer.

— Você precisa de um rio para carregar as cinzas para longe. Mas esta foi a única parte da margem onde o acesso é mais fácil. É idiota, não é? Alguém vai ver.

— Mesmo que vissem, não saberiam o que você está fazendo.

— Aposto que saberiam — disse eu. — A cidade inteira é obcecada por bruxaria.

Pelos Grace, era o que eu queria dizer.

— Vamos logo, então — disse Summer. — Faça logo o que tem que fazer.

Franzi a testa para ela.

— Ah, fala sério. Você pode fazer na minha frente. Por que você pediu para eu vir também?

— Para você ver se estou fazendo tudo certo. Eu não quero estragar tudo.

Summer cruzou as pernas e se apoiou nas mãos. O cabelo estava solto e as pontas encostavam nos braços.

— Não importa *como* você faça ou o quê você use. É o seu desejo que conduz tudo. Está lembrada?

— Então se eu usasse, tipo, um laço cor-de-rosa choque em vez de preto e uma vela com cheiro de baunilha em vez de cravo, não faria a menor diferença? — Eu estava tentando ser sarcástica.

— Faz diferença no início, acho. Algumas coisas amplificam outras. E você faz essas associações com a sua mente, sabe? Então: vermelho para amor. Preto para repressão. Primeiro temos a magia ritual, com objetos e ferramentas específicos para ajudar no foco da pessoa. Depois temos a magia canalizada, quando você não precisa usar nada a não ser um objeto através do qual vai canalizar sua vontade. Depois, temos a magia por pensamento. Nesse caso, é só você. Você muda as coisas sozinha, usando apenas sua presença no universo como um peso em um pedaço de barbante, cedendo diante da sua vontade.

Meu coração começou a bater dolorosamente.

Aquele era o tipo de conhecimento de que eu precisava. Como funcionava. Como era possível controlar. Como realizar *de fato*. Ela falava a língua do que era possível, e isso me dava esperança.

— Agora eu entendi porque você não queria me contar para quem ia fazer o seu feitiço de impedimento. Não é legal fazer um feitiço para um dos seus amigos, sabe? — comentou Summer.

Eu olhei para a fotografia de Niral.

— Você está brincando? — perguntei, friamente. — Nós não somos amigas. Ela me odeia.

— Ela só tem inveja. Ela não odeia você.

— Mas do quê ela poderia ter inveja?

Summer sorriu para mim, mas suas palavras tinham um tom de desculpas.

— Acho que é porque somos amigas agora.

— Mas ela não gostava de mim antes disso também. — Eu segurei a fotografia, amassei numa bolinha e comecei a passar a fita preta em volta propositalmente devagar, com o cuidado de cada volta tocar na anterior, sem deixar nenhum espaço. Foda-se o feitiço... eu não precisava daquilo, não é? Enquanto eu enrolava a fita, eu silenciosamente pedia ao universo para fazer com que Niral se calasse para que não pudesse mais dizer nada de ruim a meu respeito.

Cuidado, admoestou uma voz dentro de mim. *Tenha cuidado. E se algo realmente ruim acontecer com ela?*

Vá embora, ordenei para a voz. *Ela merece.*

Quando a fita estava enrolada e bem presa, coloquei a vela com cheiro de cravo na minha frente. Um isqueiro apareceu diante de mim.

— Obrigada — murmurei.

Acendi a vela e segurei a ponta do laço sobre a chama até que se acendesse. Aí soltei aquilo, jogando dentro de uma lata que estava no chão na minha frente, observando a fita queimar e crepitar e o papel se revirar até se transformar em cinzas.

Quando o fogo apagou, eu peguei a lata, desci pela margem do rio, agachei-me de forma precária, esticando uma das mãos para jogar as cinzas na água. Eu não ergui o olhar. Eu não queria ver os clientes surpresos e boquiabertos do outro lado, se perguntando o que eu estaria fazendo.

— Você pelo menos sabe por que Niral implica com você dessa forma? — quis saber Summer atrás de mim. Ela não tinha se mexido.

Depois de concluir o feitiço, voltei e me sentei, copiando a postura dela.

— Quem sabe?

— Porque você é toda inacessível. Você usa essa concha em volta de você, e é como se ninguém pudesse tocá-la. Como se ninguém fosse tão bom quanto você. — Summer viu minha expressão e ergueu as mãos. — Eu sei, eu sei. Mas até as pessoas conhecerem você, pode parecer que é um pouco assim. E alguém como Niral pode sugerir que você está dizendo "vai se ferrar", sabe?

— Mas *não* é nada disso. Eu nem queria que ela tivesse me notado. É por isso que uso a concha.

— Não fique zangada. Eu entendo. Mas Niral não, porque ela só enxerga as aparências. É só do que é capaz.

Suspirei.

— Tanto faz.

— A verdade dói.

Senti uma gota no meu pescoço. Depois outra.

— Merda. Está chovendo — comentei. — É melhor a gente ir embora.

Mas Summer colocou a mão no meu braço. As unhas pontudas e pretas.

— Espere — pediu ela. Seu rosto repentinamente animado e vivo, naquele jeito inconstante que lhe era característico, passando de sentimento a sentimento. — Espere.

— A gente vai ficar ensopada.

Ela sorriu.

— E daí? Fique aqui comigo.

Eu não podia dizer não. Eu estava começando a me perguntar se eu era capaz de lhe negar qualquer coisa. Ela não precisava ter vindo aqui. Eu estava jogando um feitiço em uma de suas amigas, e ela nem precisava aceitar aquilo. Nem precisava passar tempo comigo. Mas passava.

A chuva desabou. De repente ficando violenta e caindo torrencialmente, com tanta força que não deu tempo nem de tomar fôlego. Eu observei enquanto Summer ajoelhava no chão, as pernas ficando encharcadas. Ela ainda segurava meu braço, e ria loucamente, e eu desejei muito ser tão despreocupada quanto ela. Virou o rosto para mim, o cabelo colado no rosto. Eu também estava rindo, mas a minha risada era insegura, mais parecia uma tosse.

A chuva parou.

— Chocolate quente lá em casa? — ofegou ela, enquanto a água escorria dos seus lábios.

CAPÍTULO DEZ

Voltei para casa caminhando na paisagem reluzente depois da chuva, cada pedacinho de grama cintilando como vidro verde. Levei uma boa meia hora para chegar ao bairro onde eu morava, mas, de certa forma, não conseguia suportar a ideia de estar presa em um ônibus. Eu queria sorrir tolamente, onde ninguém pudesse me ver.

Porque Summer dissera que queria que eu levasse coisas para passar a noite.

— Passar a noite? — perguntei, sem entender.

— É, sua boba. Para dormir lá em casa? Eu quero assistir a uns filmes e vai acabar ficando tarde. Então seria melhor você ficar. Vai ter comida. Vai ser divertido.

Passar a noite.

Ninguém nunca tinha me convidado para ir à sua casa, que dirá ainda para passar a noite.

— Veja com seus pais se você pode — gritou ela, olhando para trás antes de ir embora. — Não demore muito. Eu quero chocolate quente.

Cheguei ao meu bairro, o cheiro de concreto molhado atingiu meu nariz. Dois garotos estavam jogando bola, tentando acertar as poças e rindo sempre que conseguiam um esguicho d'água.

Insisti para Summer me deixar voltar para casa primeiro para trocar de roupa e, quando finalmente me olhei no espelho, fiquei feliz por isso. Meu cabelo tinha se separado em mechas desalinhadas, como rabos de rato, que estavam grudadas na cabeça. Minha maquiagem escorria. Eu não fui bem-sucedida no visual molhada-chique.

A casa estava com aquele ar silencioso especial que indicava que eu estava sozinha. Minha mãe tinha começado a pegar novamente turnos loucos no armazém onde trabalhava. Enviei uma mensagem de texto que dizia apenas "Vou dormir na casa de uns amigos, volto de manhã". Fiquei imaginando se ela responderia daquela vez, mas meu humor estava bom demais para aquele tipo de pensamento, então eu me obriguei a parar de pensar naquilo. Deixei que meus pensamentos se concentrassem em Summer, nos filmes e na comida, e em fingir ser uma Grace, pelo menos por uma noite, e tais pensamentos cresceram e cresceram na minha mente até não existir espaço para mais nada.

Arrumei minha mochila e imaginei o rosto de Niral quando descobrisse.

Eu ia passar a noite na mesma casa que Fenrin.

Peguei o ônibus que me levaria até a escola e então contornei o campo de esportes e caminhei na direção indicada por mais um tempo, até a estrada se transformar num caminho esburacado, e os prédios darem lugar a uma paisagem espartana.

Summer estava esperando por mim no alto de uma ladeira de pedras que levava até sua casa. Fiquei feliz por ver a figura conhecida contra o céu que escurecia — eu estava começando a achar que tinha tomado o caminho errado e que a vastidão simplesmente iria me engolir. O cheiro de plantas úmidas e frescas enchiam o ar enquanto eu a seguia. Eu inspirei e, então, parei abruptamente quando chegamos lá embaixo.

— Ela não vai morder — disse Summer em tom brincalhão.

Fiquei parada, minha mochila escorregando do ombro, enquanto eu olhava para a casa.

Era linda. Parecia um lugar de conto de fadas. Tudo que minha vida não era.

Summer me levou pelo caminho, e fui inclinando a cabeça para trás, tentando manter a casa inteira no campo de visão. Três andares de pedras claras e madeira escura. Janelas com persianas que pareciam presas nas paredes. Heras e uma planta trepadeira roxa subiam pela parede da frente, suas folhas balançando ao vento.

Eu vi pedras águas-marinhas cintilando em vasos brancos que ladeavam o caminho que levava até a porta de entrada. Em uma das paredes, vi um sino dos ventos de madeira pendurado de um conjunto de puxadores de ferro preto. Havia uma ferradura grossa de prata pregada acima da porta. Jardins se estendiam ao redor da casa, sebes emaranhadas com trepadeiras com flores brancas, como pequenos lírios. Eu vi tudo; cada detalhe que eles provavelmente consideravam parte da vida deles desde sempre.

Do lado de dentro, o corredor tinha um ar frio. Summer me levou até uma escadaria, mas hesitei.

— Venha logo — chamou ela. — Nós vamos para o meu quarto deixar as suas coisas. Está com fome?

— Eu comeria alguma coisinha. — Eu sempre estava disposta a comer.

O degrau rangeu quando pisei. Era como se a casa estivesse me dando um aviso, como se estivesse viva. Passamos pelo peitoril de uma janela sobre o qual havia uma tigela fina de metal batido cheia de cascas e nozes. Pendendo no alto da estrutura, havia um monte de ervas secas, penduradas de cabeça para baixo em um invólucro de couro fino que me lembrava o tipo que Fenrin sempre usava nos pulsos.

Chegamos então ao segundo andar. Summer abriu a porta do seu quarto e entramos.

A primeira coisa que me impressionou foi que era bagunçado e imperfeito. Eu esperara ver muito preto e texturas pesadas, como veludo e carvalho. O que vi foi uma mistura de cores e roupas espalhadas por todos os cantos. Cadeiras e pôsteres descombinados de filmes independentes, misturados com impressões de desenhos animados aos quais eu assistia quando era criança. Abajures com contas. Um tapete roxo e rosa.

— Meu santuário — declarou Summer, abrindo os braços, mas sob o tom seco achei que ela parecia nervosa, como se pudesse ser reprovada em um teste. Que tudo estava errado. Mas era eu quem estava fazendo um teste. Cada minuto que eu passava na companhia deles era carregado de concentração, meu estudo constante sobre como fazer com que gostassem de mim.

— É muito legal — arrisquei, aí ela relaxou os ombros. Sua escrivaninha ficava sob uma janela e sobre o tampo havia cadernos, canetas, prendedores de cabelo e vidros de esmalte. Era tudo tão dissonantemente normal, até que vi o que parecia ser um pergaminho preso a uma das paredes, com duas longas colunas de pedrinhas preciosas que projetavam-se da superfície. Eu me aproximei. As pedras preciosas tinham um furo no centro e estavam bordadas diretamente no pergaminho. Ao lado de cada uma havia uma descrição com caligrafia cuidadosa.

"Quartzo rosa", dizia a descrição de uma pedra cor-de-rosa. "Amor, tanto romântico quanto platônico. Intimidade e amizade".

— É — disse Summer. — Este é um presente feito a mão que ganhamos dos nossos pais quando tínhamos uns 10 anos. É só uma tradição da família. Pedras diferentes supostamente possuem atributos diferentes.

Tentei imaginar o pergaminho de pedras na parede de Fenrin. Tentei imaginar o quarto dele.

Fomos até a cozinha. Era ampla, com azulejos de cores quentes, todas as paredes com armários brancos e belos painéis de vidro. As bancadas de madeira grossa estavam cobertas de caixas, potes, tortas cobertas com panos, verduras suculentas nos cantos, tigelas de madeira cheias de nozes e frutas brilhantes.

— Esta cozinha parece um *palácio* de comida — declarei. Acho que não consegui disfarçar a inveja.

— Bem, com o bando de animais famintos que mora nesta casa, nunca fica assim por muito tempo — soou uma voz bonita atrás de mim. Eu me virei.

Ao lado de Summer estava sua mãe, Esther Grace e, em volta dela, parecia haver um halo de luz. De perto, ela era Thalia, mas em um grau quase insuportável. O cabelo louro descia pelo seu corpo em ondas indomadas e cada pedacinho dela era *fluido* e *ondulado* e, sim, muito *gracioso*.

Ela sorriu.

— Summer nunca traz nenhum amigo para casa, então pedi que ela me contasse tudo sobre você.

Aquilo foi dito de forma lisonjeira, mas Summer tinha uma expressão estranha, e achei que talvez houvesse algo subjacente na frase. Algo que não consegui enxergar.

— Obrigada por me receber — agradeci.

— Ah, sempre que quiser. Sempre recebemos amigos ou familiares para pernoitarem, então estamos acostumados com isso — disse ela, gesticulando o braço de forma distraída. Ela usava pulseiras com pingentes tilintantes como Thalia ou talvez fosse Thalia que as usasse como ela. Por um instante, tentei imaginar como seria tê-la como mãe.

Intenso, concluí. Como seria possível se igualar a algo que parecia tão perfeito?

— Pode comer o que quiser — avisou Esther, indicando as bancadas. — Eu preciso preparar mais comida de qualquer forma, para quando os Grigorov chegarem...

— Esta casa está simplesmente *cheia* de mulheres maravilhosas. — Fenrin passou por nós, usando uma camisa cinza que marcava os braços dele. Observei seus dedos dourados e longos pegarem um pêssego de uma tigela. Tentei não demonstrar o quanto o fato de ele estar ali me afetava.

— Então? — perguntou ele. — O que vamos fazer hoje? Não é a noite de filmes em honra à nossa convidada? — Ele deu uma dentada no pêssego e piscou para mim enquanto mastigava. O sumo da fruta escorreu pelo queixo. Foi a coisa mais sexy e ao mesmo tempo mais constrangedora que eu já tinha visto. Será que ele era como os outros Grace, que agiam como se não se importassem com sua aparência? Será que estava flertando comigo?

— Você não tem nenhum outro lugar para ir? — provocou Summer.

— Não.

— Bem, você não está convidado para nossa noite de filmes.

— Ah, é mesmo? E você não está planejando usar o meu quarto?

— Claro que estou. É o quarto maior e o único que tem TV.

— Então, apesar de não ter sido convidado, eu sou o anfitrião?

— Ele nem deveria *ter* uma TV no quarto — interveio Esther suavemente. Ela caminhou até a geladeira imensa de duas portas e começou a procurar coisas lá dentro. — E eu não fazia ideia que vocês iam desperdiçar a noite colados naquela caixa idiota.

Captei uma troca de olhares entre Fenrin e Summer.

— Gwydion liberou a TV — protestou Fenrin. — E eu quase nunca ligo. — Pareciam estar fingindo uma discussão, mas os olhos de Fenrin estavam alerta.

— O seu pai pode muito bem estar errado sobre as coisas — veio a voz de Esther da geladeira.

— Isso é verdade — concordou Summer. Fenrin lançou um olhar mortífero para a irmã, e ela lhe mostrou o dedo do meio.

— Fala sério — disse ele, impaciente. — Temos filmes para escolher, planos para fazer.

— Onde está Thalia?

— Já está lá em cima.

Summer se afastou, e eu a segui. Fenrin estava atrás de nós, e eu tinha a sensação de que ele estava sorrindo às minhas costas. Será que estava olhando para mim? Tentei andar normalmente. E aí tentei rebolar um pouco mais do que o usual. Então entrei em pânico, imaginando como eu estaria me saindo, e parei. Ele me alcançou no meio do caminho para o segundo andar.

— Você chama seu pai de Gwydion e sua mãe de Esther — comentei, começando uma conversa.

— É o nome deles.

— Eu sei, mas vocês não os chamam de papai ou mamãe ou algo assim?

— É uma redução e uma coisa sentimentaloide — explicou Summer, olhando para trás. — Os pais têm nomes. Ser mãe ou pai não é a única ocupação deles.

Fenrin deu de ombros.

— Eles nunca gostaram, e nós já nos acostumamos com isso.

Subimos mais um lance de escadas, até o último andar. Summer abriu a porta e entrou, eu a segui.

O quarto de Fenrin.

A primeira coisa que eu disse foi:

— Meu Deus, você tem uma geladeira aqui.

— Fen é o filho favorito, o único filho homem — explicou Thalia, que estava sentada na cama, folheando um livro. — Ele ganha tudo que quer. — Ela estava descalça, e notei pequenos anéis enfeitando os dedos dos pés e tornozeleiras na perna.

— Não dê bola para ela — disse Fenrin.

O quarto dele tinha um teto inclinado, forrado com tábuas de madeira escura, localizado sob o telhado da casa. Ele se referia àquilo como ninho da águia. Ao contrário do quarto de Summer, era limpo e claro. Havia discos de pedras polidas colocados cuidadosamente sobre as superfícies e conchas espalhadas no peitoril da janela. Cortinas pesadas azul-marinho estavam abertas e presas por uma corda. O mesmo pergaminho com pedras preciosas estava pendurado na parede. Caminhei até ele e passei os dedos sobre as pedras, lendo as descrições e tentando decorá-las.

Summer me chamou para olharmos a coleção de filmes de terror, enquanto Thalia e Fenrin desciam para pegar comida. Havia umas coisas bem sinistras na coleção, e eu nunca gostei muito desse tipo de filme, mas eu queria agradar Summer e perguntei quais eram os seus preferidos, e ela ficou falando animadamente sobre o assunto. Escolhemos três, e então Summer colocou uma música que tinha acabado de comprar. Tentei gostar.

— E quanto a esta? — gritou ela por sobre o barulho.

Eu ergui o polegar.

— PARE ESSA ARRUAÇA — berrou Fenrin, quando voltou para o quarto com os braços abarrotados de pratos e tigelas.

Ele colocou tudo em um lugar e pulou em cima de Summer, que estava defendendo o aparelho de som com a própria vida. Eu fiquei observando os dois enquanto Thalia espalhava as tigelas de comida pelo chão. Também fiquei observando. Avaliei todos eles e senti um desejo ardente por algo que eu não conseguia descrever.

Thalia abriu a geladeira, pegou uma garrafa de vinho e começou a servir.

— Ah, graças a Deus — disse Fenrin. — Vamos nos embebedar. — Ele pegou a taça da mão da irmã e se acomodou na cama, tomando um gole.

— Os pais de vocês permitem que vocês tenham bebida alcoólica no quarto? — perguntei, surpresa.

Thalia olhou para mim.

— A gente tem autorização para beber nas festas da família desde que a gente tinha, tipo, uns 14 anos. E às vezes tomamos vinho no jantar. Eles não são tão tacanhos como certas pessoas.

Sua voz tinha um ligeiro tom de superioridade. Aquela era uma ocorrência quase constante com Thalia.

— Acho que eles perceberam há muito tempo que já que íamos beber, seria muito melhor que fizéssemos às claras e não escondido — explicou Summer. — Mas só podemos fazer isso em casa.

— Vocês não vão a bares ou a boates e coisas assim?

Houve uma breve pausa.

Fenrin tentou sorrir.

— Como posso explicar? Nossos pais são controladores. Eles não gostam que a gente saia de perto deles.

— Ah, mas qual é a graça de bares e boates? — interrompeu Summer.

— Eles nunca tocam as músicas que eu gosto. Eu quero me sentir confortável. Eu quero me cercar das pessoas que realmente me interessam.

Thalia me entregou uma taça. Estava fria contra os meus dedos. Eu cheirei o conteúdo com cuidado.

— É para beber, não para cheirar — implicou Summer.

Thalia riu.

— Ela está fazendo como os conhecedores de vinho. Sabe? Cheirar, balançar, provar, cuspir.

— Não conheço nada de vinhos — protestei. — Eu só tomei uma vez.

— Sério? O que você costuma beber? — perguntou Thalia.

— Vodca.

Fenrin riu.

— A garota leva sua bebida a sério.

— Vinho é melhor — opinou Thalia. — As bebidas destiladas são tipo... Eca.

Comuns, acho que era o que ela queria dizer.

Fenrin colocou uma música diferente. Eu me virei para ele, surpresa.

— Eu adoro esta banda.

— Ai, meu Deus, vocês e essas músicas populares — gemeu Summer.

Fenrin bufou.

— Tanto faz. *Ela* conhece uma boa música quando escuta — retrucou ele, acenando com a cabeça na minha direção.

— Não a culpe pelo seu mau gosto musical.

Thalia interrompeu:

— Vocês já escolheram os filmes?

Summer colocou o primeiro. E nós começamos a beber.

Eu me acomodei no chão, aos pés da cama. Fenrin estava na cabeceira da cama, bem longe. Toda vez que o colchão se mexia, eu ficava com vontade de olhar para trás. Eles pareciam gatos barulhentos, se remexendo o tempo todo, comendo e conversando durante o filme. Perdi metade do que se passava na tela, mas não me importei. Ser como um deles era assim. Devia ser assim o tempo todo.

Eu nem percebi quando o filme acabou — Summer tinha um talento para reproduzir vozes e nos divertiu fazendo imitações dos vilões. Estávamos bêbados. Bêbados juntos, e aquela era a melhor sensação do mundo.

— Pausa para comida! — anunciou Thalia, levantando-se. — Eu vou pegar biscoitos.

— E eu preciso ir... Bem, vocês sabem. — E saí.

— À esquerda! — gritou Summer alegremente depois que saí. — À esquerda, à esquerda.

Eu acenei. Estava tão escuro do lado de fora, e nenhuma luz estava acesa no corredor. Thalia passou correndo por mim e desceu as escadas, correndo como um fantasma da escuridão, os pés leves e quase sem fazer barulho no piso de madeira. Segui e encontrei dois cômodos vazios e, por fim, o banheiro.

Tranquei a porta e me olhei no espelho.

Eu parecia bem.

Tudo ia ficar bem.

Repeti isso várias vezes até quase acreditar. Passei os dedos sob os olhos para limpar a maquiagem que tinha borrado. Lavei as mãos duas vezes com aquele sabonete estranho e granuloso que tinha cheiro de mar. Talvez fosse da loja de Esther.

Eu não conseguia encarar voltar para o quarto. Ainda não, então me esgueirei pela escada, até o segundo andar. Eu só queria explorar um pouco. Era uma casa grande. Como eu poderia conhecê-la se não olhasse tudo ali dentro?

O quarto de Summer ficava à esquerda. A porta ao lado escondia um banheiro dominado por uma banheira de imersão com vidro azul embaçado. Outro quarto depois disso — era de adulto e bonito, cheio de mantas grossas de lã e móveis rústicos de cores naturais. Uma escrivaninha comprida e estreita tinha vários livros abertos espalhados, e ervas plantadas em vasinhos de cerâmica ocupavam todas as superfícies. Vi o mesmo pergaminho de pedras preciosas na parede.

O quarto de Thalia.

Ao lado do dela, havia um quarto de hóspedes vazio, e depois um escritório. Entrei, não me atrevendo a acender a luz para o caso de alguém perceber. A luz do corredor era suficiente para eu enxergar.

O cheiro era de coisas antigas, calorosas e apimentadas. As paredes eram cobertas de armários com vidro laqueado preto. Fiquei me coçando de vontade de ver e de tocar nos objetos lá dentro. Arquivos em pastas de papelão dividiam espaço com pedaços de cristal, baús não muito maiores do que caixas de sapato ornados com dobradiças de ferro trabalhado e fechaduras tentadoras. Que segredos estariam trancados ali dentro?

— O que você está fazendo aqui? — perguntou uma voz.

Eu dei um pulo de susto.

— Sinto muito — respondi no escuro, enquanto o meu coração quase saltava do peito e zunia pela boca. — Sinto muito mesmo.

Um abajur na escrivaninha se acendeu. Ali, sentado em uma cadeira, estava Gwydion Grace.

Eu não tinha notado a figura dele quando entrei. Ele estava sentado sozinho no escuro.

Será que ele ia me expulsar? Será que ia contar para todo mundo? Será que me ia me arrastar escadaria acima para me entregar aos outros?

— Eu só estava dando uma olhada — falei. — A sua... A sua casa é realmente linda, Sr. Grace.

Ele piscou ao ouvir aquilo e afastou o olhar. Isso me deu a oportunidade para olhar melhor para ele. Ele era bonito. Não lindo — bonito. Tinha maçãs do rosto acentuadas e nariz fino. Summer se parecia com ele. Eles tinham aquela curvinha na boca, os traços do rosto no mesmo estilo. O cabelo castanho ondulado passava dos ombros e estava preso em um rabo de cavalo. Os olhos eram grandes e vítreos.

Ele olhou para mim. Tristes. Os olhos dele eram tristes.

— Você é a amiga de Summer — declarou ele.

Eu esperei. Aquilo não parecia uma pergunta. Ele ficou em silêncio, observando-me.

— Eu não queria atrapalhar — tentei.

— Você não sabia que eu estava aqui.

— Bem, você estava sentado no escuro.

Aquilo foi um pouco desafiador demais. Ele se inclinou para a frente.

— Acho que nós dois sabemos muito bem quem está errado aqui.

Mas eu não senti medo. Talvez fosse o vinho. Eu estava bêbada.

— O que houve? — perguntei.

Ele pareceu surpreso.

— O quê?

— Você está sentado aqui no escuro, sozinho. Achei que talvez estivesse triste.

Ele se levantou. Senti vontade de dar um passo para trás. Mas obriguei-me a ficar parada.

— Por que você está *aqui*? — perguntou ele.

— Summer. Summer me convidou.

Ele pareceu pensar naquilo.

— Estou surpreso por Esther ter permitido.

Fiquei em silêncio.

Ele seguiu para a porta.

— Fique no último andar, beba vinho e assista aos filmes — disse ele à porta. — É muito bom ser jovem, não é?

Senti minha respiração sair sibilante pelos lábios.

Você não faz ideia de como é, pensei. *De como é difícil.*

Acho que ele também sabia. O jeito como falou não pareceu combinar com a palavra "bom".

Parte de mim queria lhe dizer isso. Parecia que ele precisava conversar com alguém. Mas talvez eu só estivesse imaginando coisas. Não, eu não revelaria nada.

Ele saiu.

Eu esperei um minuto. Então, com cuidado, voltei para o andar de cima. Ele tinha desaparecido, e eu ouvi muitas risadas atrás da porta do quarto de Fenrin, um sinal de segurança. Os olhos dele passaram pela minha cabeça uma última vez antes de eu abrir a porta e me deparar com Fenrin esparramado na cama, afastando assim qualquer outro pensamento.

Eu queria correr até lá e me jogar ao lado dele, fingir ser uma criança, sem ligar para quem estava lá. Roçar a perna dele acidentalmente.

Mas não fiz nada disso.

Eles tinham acabado de começar o segundo filme. Thalia tinha voltado e estava discutindo com Summer sobre o nome de um ator. Eu percebi que estava morrendo de fome, e me sentei no chão ao lado de Thalia, pegando pipocas. Em algum momento, a minha taça ficou cheia de novo. Eu não sei de onde todo aquele vinho estava vindo, e me esqueci de me preocupar.

Nós continuamos rindo, e notei que eu inclinava tanto a cabeça para trás que o meu pescoço poderia quebrar, e o quanto a minha barriga doía de tanto rir. Eu estava me sentindo muito bem. Eu sabia que se eu estivesse do lado de fora, observando aquela noite, ia desejar muito fazer parte dela.

O segundo filme acabou, apagamos todas as luzes. Summer e Fenrin tinham trocado de lugar — ela agora estava esparramada na cama com olhos sonolentos. Ele estava no chão, Thalia entre nós.

Eu usei todas as minhas forças para tentar fazer Thalia ir embora. *Por favor,* pensava em silêncio. *Por favor, vá embora.* Alguns minutos depois, meu desejo foi realizado. Thalia levou a mão à barriga, sentando-se ereta.

— Acho que preciso ir ao banheiro — anunciou ela, e nem esperou a resposta. Assim que ela saiu pela porta, Fenrin e eu nos olhamos, ele riu, e eu fiz o mesmo.

— Algumas pessoas não sabem beber — comentou ele, comendo uma amêndoa salgada.

— Ela vai ficar bem?

— Ah, vai. Ela vai vomitar e se sentir novinha em folha. Não se preocupe. Ela está acostumada.

— Sério? Eu não sabia que ela bebia tanto.

Fenrin parou de falar, como se tivesse se dado conta do que havia acabado de me revelar. Deu de ombros.

Eu me aproximei mais, usando a tigela de nozes como pretexto. Ele esticou o pescoço para olhar para a cama.

— Summer apagou — disse ele, relaxando e suspirando. — Acho que eu vou ter que dormir no quarto dela. Aquele lugar parece que tem uma bomba escondida.

— A gente podia carregá-la — sugeri, ruborizada com o meu novo papel de conspiradora.

— Tente movê-la. Ela pesa uma tonelada quando está dormindo. E ela *não* acorda até ter dormido por dez horas ou algo assim.

— Uau! Eu queria conseguir dormir assim.

— Eu também.

Mantive a voz leve:

— Pesadelos?

— Às vezes — respondeu ele, distraidamente, olhando para a parede. — Ou talvez... Acho que eu só... penso muito sobre as coisas.

— Que tipo de coisas? — perguntei.

— Você sabe. A vida. O mundo. A raça humana.

Fenrin se apoiou em um cotovelo. Estávamos muito próximos agora.

Próximos o suficiente para um beijo se ele se esticasse um pouquinho.

— A questão é que nós todos vamos morrer — disse ele suavemente.

— Eu sei.

— Mas na primeira vez que você realmente percebe isso... Como é que você supera?

— Enchendo a cara.

Nós rimos.

— Na verdade, acho que você nunca supera — respondi por fim. — E você passa o resto da vida sabendo disso, carregando esse peso nas costas.

— E você aceita isso na boa?

— Não. Mas às vezes sim. E aí deixo de aceitar de novo. Às vezes está tudo bem. Tipo agora. Estamos bêbados. Estamos nos sentindo bem. Mas amanhã? A vida nos enche novamente. E aí você acha um outro jeito de bloquear a verdade só para conseguir viver mais um dia. Se nos permitirmos ver muito a verdade, isto nos provoca muito medo. É preciso criar um bloqueio, ou então você não consegue fazer nada. Fica só vagando por aí, se sentindo constantemente deprimido ou maravilhado. — Fiz uma pausa. — Isso não significa que não devemos procurar a verdade. É só que talvez seja melhor vê-la em etapas para que possamos compreendê-la.

Fenrin me olhou de soslaio.

— Etapas da verdade. Gostei disso. Gosto do seu jeito de pensar. Do seu jeito de falar. Você não tem medo da verdade. E muitas pessoas têm.

Os olhos dele estavam cintilando para mim sob a luz da televisão. Ele se encostou na beirada da cama, e eu copiei o gesto. Enquanto conversávamos baixinho, a vida parecia se expandir diante de nós, o universo infinito, cheio de perguntas e mistérios obscuros.

Em algum momento — e ele fez isso de forma tão natural, fruto de muita prática, embora eu tenha afastado tal pensamento assim que surgiu —, ele envolveu meus ombros com o braço e me puxou para junto do peito, minha cabeça descansando em seu ombro. Seus dedos acariciavam minha pele, meu pescoço. Ele fez aquilo como se fosse a coisa mais natural do mundo. Senti um frio na barriga.

— E quanto à sua família? — perguntou. Nós estávamos conversando sobre as irmãs dele.

Tentei não ficar tensa.

— O que é que tem?

— Você nunca fala deles. Como eles são?

— Chatos.

— É só você e sua mãe, não é?

— Isso.

— Onde está seu pai?

Hesitei.

— Ele... ele não está com a gente — respondi. Eu não conseguia lidar com aquele assunto. Não com Fenrin Grace.

Bloqueie o pensamento. Bloqueie até que ele não seja nada.

— Você tem irmãos?

— Não. Filha única.

— Isso é difícil.

— É mesmo? — perguntei, embora concordasse com ele. — Algumas pessoas poderiam dizer que é mais fácil.

— Não. Talvez você consiga mais coisas que deseja do que os outros. Mas é mais solitário.

Senti na minha barriga algo se revirando e cravando as garras afiadas em mim. Era mesmo. Era *mesmo*.

— Você se dá bem com sua mãe? — perguntou ele.

— Meu Deus, não. Ela nem consegue tolerar ficar no mesmo cômodo que eu. — Eu ri, tentando aliviar o tom. — Não é como vocês.

— Ah, claro. — A voz dele estava firme.

— Não?

— O que você vê não é necessariamente a verdade com os Grace, minha River.

Eu sorri no escuro. Apenas duas palavras. *Minha* e *River*. Impressionante como duas palavrinhas podiam mudar tantas coisas.

Silêncio. Eu queria perguntar mais, mas ele começou primeiro:

— Pronta para uma etapa da verdade? — perguntou ele num tom excessivamente casual.

Eu o senti sob o meu corpo, sua voz vibrando na minha cabeça. Senti o peso do braço dele e a conversa.

— Estou — respondi.

— É sobre o motivo pelo qual eu nunca fico com uma garota por muito tempo.

— Conte.

— Você vai rir.

— Só se for engraçado.

— Ah, mas é — concordou ele, a sua voz um murmúrio confortável. — Veja bem, minha família tem essa superstição. Eles dizem que se um Grace tiver um relacionamento com alguém "normal", então algo ruim vai acontecer. É uma maldição.

— Alguém "normal"?

Ele não disse nada.

Alguém que não seja feiticeiro.

— Você teve vários relacionamentos — tentei.

— Você não pode usar essa palavra para descrever o que eu tive. Eu me diverti. Tem que ser mais sério e durar mais tempo do que isso, ou não é uma maldição.

Suas palavras estavam um pouco arrastadas.

— Eles contam umas histórias. Essas besteiras que contam desde que éramos pequenos. Nossa tia-avó Lydia se enforcou porque o marido "normal" enlouqueceu. Um Grace da era vitoriana fugiu para se casar com a filha de um fazendeiro. Ela acabou matando-o com um tiro. O marido da prima da minha mãe se matou no dia seguinte ao casamento. Uma maldição. Viu?

O efeito do álcool passou um pouco.

— Essas histórias aconteceram mesmo? — perguntei.

— Aconteceram. Agora, se foram causadas por causa de uma maldição ou não, é outra questão. E essas histórias começam a se entranhar em você. Nós acreditávamos piamente nelas quando éramos crianças. Então crescemos e começamos a achar que não passavam de um monte de merda. Mas elas deixaram uma mancha na gente. Sempre tem um pedacinho da nossa mente, bem no fundo, que nos mantém fechados, aquelas perguntas do tipo *e se?*

Ficamos em silêncio. Eu não sabia o que dizer. Uma maldição. Parecia tão trágico, algo que pertencia a um mito ou a uma lenda em vez de à vida real.

Fenrin riu, um som que cortou o silêncio.

— Ficou tão sério que minha irmã terminou com um cara que ela conhece a vida toda por causa disso, e ele enlouqueceu assim mesmo, então agora é claro que ela acredita implicitamente na maldição porque, veja bem, existem evidências. Não importa o fato de que talvez ele já fosse naturalmente instável. Não importa o fato de ele sempre ter tido problemas. O que ela sabe muito bem.

Marcus. Ele estava falando de Marcus.

Que estranhíssimo, que muito estranhíssimo.

— Talvez seja assim que funcione — sugeri suavemente. — Isso faz com que vocês atraiam pessoas que já sejam perigosas.

— Nossa, que pensamento agradável — disse ele com a voz um pouco mais incisiva do que antes.

Eu me repreendi mentalmente, perguntando-me como eu poderia consertar o erro. Senti quando ele se mexeu debaixo de mim e, relutante, me afastei, meu corpo inteiro se encolhendo quando deixei de sentir o seu calor. Achei que fosse o fim, que eu tivesse estragado tudo, mas então ele falou de novo:

— Bem, talvez você deva conversar com minha mãe sobre sua teoria. Então talvez ela pare de ter casinhos por aí.

Ergui o olhar para ele, mas não consegui decifrar sua expressão no escuro.

— Ela está tendo um caso? — perguntei, surpresa. — Com quem?

— Pode escolher. Que eu saiba, pelo menos com três caras. Nunca dura muito tempo. Ela se certifica disso. — A voz dele soou amarga. — Adivinhe por quê.

— Ela tem medo da maldição?

Ele ergueu os polegares de forma sarcástica. Será que estava traçando um paralelo entre o comportamento dele e o de Esther? É claro que era exatamente o que ele estava fazendo. Ele estava esperando por alguém. Alguém especial; uma bruxa que pudesse resistir à maldição.

— E o seu pai? Você acha que ele sabe?

Ele deu de ombros de forma expansiva e falsa, um desafio típico de um bêbado.

— Ele sabe.

Pensei no pai deles sentado no escuro, sozinho. Seus olhos bonitos e tristes.

— Por que eles simplesmente não se divorciam?

Fenrin bufou.

— Porque eles teriam de admitir que existe alguma coisa errada. E nós nunca estamos errados, querida. — A voz dele ficou sonhadora. — Nunca, jamais.

Pensei em Esther. A linda Esther que atraía todos os olhares para si, que poderia ter quem quisesse. Se eu fosse como ela, será que eu seria capaz de me manter fiel a apenas uma pessoa pelo restante da minha vida? Será que eu poderia amar alguém daquela forma?

Ela possuía poder. Com certeza fazia uso dele.

Os olhos de Fenrin estavam semicerrados quando ele recostou a cabeça na cama.

— River, River — disse ele, a voz pouco mais que um sussurro. Senti minha pele pinicar enquanto uma alegria se espalhava devagar.

— Fenrin, Fenrin — respondi, sorrindo. Baixei a cabeça apenas um pouco mais.

Os olhos dele estavam fechados agora. O canto da boca erguido num sorriso.

Permiti-me imaginar como seria, apenas por um instante. Talvez mais tarde, quando todos estivessem na cama. Talvez ele fosse até o meu quarto. Alegando que não conseguia dormir. Aí se aproximaria de mim na escuridão. E tentaria me afastar depois, é claro, exatamente como Thalia tinha feito com Marcus, temendo que eu enlouquecesse e o atacasse. Eu teria de reconquistá-lo, provando que eu era como eles.

Teríamos de manter o segredo no início, é claro, só no comecinho. Todos na escola encontrariam um motivo para me odiar quando antes nem sabiam da minha existência. Mas aquilo não teria a menor importância se eu tivesse os Grace como escudo. O irmão da minha melhor amiga. O pensamento fez meu coração se encher de alegria até quase sair do peito.

A porta do quarto se abriu.

Eu me virei, assustada e culpada. Era Thalia. Ela estava à porta e disse:

— Wolf está aqui.

Incrível como apenas duas palavras podiam arruinar tanta coisa.

CAPÍTULO ONZE

O nome verdadeiro de Wolf era Valko Grigorov, e ele era búlgaro.

Até onde eu sabia, os Grigorov eram amigos da família havia muito tempo, e Wolf passava as férias de verão na casa dos Grace desde quando era criança. Ele e os pais tinham se mudado recente e permanentemente de Sofia. Então agora ele vinha para cá com mais frequência do que apenas uma vez por ano — passando fins de semana inteiros de vez em quando. Ele era apenas um ano mais velho do que Fenrin e Thalia, e agora que concluíra o ensino médio tinha começado um estágio na firma de direito internacional do pai, a qual ficava na cidade grande.

Seu cabelo era escuro, e a pele, morena, e era atraente de um jeito meio dramático, eu acho, embora fosse baixo demais para mim; a expressão sempre neutra, como se não quisesse que ninguém o conhecesse. Ele também não era de falar muito, embora quando o fizesse, mostrasse um inglês perfeito, mas com sotaque carregado.

Thalia o levou para o quarto para ficar com a gente, mas a noite tinha acabado, e logo fomos para a cama. Sua chegada quebrou qualquer encanto efêmero que nos prendia àquele quarto, e fui tomada por uma sensação de tristeza. Fenrin em especial parecia ter se ressentido da chegada de Wolf — ficava olhando para ele com expressão tão descolada quanto zangada. Eu esperava que fosse porque ele tinha nos interrompido. Achava que poderia ser isso.

Passei a noite no quarto de hóspedes no lado oposto do corredor onde ficavam os quartos de Summer e Thalia. Era um quarto simples, totalmente branco com colunas de carvalho escuro nas paredes. Uma pequena tigela com pedras pretas polidas estava na mesinha de cabeceira. Peguei uma delas. Encaixava-se perfeitamente na palma da minha mão. Tinha um furo arredondado e perfeito no meio, como um donut fofinho. Não sei se era natural ou artificial. Um tapete de retalhos verde oliva cobria as tábuas do piso. Passei a sola do pé nele, que me causou cócegas, enquanto balançava as pernas e observava, acesa demais para ir dormir. Eu me perguntava se Fenrin viria. Se ele desceria e veria as luzes acesas e talvez se arriscasse.

Mas ele nunca veio, e eu acabei adormecendo.

Na manhã seguinte, fui tomada pela sensação desagradável de uma ressaca. Fiquei deitada por um tempo, esperando ouvir os sons que revelavam que a família estava acordando. Mas não ouvi nada. Então me levantei e fui ao banheiro da suíte.

Comecei a sentir a distinta sensação de que a casa queria que eu fosse embora. Todos os movimentos que eu fazia pareciam uma invasão. Eu me lavei rapidamente, nervosa demais para tomar um banho adequado, e tentei fazer com que meu cabelo parecesse desarrumado de forma perfeita, porém desisti.

Quando fui à cozinha, Thalia, Summer e Wolf estavam lá, mas não havia sinal de Fenrin, e meu coração afundou no peito. Wolf estava apoiado numa bancada, descalço e mexendo o café. O cabelo comprido de Summer estava solto, caindo na pele clara, escorrendo pelos braços. Parecia cansada e mal-humorada, de um jeito meio sessão de fotos de rock. Eu queria tirar o cabelo dela do rosto com meus dedos. Queria poder fazer aquilo. Ela não era uma pessoa matinal de qualquer forma, mas com a ressaca, mal conseguia gemer. Thalia estava linda e luminosa de uma forma que parecia quase impossível, o que era pura magia — talvez um dia ela fosse admitir para mim o que era, e depois me revelasse o feitiço que a fazia ter aquela aparência.

O café da manhã era bem sério. Eles mal ergueram o olhar quando entrei. Wolf não era um Grace. Era um estranho também, com certeza — mas eu era a única que sentia como se não devesse estar ali.

A mesa estava coberta com diferentes tipos de pães e bolos. Fatias de melão. Tigelas de ervas recém-colhidas aromatizando o ar. Cereais matinais de aparência cara com ingrediente dos quais eu mal ouvira falar em pacotes lustrosos de lojas de produtos naturais. Peguei uma fatia de melão e me sentei, constrangida, contando os minutos até que Fenrin descesse.

Mas ele não chegava. E não apareceu.

Terminei a fatia de melão e então comi um doce.

A casa parecia se mexer, caindo em cima de mim.

Pigarreei.

— Acho que vou ter que ir daqui a pouco — falei em voz baixa. — Minha mãe está me esperando. Vamos fazer compras hoje.

— Vemos você depois — disse Thalia, distraída.

Ela estava lendo um livro e segurando uma caneca. Enquanto eu observava, estendeu a mão para uma tigela cheia de folhas verdes, jogando-as na caneca. Wolf estava olhando pela janela. Summer estava preparando mais café e de costas para mim.

O que tinha acontecido desde a noite anterior?

Será que eu tinha feito alguma coisa errada?

Então agora era isso? Eles estavam me largando?

Eu me levantei e deixei a cozinha, atrapalhada na minha pressa para demonstrar que eu não estava dando a mínima sobre continuar ali. Eu tinha deixado minha mochila na base da escada, e a peguei. Os pais não estavam em nenhum lugar à vista. Depois do encontro com Gwydion no escritório e de tudo que Fenrin me contara, eu não estava exatamente ansiosa por procurá-los, mesmo sabendo que seria rude não agradecer — mas então ouvi vozes em outro aposento do outro lado do corredor e uma risada tilintante.

— Ei — disse uma voz atrás de mim.

Eu me virei. Summer apareceu, um pé pousado sobre o outro e a mão segurando a coluna da escada.

— Ei — respondi.

Ficamos ali paradas. Ela parecia estranha.

Senti uma necessidade repentina de contar a ela sobre Fenrin, sobre nossa conversa e nossa proximidade. Resisti. Não podia me arriscar a ser tão óbvia... ainda não.

— Foi divertido ontem à noite. — O tom dela era mais uma pergunta.

— Foi — concordei. Tentei tranquilizá-la. — Foi mesmo. — Tinha sido a noite mais divertida que eu já tivera na vida, mas aquilo era algo que eu jamais admitiria. Pessoas carentes não eram amigas de pessoas como os Grace.

— Da próxima vez, vamos ficar só nós duas — disse ela. — A gente pode fazer o que você quiser.

— Tudo bem — respondi. Talvez eu tivesse me mostrado ansiosa demais porque ela pareceu surpresa.

— Tudo bem? — repetiu ela.

Eu estava sorrindo.

— Claro, sua boba.

O canto de sua boca indicou um meio sorriso.

— Você não precisa ir logo, sabe? — disse ela. — Você poderia ficar...

— Você já está indo, River? — veio uma voz atrás de mim. Eu me virei.

Esther e Gwydion Grace, juntos por fim.

Ela era como uma rainha dos elfos; e ele um rei do povo das fadas. É claro que aquela era uma família de bruxos — você só precisava olhar para eles. Gwydion estava abraçando Esther pela cintura, e ela estava aninhada no ombro dele.

Não parecia que ela estava tendo casos amorosos. E definitivamente não parecia que ele sabia algo sobre aquilo. Será que Fenrin estava brincando comigo? Mas eu me lembrei da expressão dele e do tom da sua voz. Não. Aquela família sabia guardar segredos muito bem. Sabiam ser glamorosos e esconder os defeitos sob a fachada.

— Minha mãe está me esperando — consegui dizer, gaguejando diante deles. Por que era tão difícil falar com pessoas bonitas?

— Você vai voltar direitinho? Sua mãe está vindo buscá-la?

— Ah, não, está tudo bem. Nós vamos nos encontrar na cidade. Vou pegar um ônibus.

Esther franziu a testa, mas Gwydion apertou sua cintura.

— Tudo bem, então — concordou ela. — Foi ótimo conhecê-la.

— Obrigada... Obrigada por me receberem.

Os olhos de Esther pousaram em Summer.

— Você quer passar um tempo com sua mãe e seu pai depois do café da manhã?

Summer cruzou os braços com firmeza.

— Tá — disse ela. Estivera sorrindo um segundo atrás.

Esther e Gwydion se afastaram.

— Hã — comecei, sem saber como perguntar qual era o problema. — Você está bem?

— Estou, claro. Ela só quer um relatório sobre a noite passada. Só isso. Certificar-se de que eu não disse nada que ela não gostaria que eu dissesse — explicou Summer, e, então, ela se virou abruptamente. — A gente se vê na segunda-feira.

Ela foi para a cozinha, deixando-me sozinha. Esperei um pouco, mas ela não voltou.

Peguei uma chave que estava pendurada em pinos de madeira ao lado da porta da frente, abri-a, coloquei a mochila no ombro, tranquei a porta, coloquei a chave de volta pela caixa de correio e fui embora da forma mais discreta que consegui.

Voltei para casa e para o silêncio pesado. Sabia que não deveria, mas era fácil demais comparar minha casa à dos Grace. A deles era calorosa, profunda, todos os cômodos decorados para provocar uma cascada de lembranças. Um lugar para se perder. A nossa era inexpressiva, bege, pequena e apertada. Sombria e empoeirada. Cadeiras de plástico na cozinha. Sofá velho. Uma caixa temporária para nos escondermos por um tempo.

O teto estalou enquanto eu estava no corredor. Mamãe estava andando pelo quarto dela. Até mesmo em uma casa nova, o som dos seus passos me eram familiares. Era a única coisa que eu tinha da nossa antiga vida, além dos meus pôsteres de Giger e Matisse na parede do quarto, com as pontas amassadas que eu jamais conseguia ajeitar, independentemente da quantidade de massa adesiva que utilizasse.

Subi e bati na porta do seu quarto. Ela não respondeu. Nunca respondia. Eu entrei assim mesmo.

Ela dobrava as roupas limpas.

— Tem uma pilha na sua cama — disse. — Guarde tudo antes que suje de novo.

— Você não quer saber onde passei a noite?

Ela deu de ombros. Seu cabelo ondulou quando encostou no ombro.

— Achei que você tivesse dito que estava na casa de uma amiga. Por quê? Está tentando me dizer que passou a noite em uma boate? — Seu sorriso era esperançoso.

— Não.

— Tudo bem se você estivesse, sabe?

— Sério? Quando foi a última vez que eu fui a uma boate?

— Até onde sei, você poderia fazer isso o tempo todo — respondeu ela. — Você tem novos amigos, não é? Isso é bom, não é? As coisas vão ser melhores aqui. Você está diferente.

— Diferente?

— Você parece mais feliz nas últimas semanas. Sei lá — disse ela. — Você sabe como fica toda exaltada às vezes. Mas você tem saído muito de casa recentemente. Isso é bom. É ótimo! Nós nos mudamos para cá para começarmos uma vida nova, não foi? Que cara é essa?

— Mudar de cidade não faz com tudo esteja magicamente resolvido.

Ela suspirou como quem diz "lá vamos nós de novo".

— Por que você está estragando tudo caçando briga? Eu não estou no clima para isso.

Por que você simplesmente não diz que acha que a culpa foi minha? Respirei fundo, tateando.

— Você falou com o papai desde que nos mudamos?

A expressão do rosto dela endureceu.

— Você sabe que não. Ele se foi. Então tire isso da cabeça, tá bem?

— Ele não pode simplesmente ter desaparecido assim e nunca mais falar com a gente.

Ela afundou na beirada da cama.

— Mas foi exatamente o que ele fez. — Ela estava calma em vez de zangada, o que não era muito comum. Então eu me senti segura para insistir.

— Talvez você pudesse me dar o telefone dele — tentei.

— Meu amor. Por que estamos recuando? Achei que já tivéssemos superado isso há uns meses. Eu pensei que você estivesse melhor.

— Eu só quero conversar com ele. Saber se ele ainda... Ainda está por aqui.

Ela ergueu os braços e a voz.

— Bem, ele não está. Ele não está se escondendo embaixo das escadas, não é? Eu só... Olha. Se vamos passar por isso de novo, talvez a gente precise conversar sobre aquele medicamento que você estava tomando antes de nos mudarmos. Talvez você tenha parado cedo demais.

— Ah, sim, mãe. Que ótimo. Você quer me drogar para eu ficar calada! — exclamei, de repente furiosa, principalmente comigo. Aquela era a tática de distração favorita dela. Fazer com que eu me lembrasse das detestáveis pílulas que ela me obrigava a tomar, e fazendo com que eu me sentisse culpada depois que ele se foi.

— Esse não é o objetivo delas — protestou ela. — É só para você não ter tantos altos e baixos o tempo todo. Quando está tomando os remédios, você fica mais...

— Mais normal — completei, amarga. — É. Eu sei. Do jeitinho que você sempre quis.

Ela nem tentou negar. Seu silêncio me seguiu até o quarto, quando pude quebrá-lo, batendo a porta com força.

A questão era, seis meses antes, meu pai tinha desaparecido da face da Terra.

Sem explicações, nada. A polícia não se interessou. Mais um caso de pessoa desaparecida.

Mamãe encerrou o assunto para sempre um pouco antes de nos mudarmos. Disse que ele havia entrado em contato de repente, alegando que tinha ido para o norte e que não queria mais falar com a gente — ele só queria que continuássemos nossa vida sem ele.

Eu precisava acreditar nela. Eu precisava desesperadamente acreditar nela e apenas um telefonema poderia resolver tudo, mas ela dizia que não tinha nenhum contato com ele. Ele havia ligado de um telefone fixo particular enquanto eu estava na escola, e o número do telefone não apareceu no identificador de chamadas. Ele só ligara para assegurar que estava bem. Tinha uma nova namorada e uma nova vida. Estava feliz e não ia voltar.

Eu não ouvi mais sua voz nem vi seu rosto desde a noite em que ele supostamente foi embora. Digo *supostamente* porque ele não arrumou mala nenhuma. Sua lâmina de barbear ainda estava ao lado da pia, pelos grossos ainda presos a ela. Não havia nada faltando. Quem é que resolve ir embora de casa, abandonar a família, sem ao menos levar uma muda de roupas íntimas?

Ninguém. Essa é a resposta. Um dia, papai estava nas nossas vidas. No seguinte, não estava mais. E eu fui a última pessoa a conversar com ele. A mandá-lo embora. Mamãe sempre dizia que eu ia me curar no meu tempo, mas ninguém conseguia se curar daquele tipo de culpa. Ele tinha ido embora por minha culpa.

Foi tudo por causa do que eu fiz.

CAPÍTULO DOZE

Eu me encostei no parapeito, o vento agitando o mar e afastando o cabelo do meu rosto.

Meu olhar se alternava entre três surfistas, cada qual surgindo nas ondas diversas vezes. Havia um pequeno grupo os assistindo, a maioria garotas, gritando, animadas, entre elas, prontas para competir com os gritos das gaivotas que sobrevoavam o mar. Era fim de tarde de um domingo, um horário bem estranho para se escolher, considerando o calendário das marés, mas coincidentemente perfeito para atrair espectadores para a orla, um raro turista ou dois por ali, posicionando a mão acima dos olhos e apontando-os cheios de sorrisos, aplaudindo quando eles surfavam uma onda mesmo que apenas por alguns segundos.

Eu tinha saído para caminhar, esperando esbarrar acidentalmente num Grace. Vi a multidão que assistia ao surfe e imaginei se Fenrin não estaria ali. Não estava, mas minha casa estava vazia e isto me deixava inquieta, então fiquei ali assistindo.

Era Jase Worthington e dois amigos. Sua nova namorada, Seela, estava entre as pessoas na praia, acenando e rindo. Estava de short, exibindo as pernas bronzeadas, como se o frio não lhe afetasse. Observei Jase emergir, ofegante, da água. Seela jogou um beijo para ele.

Eu me lembrei de quando ele chamou Summer de vaca gótica idiota.

Seu amigo, Tom, conseguiu subir na prancha e permanecer de pé por vários segundos, gritando para o pessoal na praia, que reagiu com aplausos. Um turista não muito longe de mim se recostou no parapeito e se juntou à plateia, indulgente e ávido pelo show. Tom se desequilibrou e mergulhou no mar de forma elegante para evitar um tombo vergonhoso.

Houve uma época, antes de me mudar para cá, em que eu teria visto a multidão na praia e teria odiado todo mundo. Odiado porque eu não queria admitir que daria qualquer coisa para estar lá com eles, sendo aceita de forma tão despreocupada. Fazendo parte. Eu parecia não me dar muito bem com pessoas que queriam muito pertencer a um grupo, mas, por baixo dessa fachada, eu sabia que também queria o mesmo. Agora, porém, o ódio tinha desapareci-do. Invejar um grupo como aquele parecia não ter o menor sentido quando você tinha os Grace.

Bando de farsantes idiotas, foi a expressão que Jase usara para xingá-los, não foi?

Fui ficando cansada daquela exibição e assisti Jase se levantar de novo, debatendo-se e gritando, até que algo no tom da sua voz e o silêncio que tomou conta do grupo chamou minha atenção.

Ele não estava mais gritando. Estava berrando.

Seela se aproximou da beirada da água.

O vento virou, e eu a ouvi.

— Tom! — gritou ela para o mar. — Vá pegar Jase! Tem alguma coisa errada!

Tom se virou, sua cabeça lustrosa como uma foca, localizando o amigo que se debatia. Mergulhou para ir até ele, e o outro surfista o seguiu um segundo depois.

Espuma do mar e confusão por longos segundos. Cabeças aparecendo e desaparecendo na água.

Observei enquanto arrastavam Jesse para a areia. Assim que o pé dele tocou o chão, ele deu um grito agudo e cortante. Gaivotas alçaram voo, saindo do caminho de forma atrapalhada e amedrontada.

— Merda — sussurrei. — Ele quebrou a perna.

— Pode ter sido um tubarão ou algo assim — comentou uma voz ao meu lado, parecendo nervosa e fascinada.

Virei-me e olhei.

Era Marcus.

Estava observando a cena com as mãos apoiadas no parapeito. O vento tinha abafado o som de sua aproximação.

— Não foi isso, não — respondi. — Você por aqui?

— Será que alguém já chamou uma ambulância?

Eu apontei para a multidão. Várias pessoas estavam com celular nas mãos. Jase estava chorando agora, soluços altos vindos da areia.

— Coitado — lamentou Marcus, franzindo a testa. — Que azar.

— É.

Ele colocou as mãos ao lado da boca e gritou:

— Vocês precisam de ajuda?

Apenas uma pessoa ergueu o olhar e, quando viu quem estava gritando, desviou os olhos. Jase desapareceu em meio a toda aquela gente. Senti Marcus me observando.

— Você está com uma cara de quem acha que estou planejando esfaqueá-la — disse ele. — Acho que você deve ter ouvido todo tipo de boato a meu respeito.

— Eu sou nova na cidade — respondi. — Eu não conheço ninguém bem o suficiente para presumir coisas sobre as pessoas.

— Ainda assim...

Isso me ofendeu.

— O que você quer? — perguntei.

— Será que podemos conversar?

— Sobre o quê?

A voz dele estava tranquila.

— Talvez sobre você parar de agir como se eu tivesse uma doença contagiosa e simplesmente conversar comigo.

Eu me virei, constrangida.

— Foi mal — desculpei-me.

— Tranquilo, eu entendo. Isso é o que acontece. — O rosto dele era fácil de ler. Isto o incomodava, mas ele não tentava esconder. Aquilo era corajoso. Eu escondia tudo que podia.

Você tem bons motivos, sussurrou minha voz carvão-negro.

Ouvimos sirenes soando ao longe. Uma ambulância estava a caminho. A multidão na orla tinha aumentado, e, de repente, me senti desconfortável com tantas pessoas ali, juntando-se como urubus, e eu ali, parada, como se fosse um deles, assistindo ao show.

— Venha — falei para Marcus. — Vamos cair fora daqui. A cavalaria chegou.

Voltamos para o centro da cidade.

Resisti à vontade de olhar para ele enquanto caminhávamos. Marcus despertava minha curiosidade. Tudo que eu tinha ouvido sobre ele dava a entender que era louco ou perigoso, mas não parecia, e eu gostei daquilo. O mais importante de tudo era que ele tinha conseguido conquistar uma Grace, e eu me perguntava como ele conseguira a façanha. Eu me perguntava se ele poderia me ajudar.

Passei pela entrada do Mews e segui para o centro da cidade — o qual eu agora considerava normal e chato —, passeando sem destino pelas ruelas de paralelepípedos. Eu sempre tentava usar os meus sapatos de sola mais fina quando ia à cidade porque amava sentir as pedras arredondadas contra meus pés. Elas pareciam antigas e imutáveis, pontos fixos no tempo. As pessoas passavam por elas, indo e vindo, indo e vindo. As pedras permaneciam as mesmas.

— Ouvi dizer que você mudou de nome — comentou Marcus enquanto caminhávamos.

Eu não respondi.

— É legal — continuou ele rapidamente. — Tipo assim, as pessoas podem se chamar do que quiserem.

— Você está dois anos na minha frente na escola, não é? — perguntei para mudar de assunto.

— Isso. No mesmo ano que os gêmeos de ouro. De onde você é?

— Do subúrbio da cidade grande. É totalmente diferente daqui.

— E por que você se mudou?

Parei. Eu não ia começar a falar sobre o passado para um completo estranho.

— Por que você quer saber?

— Só estou conversando — respondeu ele.

— Olha só. Acho melhor eu avisar que Summer meio que já me contou tudo sobre você.

Algo se agitou na expressão dele; algo que não consegui definir antes de desaparecer. Ele baixou o olhar. O dia estava cinzento, e a maioria das pessoas estava em casa.

— O que ela disse? — Ele tentou soar casual, mas o desespero estava claro em seu rosto.

— Que você é obcecado por Thalia.

— Ah, sei. Que eu sou um stalker. — Ele bufou. — Ah, que bom. Que original.

— Não acho que eu possa ajudar você a se aproximar dela.

— Não é por isso que estou conversando com você.

— Então por quê?

Ele fez um gesto defensivo com as mãos. Era todo cotovelos e dedos longos de pianista.

— Você é nova na cidade. Tem coisas que não sabe, tá? Você precisa ser avisada antes de mergulhar fundo demais. Pode confiar em mim. Eu sei como é mergulhar fundo demais nos Grace.

— Sério? E como você sabe?

— Porque eu fui o melhor amigo deles a vida toda. Até pouco tempo atrás.

O cabelo dele era preto e fino, o rosto atraente o suficiente. Pele clara. Normal. Se você estivesse em um momento generoso, talvez o considerasse interessante de um jeito vampiresco, destrutivo. Ele parecia tão normal, mas eu sabia que a aparência muitas vezes não combinava com a personalidade. Observei quando ele ergueu o olhar, e depois voltou a encarar o chão. Estávamos perto de uma cafeteria vazia, seu toldo horrivelmente alegre açoitado pelo vento. Era um lugar pintado com cores primárias do tipo que mães com carrinhos de bebê gostam de frequentar. Ninguém da nossa idade iria a um lugar daqueles. Ele fez um gesto.

— Será que a gente pode se sentar um pouco e conversar por um minuto?

Ele me manipulou direitinho, eu ia lhe dar tal crédito. Quando Marcus abriu a porta e entrou sem nem esperar para ver se eu iria acompanhá-lo, é porque ele já sabia que eu iria.

CAPÍTULO TREZE

Marcus comprou para nós dois chocolates quentes com marshmallows boiando no líquido ralo. Sentamo-nos no fundo do lugar, numa mesa de canto, longe da visão da rua.

— Você deve estar se perguntando por que eles se interessaram por alguém como eu — começou ele, sem preâmbulos. — A gente meio que cresceu junto. Meu pai costumava trabalhar para Gwydion. — Ele sorriu diante da minha surpresa. — Isso não é segredo. Você só é nova na cidade.

— Você era amigo de todos eles?

— Principalmente de Fen. Mas você sabe como são as coisas. Se um deles adota você, todos o adotam.

Eu sabia.

— E o que aconteceu? — perguntei.

Marcus afastou o olhar.

— Summer me contou que você e Thalia namoraram por um tempo — revelei, tentando ser gentil.

Ele se virou para mim.

— Ela contou isso para *você*?

Ele parecia surpreso por eles já terem confiado um segredo daqueles a mim, e eu não pude evitar uma pequena sensação de orgulho.

— Por que você simplesmente não conta para todo mundo? — perguntei. — As pessoas não o tratariam assim se soubessem que vocês tiveram um relacionamento.

— Não sou eu quem deve contar — murmurou ele. — É Thalia que deveria contar. Eu não vou traí-la dessa forma.

— Mas...

— Veja bem, eu não me importo com os boatos — declarou ele, irritado. — Eu não ligo para o que qualquer pessoa acha de mim.

As palavras implícitas ficaram pairando. Apenas a opinião dos Grace importava. Ele continuava leal, talvez na esperança de que aquilo fosse trazê-los de volta.

Bem, boa sorte com isso, Marcus.

Eu me lembrei de Summer mantendo um silêncio leal no refeitório naquele dia que ele tentara conversar com Thalia na fila para o almoço. Eles não tinham se juntado ao restante das pessoas que debochavam dele, mas também não fizeram nada para evitar. O poder estava em suas mãos, mas eles não faziam uso dele. O que aquilo significava? Será que estavam punindo Marcus? Será que eram mais cruéis do que eu gostaria que fossem?

— Você pode achar que é bobeira — continuou ele suavemente, olhando para mim. — Você vai contar para todo mundo o que Summer contou para você?

— É claro que não.

— Por que não?

Porque eu não conheço você, e eu não devo nada a você.

— Porque você sente o mesmo tipo de lealdade que eu — respondeu ele por mim. — Porque é assim que eles fazem as pessoas se sentirem.

— Eles não me *fazem* sentir nada.

— Fala sério. Eles manipulam completamente as pessoas dessa cidade inteira.

— E como é que eles poderiam fazer uma coisa dessas?

Ele passou a língua pelos lábios, tenso.

— Você sabe. O lance da feitiçaria. Magia negra.

— Você realmente acredita nisso? — perguntei, esforçando-me para manter o tom neutro.

— Está me dizendo que, mesmo depois de ter passado um tempo com eles, você *não acredita?*

Fiquei em silêncio.

Ele parecia triunfante.

— Então o que mais eu não sei sobre eles? — perguntei em tom casual.

Marcus olhou para a parede mais distante, batucando na mesa. Tum, tum, tum. Ele emanava muita energia contida para alguém tão magro.

— Para começar — disse ele —, talvez os Grace sejam a família mais poderosa que você vai conhecer na vida. Estou falando de dinheiro. Dinheiro antigo e negócios de todos os tipos que possa imaginar. Metade do governo tem algum tipo de ligação com um Grace. Tipo assim, faz sentido. Os feiticeiros da água são os melhores na arte do charme e da persuasão. Esse tipo de pessoa pode se tornar líder e fazer com que as pessoas certas mudem de ideia sobre as coisas...

— Isso é meio paranoico.

— Na verdade, não. É a vida para as pessoas ricas e poderosas. Você não tem ideia do que eles poderiam fazer num estalar de dedos.

— Qual é. Eles são ricos, mas e daí? Eles não são os donos da cidade.

— São sim. Você só não percebeu ainda. — Ele cruzou os dedos no colo. — Fen e eu costumávamos conversar muito sobre isso. Ele dizia que ser um Grace era como fazer parte de um culto. Quando você está nele, você não consegue entender por que os outros viveriam, pensariam ou agiriam de qualquer outra forma. Só quando começa a emergir é que percebe como as coisas podem ser estranhas.

— Mas e daí? Eles fazem uma lavagem cerebral nas pessoas? São tão poderosos assim?

— Por que não? Você já percebeu como todos se agarram a cada palavra que dizem, não é? E tem muita coisa estranha acontecendo em torno deles, tipo casamentos arranjados com outras famílias, apenas as que têm linhagem antiga, dinheiro e tradição como eles. Eles tratam os membros da família como cavalos puro-sangue. E todo o restante como gado. É um lance meio "manter as coisas em família", e eles odeiam qualquer coisa que ameace isto.

— Fenrin não é assim. Nem Summer. Thalia... — Eu hesitei.

— Fen é exatamente assim, na verdade, e ele realmente odeia isso nele mesmo. Summer também, apesar de todo o lance da rebeldia. E quanto a Thalia? Fala sério. Ela é a cópia da mãe. — Ele suspirou. — Se você a cortasse ao meio veria que, por dentro, ela é completamente Grace. Como um torrão de açúcar.

Eu estava começando a perceber por que as pessoas não gostavam de Marcus. Por que ele parecia ter sido carimbado com a palavra "esquisitão" no meio da testa. Ele verbalizava coisas que as pessoas pensavam apenas para si, em suas mentes, e parecia não ter o menor medo de parecer um idiota por causa disso. Sabia o que todos pensavam a seu respeito, e não dava a mínima.

Mesmo sem querer, senti surgir o começo de uma admiração.

— Mesmo que eu acreditasse em teorias da conspiração — retruquei —, por que você está me dizendo tudo isso?

Seus olhos pousaram nos meus por um segundo e rapidamente se desviaram.

— Todo mundo na escola tem observado você nas últimas semanas. Não sabia disso?

Fiquei em silêncio. Desconfortável.

— E eles não teriam feito isso se você fosse apenas mais uma amiga escolhida pelos Grace. Você sabe, do jeito que eles fazem. — Ele fez uma pausa. — Mas eles não têm *melhores* amigos. Eles não largam pessoas por outra pessoa, a mesma pessoa todas as vezes.

— E daí? — perguntei.

— E daí — respondeu ele com a voz trêmula de animação. — As pessoas não entendem como você fez isso. Elas não entendem você. Todo mundo tem medo do que não entende. E medo se transforma em raiva.

— E raiva se transforma em ódio, e ódio leva ao lado negro.

— Você pode achar que isso não tem nada a ver. É assim que funciona. Você já passou a noite na casa deles. Você sabe quantas pessoas da escola já fizeram isso?

— Algumas.

— Nenhuma. Ninguém além de mim.

Senti um calafrio descer pela minha espinha.

— Então senti que eu deveria avisá-la, de um rejeitado pelos Grace para o próximo, como é que as coisas são de verdade. Porque é muito bom agora, mas quando você fizer alguma coisa da qual eles não gostarem, sua vida vai começar a dar errado. E assim que todo mundo perceber que você não está mais com eles, os boatos vão começar. Você passa a ser excluído e rejeitado quando nem mesmo é o vilão... Vai ver como é. Não são *eles*. Nunca são *eles*. É todo o resto. Enquanto é amigo deles, você está protegido, mas logo que eles se cansam de você, todas as outras pessoas te punem por ter estado com eles. É assim que as coisas funcionam.

— Eu sei como o bullying funciona — devolvi. — Eu não tenho medo de pessoas pequenas e patéticas que tratam os outros como lixo só para que se sintam melhores em relação à vidinha insignificante que levam.

Marcus me analisou atentamente.

— Não, acho que não — disse ele. — Mas essas não são pessoas normais. E esta não é uma cidade normal por causa deles. É só... É difícil para qualquer pessoa enxergar direito quando está perto deles.

— Mas você consegue, eu acho.

— Eu consigo *agora*.

Agora que ele tinha sido excluído.

— Isso significa que você não vai tentar voltar para Thalia? — perguntei.

A expressão dele ficou extremamente séria.

— Isso não é da sua conta — respondeu ele de forma direta.

— Mas parece que você ainda a ama, apesar de tudo que está dizendo.

Ele se fechou. Talvez tenha achado que eu estava jogando para obter informações sobre os Grace. Eu não estava, não exatamente — eu estava curiosa. Será que Marcus ia simplesmente ficar aguardando passivamente até que eles voltassem a gostar dele ou será que faria alguma coisa a respeito?

— Por que vocês terminaram? — tentei.

Ele ficou em silêncio.

Comecei a ficar desconfiada.

— O que você fez? — perguntei.

— Não é da sua conta, como eu disse.

Ele tinha passado os últimos minutos tentando queimar a imagem dos Grace, mas eu ainda não tinha definido o quão inocente ele era naquilo tudo. E se ele tivesse feito algo horrível? O que eu deveria pensar sobre as coisas ruins que ele dissera a respeito deles? Como eu poderia descobrir a verdade? Tinha aquele site, mas...

Algo se encaixou na minha mente.

— Espere um pouco — disse eu.

Ele olhou para mim.

— Você disse algo sobre feiticeiros da água. Pessoas com grande poder de persuasão.

— Isso.

— *Você* fez aquele site.

A expressão dele mudou.

Achei que estava começando a compreender Marcus. O que uma pessoa escolhia manter em segredo dizia tudo que você precisava saber a respeito dela. O que ela mostrava era quem queria ser. O que escondia, o que era de verdade.

Eu me recostei, sentindo um aperto no peito.

— Ai, meu Deus. É por isso que tem um monte de coisas íntimas sobre eles. Eu sabia que tinha que ter vindo de alguém próximo da família.

— Não é nada íntimo — negou ele. — Todo mundo já sabe a maior parte das coisas que estão lá.

— Incluindo os tipos de bruxos e seus símbolos? Todas as histórias sobre os membros da família? Você quer que eu acredite que eles contam aquele tipo de coisa para todo mundo?

Ele ficou em silêncio.

— Isso não é meio que uma traição? Uma facada pelas costas?

— Foi logo que eles se voltaram contra mim — murmurou ele. — Eu estava zangado. E eu queria avisar as pessoas.

Mas o website não parecia isso. Dava a impressão de vir de alguém apaixonado por eles, pelo perigo e pelos segredos deles. Eu ainda não sabia se ele queria que eu me afastasse deles ou o ajudasse a voltar para eles, mas qualquer que fosse o motivo, eu não estava interessada. Ele não queria me ajudar... queria se ajudar. Eu não o odiava por isso; era apenas a natureza humana, mas eu não estava preparada para ser usada daquela maneira. Eu já tinha meu próprio plano com o qual me preocupar.

— Olha, eu tenho que ir.

Ele ergueu o olhar; tinha uma expressão assustada.

— Espere um pouco.

— Sinto muito pelo que aconteceu entre vocês, mas não tem nada a ver comigo, tá? — Eu me levantei, afastando-me da mesa para qual ele me levara. — Eu não posso ajudá-lo, Marcus. Você precisa esquecer isso. Deixe Thalia em paz. Deixe todos eles em paz. Vai ser melhor assim.

Ele fez menção de falar e desistiu. Aquilo era meio chato. Mas eu não poderia arriscar minha amizade com os Grace só porque Marcus tinha estragado a dele.

Dei meia-volta e saí andando depressa para deixar a cafeteria. Afastando-me e respirando, aliviada.

Ele estava gritando às minhas costas:

— Acha que eles não vão acabar com você também? Eles vão. Vão *mesmo*.

CAPÍTULO CATORZE

Era difícil frequentar uma escola que não adotava uniforme. A intenção era que você se sentisse como um adulto, mas só servia para me deixar ansiosa todas as noites quando eu olhava para minhas roupas no armário, passando os cabides até o barulho do tilintar entre eles me provocar uma dor de cabeça.

Fenrin não parecia preferir um estilo de moda, embora já tivesse namorado várias surfistas. De qualquer forma, eu era a diferente, certo? Ele gostava de mim por causa disso. Tentei passar sombra nos olhos para dar um efeito esfumado e misterioso, mas tudo que consegui foi uma aparência cansada. Então limpei.

Aquilo era ridículo. Eu nunca tinha ficado assim por causa de ninguém. Eu nunca fui de ter muitos amigos. Eu não me dava bem com as pessoas, e era difícil viver quando se era assim. Era mais fácil não se expor, causava menos sofrimento.

Mas daí jamais imaginei conhecer alguém como os Grace. Agora eu sabia que vinha me preservando para eles durante todo aquele tempo. Éramos próximos? Eu não saberia dizer. Eu nunca havia tido melhores amigos antes, então não estava bem certa do tipo de comportamento que revelava isso. Mas eles me contavam segredos, não é? Eu precisava que gostassem de mim, que confiassem em mim o suficiente para me ajudar, para me ensinar a ser uma feiticeira, assim eu poderia consertar as coisas.

Talvez até conseguir meu pai de volta.

Aquela era a primeira e melhor chance que aparecia, e eu tinha que fazer tudo que estivesse ao meu alcance para tirar proveito dela.

No horário de almoço, eu estava lendo um livro enquanto entrava na cantina, baixando-o languidamente enquanto erguia o olhar à procura de um lugar, tentando parecer absorta demais no mundo daquelas páginas para prestar muita atenção ao mundo ao meu redor.

Lá estavam eles. Os três, juntos na mesa do meio, cercados por um grupo risonho.

Vá até lá como se lá fosse o seu lugar.

Vá logo.

E se eles me ignorarem?

Você acabou de passar uma noite na casa deles. Quantas outras pessoas da escola poderiam dizer o mesmo?

Atravessei a cantina, os avisos de Marcus ecoando na minha mente. Passei por Niral, sentada em um grupo na outra mesa, e por um momento fui tomada por uma sensação de pânico, como se ela pudesse ver o feitiço de impedimento que eu tinha feito sendo exibido como um filme bem no meio da minha testa. Mas a única coisa que aconteceu quando ela me viu foi me olhar de cara feia e continuar conversando com as amigas.

Para minha decepção, ela parecia completamente não afetada pelo feitiço. Achei que aquilo significava que eu ainda não era uma bruxa — parte de mim estava feliz por isto. Pois minha atitude tinha sido feia e mesquinha. Eu devia ter sido superior àquilo tudo, mas em vez disso acabei arriscando muita coisa só para ensinar uma lição àquela valentona. A partir de agora, eu agiria como se mal notasse a existência dela. Aquilo era o que um Grace faria.

Quando cheguei à mesa deles, percebi meu erro: não havia lugar para eu me sentar. Senti o rosto queimar. Começou no pescoço e foi subindo por cada pedacinho da minha pele até chegar à raiz do cabelo.

— Oi — cumprimentei, olhando para Summer.

Ela estava bebendo algo e não respondeu.

— Você está a caminho da biblioteca ou vai ficar com a gente para provar esta deliciosa carne assada? — perguntou Fenrin, que tinha diante de si uma carne de aparência estranha espetada num garfo e ostentava uma expressão de nojo.

Senti a queimação passar, deixando apenas um alívio cauteloso em seu encalço.

— Eu tenho um pouco de tempo. Para você, talvez até dez minutos.

— Que alma generosa, Vossa Alteza. Sente-se conosco... Ah, espere, não tem cadeira vaga.

Ninguém se mexeu.

— Eu posso ficar em pé — respondi. — Não vou ficar muito tempo.

— Dean, você já deveria ter ido embora. Dê seu lugar para River.

Dean olhou para mim.

— É sério — falei. — Eu estou bem.

Ninguém corria o risco de fazer um Grace pedir duas vezes. Dean se levantou devagar, como se não ligasse.

— É, eu já estou atrasado mesmo — disse ele. — Vejo você na aula de biologia?

— Isso — respondeu Fenrin, distraído.

Dean se afastou. Eu me sentei ao lado de Fenrin. A cadeira ainda estava quente.

— Então, você vai ter que me contar o final do último filme — falei para Summer. Ela estava conversando com Lou, que pareceu irritada quando Summer parou de falar e se virou para mim.

— Quer dizer que vocês não assistiram tudo? — perguntou ela.

Thalia revirou os olhos.

— Mas do que você está falando? Você dormiu.

— E daí?!

— E daí que a gente não tinha mais obrigação de assistir — respondeu Fenrin se recostando. Percebi como a curva do seu ombro se movimentava sob a camiseta e então olhei para a mesa. — Foi você que escolheu um filme ruim, de qualquer modo.

— Aonde vocês foram? Ao cinema? — quis saber Lou.

Summer deu de ombros.

— Não, nós só ficamos em casa, assistimos a alguns filmes e comemos.

Eu queria que houvesse um silêncio surpreso. Em vez disso, porém, notei uma rápida troca de olhares impressionados entre Gemma e Lou.

Tudo bem. Eu me perguntei quanto tempo aquela novidade ia levar para circular.

— Vocês ficaram sabendo sobre Jase? — perguntou Lou, mudando rapidamente de assunto.

— Ai, meu Deus, a coisa foi feia — interveio alguém com entusiasmo.

— O que aconteceu? — perguntou Gemma.

— Ele quebrou a perna surfando. Teve que ir para o hospital. Disseram que ele estava gritando e chorando como um garotinho de 5 anos fazendo pirraça.

— Sério? — perguntou Summer. — Quando foi isso?

Lou lançou um olhar satisfeito para Summer, como se estivesse sendo maravilhosamente astuta.

— Ontem.

Gemma assoviou.

— Deve ter doído.

— Deve mesmo. Mas eu não estou muito chateada por ele, não depois de todas as merdas que ele andou dizendo sobre Summer. Então talvez tenha sido bem feito para ele.

— Cruel — comentou Gemma, seu tom ansioso sugerindo outra coisa.

Então compreendi. Elas achavam que Summer tinha cumprido a promessa de amaldiçoá-lo.

Fiquei observando-a. A expressão de Summer estava cuidadosamente neutra, e ela não fazia nada para corrigir as amigas. Será que ela realmente tinha feito alguma coisa ou será que não passava de coincidência? O assunto morreu.

— Então... como estão os preparativos para a festa? — perguntou uma das amigas de Thalia.

— Ah, cara, um pesadelo — gemeu Thalia. — Organizar aquele monte de gente.

— Esther está fazendo a maior parte de trabalho — disse Summer.

— Não mesmo. Ela jogou tudo em cima de mim dessa vez. — Thalia tentava soar enojada, mas parecia feliz. — Acho que é porque Gwydion não vai estar aqui. Ela está surtando por ter que receber todo mundo. Você sabe como é fazer com que todos cheguem na hora para qualquer coisa.

Summer revirou os olhos.

— Meu Deus, nossa família. Você se lembra do Yule?

Fenrin bufou.

— Tio Lleu na banheira?

— A *palha* — comentou Thalia.

— E então os três na porta da nossa casa, com cinco horas de atraso...

— E cobertos de lama, e ele diz...

Os três falaram juntos:

— Droga de taróloga!

Summer riu alto. Os outros dois estavam morrendo de rir. As outras pessoas na mesa ficaram ali, constrangidas.

— Então sua família inteira vem para a festa — disse uma das amigas de Thalia quando julgou ser seguro.

— Quem estiver livre — respondeu Thalia. — Se todos viessem, teríamos de ser donos de um castelo para receber todo mundo.

— Mas é o aniversário de 18 anos de vocês.

— E daí?

A amiga pareceu tensa. Ela era uma daquelas que achava que se vestir como Thalia a tornava mais aceitável. Camuflagem, pensei. Pareça-se com eles, seja como eles. Ela usava uma mecha prateada dramática presa ao cabelo.

— Bem, é uma data especial, não é? O aniversário de 18 anos.

— Se a única coisa que você deseja é poder beber em bares, acho que sim — respondeu Thalia. — Mas nossa família nunca achou isso importante. É só um número, sabe?

A menina assentiu como se soubesse daquilo desde o início.

"Nossa família" significa que você está sendo lembrado que é excluído, pensei.

— Você deveria nos convidar este ano — disse Lou. — Gemma prepara um coquetel de vodca chamado "Sex on the Beach" que é maravilhoso e forte. Todo mundo vai adorar. — Seus olhos passaram rapidamente por Fenrin. — Vocês deviam perguntar para os pais de vocês se poderiam convidar os amigos desta vez — concluiu ela, esperançosa.

— Bem, nós perguntamos — respondeu Summer, parecendo desconfortável. Eu fiquei imaginando se as pessoas tentavam isso todo ano. — Nós recebemos amigos da família também.

— É, mas, tipo, amigos da sua idade.

— Alguns são.

— É meio injusto com vocês — insistiu Lou, olhando para Fenrin e Thalia. — Tipo, Summer pode convidar uma tonelada de amigos no aniversário *dela*. É por causa daquele lance com aquele garoto? Porque aquilo aconteceu anos atrás e foi só um acidente idiota.

Os Grace trocaram um olhar breve.

— Hum — disse Thalia. — Bem, é mais como uma reunião de família hoje em dia. Tipo, Summer comemora na praia, mas a nossa festa é em casa, então a família pode ficar com a gente. É mais fácil.

As palavras implícitas pairaram no ar. Ninguém daqui ia porque ninguém daqui era convidado para ir à casa deles.

Ninguém além de mim.

Engoli uma onda da mais pura felicidade antes que alguém notasse.

Senti um cutucão. Fenrin estava olhando para mim.

— Estou entediado — disse ele. — Só se fala nessa festa agora. O que você está lendo?

Mostrei para ele.

— *As virgens suicidas?* Uau!

— É para a aula de literatura.

— Chato.

— Na verdade, é muito bom — disse eu, tentando erguer uma das sobrancelhas. — Tem coisas interessantes aqui.

— Não é só sobre um bando de garotas idiotas se matando sem motivo? — opinou uma das amigas de Thalia.

— Não. É sobre como algumas vezes pessoas aparentemente normais são capazes de coisas extraordinárias. Tipo, você nunca saberia o que aquelas garotas tinham dentro de si para fazer coisas horríveis. Temos sempre que encontrar motivos para entender o caos, mas o pior de tudo é quando os motivos são totalmente banais, ou quando simplesmente não existe motivo algum.

Quando parei de falar, me dei conta de que estava sendo chata e de que todos estavam em silêncio.

A testa da garota estava franzida enquanto ela me olhava.

— É melhor você se acalmar — disse ela. — Tipo, suicídio não é um assunto que deva despertar muita animação, não é?

— Você deve gostar de coisas mórbidas — comentou outra. — Você não é como aquelas pessoas que acham que são vampiras, não é?

— Você tem um caixão em casa?

— Você bebe sangue?

Eu sabia exatamente o que estava acontecendo, eu só não conseguia fazer nada a respeito.

Deveria estar feliz, disse minha voz carvão-negro. *Isso significa que elas se sentem ameaçadas por você.*

— Eu *adoro* esse tipo de coisa esquisita — declarou Summer. — Por que você iria querer ser alguém que nunca questiona as coisas e só vive para comer, procriar e morrer? Provavelmente na frente da televisão, assistindo a algum *reality show* sobre pessoas insípidas tentando ao máximo não ser insípidas?

Ao meu lado, Fenrin riu. Summer jogou um beijo para ele.

Eu os amava. Eu os amava com todo meu coração. Como eu poderia ter duvidado?

O primeiro sinal tocou. Quando todos começaram a se arrumar para ir embora, esperei até Summer se levantar, e só então eu me levantei. Saímos juntas enquanto Fenrin e Thalia seguiam atrás.

— Achei que você estivesse indo para algum lugar? — perguntou ela.

Eu devia a verdade para ela, depois de como ela havia sido legal comigo.

— Eu só estava tentando bancar a legal.

Ela riu.

— Mas você *é* legal

— Valeu, rainha das coisas legais.

— Ei. Você vem à festa, não é?

Parei, surpresa.

— Eu vou? Eu vou ser convidada?

— É claro que sim.

Puta. Merda.

Eu nem liguei para o fato de ela não ter dito aquilo na frente dos outros. Senti que era algo mais pessoal. Aquilo era só entre nós duas.

— Ai, meu Deus — falei, percebendo uma coisa de repente. — Eu vou ter que comprar um presente para eles.

Summer começou a rir.

— Não ria. O que é que vou dar para eles?

— Pare de surtar. Eles vão ganhar presentes demais de todo mundo. Eles não vão querer nada de você. Estou falando. Eles só querem sua presença.

Eu estava ruborizada de felicidade. Estava brilhando mais que um letreiro de neon, eu tinha certeza. Mas não importava.

— Bem, quando é a festa? — perguntei. — Preciso checar minha agenda para ver se estou livre.

Eu sabia exatamente quando era. Dia primeiro de agosto

— Tentando bancar a legal de novo? Você não tem agenda. A sua agenda é minha — declarou Summer.

— Você não é minha dona — respondi em um tom de ofensa fingida.

— Ainda não — retorquiu ela, dando-me um sorriso maldoso.

CAPÍTULO QUINZE

Num certo dia em junho, Thalia não apareceu na escola.

Eu não tinha visto Summer a manhã inteira — não tínhamos aula juntas às terças-feiras —, mas eu costumava encontrá-la na cantina se não tivéssemos outros planos. Na hora do almoço, ignorei meu nervosismo e fui diretamente para a mesa vazia dos Grace, apesar de ninguém ter chegado ainda. Os amigos deles não disseram nada, e eu me permiti relaxar, pegando o telefone e fingindo estar ocupada.

— Ela deve estar apavorada — ouvi alguém comentar enquanto eu olhava para a tela e digitava alguma coisa. — Para não vir à aula por causa dele.

Não consegui ouvir a resposta por causa do barulho da cantina.

— Alguém o viu hoje? — perguntou outra pessoa.

— Não, ele deve estar escondido na biblioteca.

— Talvez a gente devesse fazer uma visitinha.

— Eu não faria isso. — Aquela era a inconfundível voz de Gemma, e o meu olhar pousou em cima dela, que estava em frente a mim. — Eles não gostam de interferências.

— Ele está *perseguindo* Thalia — protestou Lily, a amiga com mecha prateada.

— Eu sei, mas eles podem cuidar disso, não é? — Lou fez uma pausa. — Tipo assim... Vocês sabem o que eu quero dizer.

— Então por que não estão fazendo nada?

— Eu não sei, mas...

— Fala sério, gente. — Lily olhou para todo mundo na mesa em busca de apoio. — Thalia faltou aula hoje por causa do cara. Ele está oficialmente assustando a garota. Nós não podemos permitir que ele se safe.

Marcus era um pouco obcecado, tudo bem. Mas assustador?

— O que foi que ele fez? — perguntei.

Houve o mais breve dos silêncios enquanto as pessoas decidiam se deviam me incluir ou não.

— Você não ficou sabendo? — perguntou Lily.

Eu dei de ombros.

Gemma suspirou.

— Ele foi à casa dos Grace na noite passada, pedindo para falar com Thalia. Eles pediram para ele ir embora, mas uma hora depois eles o encontraram *dentro* da casa. Ele conseguiu abrir a porta dos fundos, e estava indo para o quarto dela.

Ah, Marcus. Eu sentia pena dele, mas invadir a casa de alguém? O que o fez pensar que aquilo seria uma boa ideia?

— Eles chamaram a polícia? — perguntei.

— Não.

— Por que não?

— É exatamente o que eu quero dizer — continuou Lily, fazendo um gesto para mim e recostando-se na cadeira.

— Isso o manteria longe da casa deles, não é? — arrisquei.

— Considerando o que ele fez antes, eu duvido muito. — Lou fungou.

— Por quê? O que ele fez antes?

Silêncio.

Gemma deu de ombros.

— Ela é nova na cidade, lembram-se? Tudo aconteceu antes de ela se mudar.

— Não acredito que eles não contaram tudo para você — comentou Lou.

— Ah, fala sério — disse Gemma em tom sensato. — Não é algo que eles queiram discutir com uma desconhecida, não é?

Só que eu não sou uma desconhecida. Sou a melhor amiga deles.

Fiquei à espera, alternando o olhar entre elas. Eu queria muito saber o que Marcus não tinha me contado para bancar a falsa indiferente.

— Aconteceu durante as férias de Natal — contou Gemma, aí calou-se. — Como posso explicar? Marcus meio que atacou Thalia.

— *Atacou?* Como?

— Os pais deles o pegaram na hora, tipo, prendendo-a na cama — contou Lou, sua voz cheia de raiva. — Parece que ele a estava sacudindo, repetindo que eles tinham sido feitos um para o outro. Quando ela disse que não estava interessada, ele basicamente pulou em cima dela como um animal. Quem sabe o que teria acontecido se os pais dela não tivessem chegado?

Senti o estômago revirar.

— Ai, meu Deus.

Elas continuaram falando. Eu não conseguia acreditar naquilo.

Felizmente eu não tentara ajudá-lo.

Fiquei ali na mesa durante o restante do horário de almoço, mas nem Summer nem Fenrin apareceram. Quando fui para a aula seguinte, Summer já estava lá. Ela me deu um sorriso sério, mas não passou nenhum bilhete, e, quando tentei falar com ela depois, ela praticamente fugiu.

Ela não tinha celular para que eu pudesse enviar uma mensagem de texto e perguntar qual era o problema. Eu não tinha como falar com ela. E não podia perguntar para mais ninguém e nem fazer nada a respeito do que poderia estar rolando sem mim. Eu só tinha que voltar a ser o fantasma que era antes, sem Summer para me ancorar, sentindo como se os últimos três meses nunca tivessem acontecido, e como minha existência era frágil sem ela, mesmo que apenas por uma tarde.

Consegui tolerar a última aula me distraindo com devaneios. Estava quente do lado de fora, e os professores não podiam ser interrompidos. Todos só estavam esperando o fim do semestre, aquele cheiro de grama cortada e sol invadindo a janela aberta da sala de aula, e todos virando o rosto.

O último sinal tocou. Caminhei pela escola e fui até o portão de saída, passando por outros alunos. Meu rosto dizendo que eu ia sair para o dia ensolarado e que nada estava me incomodando. Demorei-me do lado de fora, fingindo esperar alguém me buscar. Amigos deles passaram por mim, seus rostos uma estranha mistura de felicidade e seriedade triste que sempre acompanhava as fofocas, mas nem sinal dos Grace.

Eu não tinha mais nada o que fazer. Levou vinte minutos para eu caminhar da escola até a casa dos Grace e, quando cheguei na ladeira sombreada, senti um fio de suor escorrer pela barriga. As janelas me encaravam com ar de reprovação enquanto eu batia na porta três vezes e dava um passo para trás.

Nada.

Eu não poderia voltar para casa sem saber. Passei pelas trepadeiras na parede de tijolo, indo até o portão de madeira que levava à lateral da casa e aos jardins dos fundos. O sino dos ventos soou docemente enquanto eu passava pelo canteiro de ervas, antes de chegar à porta dos fundos que dava para um corredor frio.

Estava destrancada.

— Olá? — chamei, minha voz abafada de nervoso.

Nada.

Tinha que ter alguém em casa — eles nunca deixariam a porta destrancada, principalmente depois do que tinha acontecido com Marcus. Mas se não tinha ninguém por perto... Eu queria muito olhar os vidros nos armários da estufa de Esther, os óleos básicos e

as pastas que ela mantinha da geladeira, as ervas secas e os conta-
-gotas e misturadores e os lindos tecidos de veludo cor de lavanda.
Eu queria folhear os livros das prateleiras, aqueles com grossas capas
de couro, passar os dedos pelas palavras e símbolos dentro deles,
como se eu fosse capaz de absorvê-los pelo simples toque. Cheguei
aos pés da escadaria, imaginando o que eu poderia fazer em seguida,
quando Wolf apareceu ao meu lado.

Eu me encolhi.

— Meu Deus, você me assustou.

— Por que você está aqui? — quis saber ele, seus olhos escuros
analisando-me. O sotaque profundo e rico carregado na garganta.

— Thalia faltou aula hoje, e tem um monte de boato correndo
pela escola, eu só queria saber se todo mundo está bem.

Eu estava começando a me sentir boba. Eles todos estavam bem.
Mas então Wolf disse:

— Fale baixo. Eles estão na cozinha.

Ele seguiu naquela direção, olhando para trás, como se eu devesse
segui-lo. Então foi o que fiz.

A família Grace estava reunida ao redor da grande mesa de
carvalho. Thalia obviamente ausente. Eu queria perguntar onde
ela estava, mas o ar em volta deles estava pesado e úmido com algo
que tinha acabado de acontecer — ou estava prestes a acontecer —,
e comecei a me sentir uma invasora.

Wolf deslizou silenciosamente para a cozinha e se encostou na
parede mais próxima, mas permaneci perto da porta, constrangida.
Esther e Gwydion estavam de costas para nós; acho que eles sequer
sabiam que estávamos ali. Fenrin e Summer estavam de frente para
eles. Senti o olhar de Summer pousar em mim por um breve instante
antes de ela desviá-lo.

— Não seja ridícula. — A voz normalmente melodiosa de Gwydion
soava dura. — Não precisamos envolver a polícia nos nossos assuntos.
Vamos lidar com isso sozinhos.

— Ele invadiu nossa casa — argumentou Esther. — Ele invadiu *nossa casa*. Que tipo de proteção nós temos?

Gwydion bufou.

— Ele não é um desconhecido, Esther. Ele passou metade da infância aqui. Esta casa o conhece.

Silêncio.

Esther cruzou os braços com um tilintar discreto dos pingentes.

— Então deve ser Thalia. Ela ainda deve estar se encontrando com ele. Conversando com ele para piorar a situação desse jeito.

— Ela não está — interveio Fenrin. — Ela fez tudo que vocês pediram para ela fazer. Esse é o problema. Meu Deus, isso não tem nada a ver com a maldição. *Vocês* criaram essa situação esdrúxula. Ela está sufocada sob o peso de todas as expectativas que vocês têm para ela, e ele é mentalmente instável. O que vocês achavam que ia acontecer?

A mãe dele lhe lançou um olhar capaz de cortar uma pedra. Ela vivia envolta naquele ar frágil e delicado, mas sob a fachada havia algo que eu não tinha certeza se gostaria de conhecer.

Gwydion se inclinou para a frente.

— O assunto será resolvido, Fenrin. E não se fala mais nisso.

— Resolvido como? O que vocês vão fazer? — A voz de Fenrin foi ficando cada vez mais alta, como um carro seguindo direto para o precipício. — Nada. Porque é como nós resolvemos os problemas nessa família. Nós os ignoramos e esperamos que desapareçam. Nós surtamos por causa de maldições e ferramos secretamente um monte de gente em vez de admitir que sofremos, simplesmente ficamos fazendo um monte de gestos com as mãos e entoando cânticos em vez de tomar atitudes *práticas* sobre...

— Pare — pediu Summer, a voz aguda. — Fenrin, pare...

Gwydion se levantou e apontou para a porta.

— Saia.

Ninguém se mexeu.

— Saia agora, vá para o seu quarto e se acalme. Sua mãe e eu vamos resolver isso. Não é problema de vocês. Vá.

Tentei desaparecer na parede. Foi então que Gwydion se virou e me viu.

Seus olhos não estavam mais tristes, e sim furiosos.

— *Todos* vocês, por favor — disse ele.

Esther começou a se virar. E eu saí da cozinha o mais rápido possível.

Wolf veio atrás de mim. Fenrin passou por ele, como se quisesse tirá-lo do caminho, e subiu direto sem nem mesmo olhar na minha direção.

— Ela só está aqui porque eu tinha marcado com ela. — Ouvi a voz de Summer na cozinha. — Temos um trabalho para fazer juntas, então pedi que viesse depois da aula. Não é culpa dela, né?

Merda.

Wolf estava ao meu lado. Eu estava grata pela presença sólida — ele poderia ter me abandonado. Naquele momento, éramos dois intrusos unidos.

Summer saiu da cozinha.

— Sinto muito — comecei a dizer, mas ela meneou a cabeça.

— Não se preocupe — disse. — Eu só preciso de um minuto.

Observei enquanto ela subia para alcançar Fenrin no lance de escadas.

— Fen — chamou ela. — Espere.

Ele se virou para ela com o dedo em riste, apontando diretamente para o seu rosto. Summer se encolheu.

— Você. Você poderia ter dito alguma coisa. Mas apesar de todo esse lance de rebeldia, Summer, você não passa de uma filhinha de papai. Você faz tudo que eles mandam você fazer, mas vai sufocar e definhar aqui como todos nós.

Seus olhos estavam vivos, e o corpo, trêmulo. Ele subiu as escadas correndo. Ouvimos a porta do quarto sendo batida.

Summer ficou parada por um tempo, de costas para nós. Aí seguiu para o quarto sem olhar para trás.

Eu me virei sem saber ao certo o que fazer. Wolf me observava e fez um gesto para a porta dos fundos.

— Venha — chamou ele. — Vamos para o jardim para cairmos fora dessa zona.

Eu o segui.

CAPÍTULO DEZESSEIS

Fomos até o final do jardim onde havia um lago à sombra de uma enorme macieira que se elevava como uma sentinela no início do pomar.

Wolf se sentou na grama e, sem qualquer aviso, tirou a camisa. Eu olhei para as costas dele, seu tronco. Ele era mais forte do que Fenrin, com músculos definidos e aquela pele morena e imaculada. Tinha uma tatuagem — um lagarto flexível e grande na barriga, a cabeça desaparecendo pelo cós da calça. Ele emanava uma aura meio cigana, e aquilo me fazia imaginar que tipo de feiticeiro ele seria, se é que era um. Ele se deitou sob o sol, e eu me sentei ao lado dele, passando os dedos pela grama.

— Você acha que causei problemas para Summer? — perguntei em voz baixa.

— Talvez. — Os olhos dele estavam fechados, e os tornozelos, cruzados. — Mas ela consegue resolver. — Ele entreabriu um dos olhos. — Ela gosta de você. Não se preocupe.

Eu me virei, feliz e ansiosa.

— Eu não devia estar aqui. Não é da minha conta.

— Você é amiga deles. E está preocupada. Às vezes eles se esquecem de que existem outras pessoas em suas vidas. Às vezes de forma deliberada, acho.

Olhei para ele, tentando decifrar seus pensamentos.

— O que estava acontecendo lá dentro?

— Thalia.

— E Marcus.

Ele ficou em silêncio por um tempo, talvez pensando no quanto poderia me contar.

— Quais são os boatos na escola?

— Eu ouvi... — hesitei. — Que ele é obcecado por ela. Que é perigoso.

Ele deu de ombros.

— Você conhece os Grace há muito tempo, não é?

— A vida toda — respondeu ele com firmeza. — A vida toda.

— Então você conhece Marcus?

— Conheço.

— Ele é perigoso?

— Só se pessoas apaixonadas forem perigosas.

— Mas ele faria... — Minha voz morreu.

— Acredito que ele tenha mudado recentemente — disse ele. — Era isso que você ia perguntar, certo? Ele sempre foi doce, mas um pouco ansioso. Agora, ele está... zangado. Desesperado.

— O que você acha que eles vão fazer?

— Nada. — Wolf se apoiou em um dos cotovelos, e os músculos da barriga se contraíram. Tentei não olhar. — Eles vão agir como se nada tivesse acontecido.

— Por quê?

— Porque é assim que os Grace lidam com as coisas. A imagem é tudo.

— Eles não podem... — hesitei. — Não tem nada que eles possam fazer? Para afastá-lo?

Wolf ficou em silêncio.

— Você sabe o que quero dizer, não é? — insisti.

— Não. Explique. — Mas ele sabia. Ele estava me testando. Você não passa a vida toda com os Grace sem saber das coisas, todas as coisas, a respeito deles.

Eu dei de ombros.

— Eles não podem usar magia?

— Você acredita nisso, né?

— Acredito — respondi sem hesitar. Mais um teste. — Você não? Ele se deitou e fechou os olhos.

Depois de um momento, ele falou de novo:

— Então... por qual deles você está apaixonada?

— Hã?

— Por qual? — repetiu ele. — Você deve estar apaixonada por um deles. Você fica por aqui como um cachorrinho à espera de sobra de comida.

— Uau! — exclamei, tentando parecer estar me divertindo.

— Não estou falando isso porque quero ofendê-la. É a mesma coisa para mim. Eu não tenho nenhum motivo para voltar a esta casa. — Ele parou. — Nenhum motivo, a não ser um.

Nós olhamos o jardim. Eu me senti próxima a ele de novo.

— E por qual *você* está apaixonado? — perguntei.

Wolf abriu um sorrisinho vago.

— A gente ama apenas um, mas acaba amando todos eles — declarou. — Os Grace. Queremos ser um deles e amá-los, e que eles nos amem. É uma maldição. Você não percebe? A maldição dos Grace.

Ele ficou em silêncio. O ar estava parado. Eu não queria ir embora, mas também não sabia o que fazer, então imitei Wolf, deitando-me na grama e deixando o sol me empurrar gentilmente contra o chão, enevoando meus sentidos.

— Wolf — chamei depois de um tempo.

Ele gemeu.

— E se nós quebrássemos a maldição?

Uma abelha zuniu, cortando o silêncio.

— Como? — perguntou ele.

Eu não respondi.

— Com magia? — continuou ele com voz neutra, e eu ainda não sabia dizer o que ele estava achando daquilo tudo.

— Não, com uma tesoura. Claro que com magia.

— Você já praticou magia?

— Eu... hum... — hesitei. — Eu já fiz alguns feitiços com Summer. E tenho lido muita coisa a respeito.

Ele me avaliou.

— Então você acha que sabe como quebrar uma maldição?

— Não exatamente. Você sabe?

Ele ficou em silêncio.

Fiz um gesto em direção à casa.

— Mas a gente poderia descobrir.

Wolf suspirou.

— Você é doida.

— Vamos pelo menos tentar — insisti, minha mente a mil por hora, viva, gritando *isso, isso*. Era isso que deveríamos fazer, com certeza. Era assim que eu provaria meu valor a eles.

— Você não acha que gerações de Grace já não tentaram isso? Não tem nenhum motivo para tentarmos.

— Ah, fala sério — debochei. — Você acha que a raça humana evoluiria se as pessoas simplesmente não tentassem fazer o que outras pessoas não conseguiram antes? Só porque nunca foi feito não significa que não possa ser feito. E se...

Os olhos dele estavam colados em mim.

— E se precisarem de alguém de fora? — concluí. — É possível que apenas membros da família tenham tentado, mas talvez a maldição não possa ser quebrada por um Grace sozinho. Você sabe como eles são. Não gostam que as coisas sejam discutidas fora da família. Aposto que nunca pensaram em pedir ajuda para alguém de fora. E se isso for tudo de que precisam?

Ele estava quase cedendo. Eu podia ver em todos os contornos do seu corpo.

Dei o golpe derradeiro:

— Eles estariam livres para ser quem quer que desejassem. Todos eles. Não valeria a pena?

Acho que vi de fato o instante em que ele tomou a decisão. Talvez ele estivesse pensando no Grace que amava em segredo. Eu me perguntava qual seria — Thalia ou Summer. Não consegui concluir. Ele era muito bom. Não demonstrava nada perto de nenhuma delas.

— O que você propõe? — perguntou ele.

Voltamos para casa. Do calor para o frio, da claridade para a escuridão.

Wolf espiou a cozinha.

— Esther e Gwydion não estão lá — avisou ele, e eu senti meus ombros relaxando. — Acho que eles devem ter ido para sua ala da casa.

Olhei em volta.

— Bem, vamos evitar aquela área. Não quero que eles fiquem ainda mais zangados.

— Thalia tem livros no quarto dela. Poderíamos começar por lá.

Eu devo ter demonstrado minha dúvida porque ele meneou a cabeça.

— Ela não está aqui. Foi passar a noite na casa de uma amiga da família. Mesmo assim, não tem problema. Eu fico por lá o tempo todo.

Ainda assim tive dúvidas. Uma coisa era imaginar fazer aquilo sozinha, mas agora com Wolf ao meu lado, parecia mais um teste de lealdade. Ele foi até a escadaria, olhando para mim, cheio de expectativa, seu corpo inclinado como o de um filhotinho ansioso.

Eu ri. Não consegui evitar.

— Ah, não — disse ele. — Agora ela ri. Ela, que tem um plano. Você está com medo.

Pensei em Fenrin. Sua raiva trêmula. Cada Grace sozinho com sua dor íntima, sem conseguir escapar dos segredos que levavam trancados dentro de si. Eu tinha um pouco de noção do que era sentir aquilo, e não desejava que ninguém se sentisse daquela forma.

— Não — respondi. — Vamos nessa.

Subimos até o segundo andar, caminhando o mais suavemente que podíamos. A porta do quarto de Summer estava completamente fechada, e não dava para ouvir nada do lado de fora.

Wolf abriu a porta do quarto de Thalia, que se abriu sem um ruído sequer. Ele foi direto para a estante de livros, passando os dedos pelas lombadas, mas eu fiquei parada na porta, insegura.

— Você já não esteve no quarto dela antes? — perguntou ele, erguendo o olhar.

Eu dei de ombros. Já tinha estado no de Summer e no de Fenrin, mas Thalia jamais me convidara para o dela.

— Entre e feche a porta.

Ele voltou a atenção para os livros, seus lábios se movendo enquanto lia os títulos. Fiz o que ele pediu, permitindo aos meus olhos o luxo de olhar as coisas de Thalia. Era um quarto bonito e feminino, cheio de objetos bem escolhidos e distribuídos. Na lareira, havia pedras em uma tigela de cerâmica e, ao lado, um vidro grosso cheio de alguma coisa, e, ao olhar bem de perto, vi que era sal. Um punhal de aparência delicada com faixas perolizadas no punho estava enterrado até o cabo, aninhado entre os grãos.

Eu daria tudo para ter uma escrivaninha como a dela. Ou qualquer uma. A madeira tinha sido pintada num tom de verde mais clarinho. O tampo estava coberto de potes de barro com as mais variadas plantas, intercalados com velas e castiçais de madeira. Eu conseguia me imaginar sentada ali como se eu tivesse acesso aos segredos da natureza. Como se eu fosse uma feiticeira apenas por pura osmose atmosférica.

Será que Thalia era a Grace mais poderosa? Ela se esforçava muito para não ser detectada. Ela sempre se manteria fora do nosso alcance para manter o glamour. Eu admirava isso, mas não conseguia gostar disso. Summer era diferente. Tinha seu conjunto de máscaras e disfarces que usava para sobreviver, como todos nós, mas havia algo mais genuíno nela. Algo mais bonito, apesar da beleza óbvia de Thalia.

Com um quarto como aquele, eu não me importaria de sentir que nasci na família errada. Eu sentia como se tivesse nascido de um ovo e como se meus pais nunca tivessem notado que estavam criando a filha errada.

Ou talvez tivessem notado, mas não conseguissem se obrigar a encarar o fato.

A voz de Wolf interrompeu meus pensamentos.

— Isso tudo foi ideia sua. Então venha me ajudar.

Juntei-me a ele em frente à estante e peguei um livro aleatório. Os quatro que eu escondia embaixo da minha cama eram vergonhosamente mais finos em comparação à coleção de Thalia.

— A gente poderia ficar aqui para sempre — murmurei. — Você sabe alguma coisa sobre quebrar maldições?

— Não.

Li em voz alta o título do livro que eu tinha escolhido:

— *Plantas e seus usos medicinais através do tempo*. Uau!

— Ela estuda — concordou ele, passando para outro. — Ah, sim, eu me lembro deste aqui: — *Rituais druídicos*. — Ele me mostrou o desenho.

— Nossa, isso daria uma ótima tatuagem — comentei.

— Você devia fazer uma.

— Até parece.

— Por que não? — Wolf estava sorrindo. Ele tinha um sorriso travesso difícil de não corresponder.

— Meus pais não são maravilhosamente boêmios como os seus — respondi secamente. — Minha mãe ficaria louca da vida.

Ela talvez nem notasse, para ser justa, mas ele não precisava saber daquilo. Eu gostava de apresentar minha mãe como uma pessoa sensível e controladora para compensar o fato de ela nunca se fazer presente.

— Minha mãe também — respondeu Wolf.

— Mas você já tem uma tatuagem.

— Aquela é diferente.

— Como assim?

Ele parou, como se estivesse buscando as palavras certas.

— Ela foi escolhida para mim.

Fiquei olhando para ele sem entender.

— É uma tradição na minha família — esclareceu ele sob o peso do meu olhar.

— Sério? Vocês todos são tatuados?

Ele encolheu os ombros, indicando que sim.

— Mas... pra quê?

— Tradição — repetiu ele, teimoso.

— O que o seu lagarto significa?

— É uma salamandra — corrigiu-me. — Representa fogo. — Ele fechou o livro que estava segurando com um estalido e se virou, procurando outro, e pelo visto não ia dizer mais nada.

Não importava, porém — fiquei satisfeita com a resposta. Parecia que Wolf era um feiticeiro do fogo. Tentei me lembrar de como eles eram. Fortes, não era isso? Na primeira oportunidade que tivesse, eu teria que visitar o site de Marcus novamente e relê-lo.

— O que vocês estão fazendo? — perguntou Summer da porta.

Fiz uma careta, congelei, tudo ali fazia com que eu parecesse culpada. Mas Wolf nem pestanejou.

— Procurando algo nos livros da sua irmã — explicou ele, como se aquilo fosse a coisa mais normal do mundo.

— Para quê?

— Para ajudar River com o plano dela.

Olhei para ele.

Summer entrou no quarto e olhou para mim.

— Que plano?

Summer nos levou até o último andar, onde ficavam os quartos de Fenrin e Wolf. O andar do-pau-e-das-bolas, como ela o chamava. Quando abriu a porta de Fenrin, fiquei para trás — ele com certeza não queria nos ver —, mas Wolf assumiu a liderança e eu não ia ficar do lado de fora.

Fenrin estava sentado na cama, os pés para cima, lendo.

— Fen — disse Summer.

Eu me perguntei se todo mundo detectou o pequeno tremor na voz dela porque queria bancar a corajosa sem de fato se sentir assim, ou se só eu percebi daquilo.

— Queiram me desculpar, mas Fenrin não está no momento — respondeu ele, sem erguer o olhar. — Mas vocês podem deixar um recado com sua linda secretária e ele entrará em contato quando estiver a fim.

Summer pegou uma toalha muito bem dobrada na cadeira da escrivaninha e jogou em cima dele.

— Diga a ele que ele é um idiota — pediu ela, sobre a risada abafada dele.

Ele afastou a toalha.

— Ele sabe disso — respondeu ele, arrependido, e simples assim, tudo ficou bem de novo entre eles.

Ela se sentou na beirada da cama.

— River tem algo a dizer.

Ela tem? Meu coração deu um salto triplo no peito.

Fenrin olhou para mim e depois para Wolf, encostado na parede.

— Tem a ver com a família horrenda que temos e com o fato de que ela vai se mudar para a lua para ficar o mais longe possível de todos nós?

Ah, Fenrin, você não faz ideia do que teria que fazer para eu passar a odiar você. Eu não vou a lugar nenhum.

Olhei de relance para Wolf em busca de apoio, mas ele apenas deu de ombros, como se dissesse que os holofotes deveriam ser para mim.

— Acho que a gente pode encontrar um jeito de quebrar a maldição — falei.

Eu poderia jurar que o ar no quarto ficou mais frio.

Ele cruzou os braços.

— Do que você está falando?

— Eu sei que você disse que não acredita em...

— Eu não acredito — respondeu ele de forma direta.

— Mas apenas finja que é real.

— Prefiro não fazer isso.

— Nós poderíamos achar um jeito de acabar com isso. Pesquisar. De alguma forma. Poderíamos... — Olhei em volta, sentindo-me fraca. Quando pensei no assunto, parecia perfeito. Aquilo poderia nos unir como um conciliábulo de verdade, trabalhando juntos para resolver um problema e proteger uns aos outros. Parecia bobeira agora que eu estava dizendo em voz alta. — Procurar em livros. Vocês devem ter livros com a história da família e coisas assim. Talvez existam padrões ou pistas...

O olhar dele fez com que eu me calasse.

— Bem, eu só queria ajudar — defendi-me. — Só estou tentando ajudar. É tudo que quero.

— Fen — começou Summer. — Ela teve uma boa ideia. Ela não é uma Grace, não está amaldiçoada. Nem ela nem Wolf. Acho que envolvê-los talvez faça alguma diferença...

Fenrin bufou.

— Isso é só uma porra de um mito criado pela nossa família para evitar que a gente vá embora, Summer.

— Eu não acredito nisso.

— Não me importo.

Summer ergueu as mãos num gesto impotente.

— Bem, o que você quer fazer? Ficar sentado esperando enquanto as coisas ficam cada vez piores, como todo mundo?

— Talvez se você simplesmente conversasse com Marcus... — sugeri.

— Meu Deus! — exclamou Fenrin. — E você acha que não tentamos fazer isso? Já tínhamos esse problema muito antes de você aparecer.

— Ei — interveio Summer rispidamente. — Não seja um babaca.

Fenrin suspirou e inclinou a cabeça.

— Foi mal. Vou começar de novo. Eu tentei. Ele não quis ouvir. É culpa minha. Eu reclamei muito sobre a minha família com ele. Agora ele acha que todos nós somos tóxicos e do mal e que o odiamos. Ele realmente perdeu a razão. Nada do que dissermos vai fazer diferença.

— Então tudo que nos resta é a opção de River — disse Wolf suavemente. — Se você não acredita na maldição, que mal há em tentar quebrá-la? E se funcionar, e a maldição for quebrada, você vai ficar livre para fazer o que quiser.

Observei o olhar de Fenrin pousar em Wolf, sua expressão sombria, e depois passar por todos nós.

— Thalia não vai nos deixar fazer isso — disse ele por fim.

Summer estendeu as mãos.

— Então a gente não conta para ela. Somos quatro aqui. Um para cada elemento. Quatro para completar o círculo. É perfeito.

— Você quer fazer isso sem ela saber?

— Fen, ela vai ter um ataque se contarmos, e aí provavelmente vai contar para Esther. Ela está se sentindo culpada e dominada pelo medo, como se tudo isso fosse culpa dela. Você sabe que ela acha que mexer com a maldição talvez piore ainda mais as coisas, mesmo que não haja qualquer prova disso. Ela não consegue pensar direito a respeito.

Ele deu um suspiro impaciente.

— Tudo bem, então. Devo estar mesmo desesperado. Vamos tentar.

Um silêncio tranquilo tomou o quarto.

Summer ergueu uma das sobrancelhas.

— Vamos marcar uma data?

CAPÍTULO DEZESSETE

Ficou decidido.

Nós tentaríamos quebrar a maldição no solstício de verão na semana seguinte.

O solstício tinha tudo a ver com afastar energias negativas — seria perfeito. Acima de tudo, porém, Thalia não estaria por ali. O solstício seria na próxima sexta-feira, e ela ia ficar na casa da amiga da família até domingo à noite. Teríamos de ir para a floresta logo depois da escola, nós quatro, e Fenrin precisaria inventar uma desculpa para explicar por que Thalia não veria nenhum de nós naquela noite.

Eles eram uma família que guardava segredos, mas Summer uma vez me disse que os três irmãos tinham jurado que nunca esconderiam nada um do outro, pelo menos. Fenrin estava pensativo, e todos na escola sentiram seu humor e ficaram falando disso, fazendo piadinhas constrangedoras, esperando o momento em que ele deixaria aquilo de lado, dando uma risada e voltando a ser ele mesmo.

Wolf tinha voltado para a cidade dele durante o restante da semana, como sempre, mas nos encontraria na frente da escola na sexta--feira. Nesse meio-tempo, tínhamos que seguir nossas vidas como se aquele plano, o *meu* plano, não pesasse nos ombros e anuviasse os olhos como óculos embaçados, dificultando nossa concentração em qualquer outra coisa.

Ficamos juntos nos dias que se seguiram, na maioria das vezes com outras pessoas também. Quando estávamos a sós, não falávamos sobre o plano, como se não quiséssemos atrair algum infortúnio ao conversar sobre ele em voz alta. Até mesmo quando estávamos com a galera, era como se estivéssemos unidos por fios invisíveis. Eu não conseguia parar de pensar na floresta, e acho que os outros também não. Eu nem me importei quando Niral passou o almoço conversando com Summer. Suas costas voltadas para mim de propósito, bloqueando-me do campo de visão de Summer, então passei praticamente meia hora sentada em silêncio. Não importava mais. Niral estava de fora agora.

E eu estava oficialmente dentro.

Passei uma hora do meu almoço escondida no laboratório de informática, consultando o website de Marcus em busca de informações relevantes, qualquer coisa que eu talvez tivesse deixado escapar.

Consultei novamente os tipos de feiticeiros:

Fogo — Protetores. Confiantes. Poderosos.

Água — Charmosos. Inquietos. Persuasivos.

Ar — Videntes. Verdadeiros. Sensíveis.

Terra — Líderes. Realistas. Calmos.

Wolf dera sinais de que era fogo. Pelo que eu conhecia dele, aquilo parecia combinar. Summer — agora eu tinha certeza — era ar. Fenrin era água, completamente conquistador. Isso significava que, para o plano funcionar, eu teria que me tornar terra.

Eu não era líder. Eu não era realista. Eu não tinha conhecimentos sobre ervas e não sabia fazer nada prático nem para salvar minha própria vida. Mas poderia aprender caso necessário. Eu era determinada. Isto deveria contar para alguma coisa.

Li novamente a história de Four Bells arquivada na seção de recursos do site de Marcus. Na minha pesquisa anterior, eu encontrara o conto descrito como um mito local anônimo, mas o site dizia que a história era atribuída diretamente à família Grace, desde a idade média da história local. Um dos comentários dizia que era como se a terra daqui os tivesse cuspido quando ainda estava em formação.

A versão amplamente aceita era esta:

Certo dia, um lindo forasteiro chegou à cidade e as jovens da região se apaixonaram por ele, mas apenas uma atraiu sua atenção. O homem na verdade era o diabo disfarçado, e as pessoas lhe davam pedras do diabo em troca da realização dos seus desejos, que ele concedia de boa vontade. Mas os desejos sempre acabavam mal, com a moral dessa "linda versão oficial da história" (como dizia o site em tom sarcástico) sendo a interpretação literal do ditado *cuidado com os seus desejos, eles podem se tornar realidade.*

A íntegra jovem por quem o diabo se apaixonara fora exatamente a única a resistir a ele, que procurava tentá-la de todas as formas, mas sem sucesso. Ao se deparar com uma alma que não conseguia dobrar, o diabo foi tomado de fúria. Enquanto estava incapacitado com sua raiva, ela e suas três irmãs, que tinham se posicionado em cada uma das torres do sino das quatro igrejas da cidade, começaram a tocá-los ao mesmo tempo. O som puro foi demais para o diabo, que fugiu da cidade, uivando.

O site continuou dizendo que o folclore local oferecia uma versão mais antiga e menos horrivelmente insípida da história.

Nesta outra versão, um demônio que concedia pedidos disfarçado como um lindo e misterioso rapaz provocou uma comoção na cidade, realizando pedidos horríveis para todos. Metade da população já tinha morrido quando ele pegou a jovem que desejava para si — e isso seria tudo, não fosse ela parte de um coven de feiticeiros, que ficaram compreensivelmente contrariados diante da perda da irmã, então se juntaram e combinaram suas forças para derrotar o demônio.

O coven era formado por quatro bruxos, cada qual com um poder diferente — a feiticeira do ar, a jovem por quem o demônio se apaixonara, conseguia enxergar quem ele realmente era; a feiticeira da água o persuadira a não feri-los; o feiticeiro da terra preparou uma poção que aumentava o poder deles; e o do fogo lutou com o demônio e o venceu.

Era uma ótima história.

Uma história bem amarrada. A realidade provavelmente era bem mais confusa — com certeza a magia era complicada, bem mais complexa do que aquilo. Ela podia punir alguém por se atrever a usá-la. Talvez um dos feiticeiros até mesmo tivesse morrido como consequência do que tentaram fazer. Talvez não tivessem vencido. Não de verdade.

Não parecia que a magia tornava as coisas mais fáceis.

CAPÍTULO DEZOITO

A sexta-feira chegou e trouxe consigo uma sensação de nervosismo que me queimava por dentro, fazendo com que eu me sentisse estranha.

Um bilhete deixado no meu armário naquela manhã, no mesmo tipo de papel que Summer usava, trazia um resumo do plano. Nós nos encontraríamos na Malan Tor, uma enorme pedra que ficava no topo da montanha além da fronteira da cidade, para o interior e longe do mar. Não tinha erro, fechada como um punho que se erguia contra o horizonte, dizia o bilhete, detalhando que ônibus eu deveria pegar e onde deveria saltar. Deveríamos sair separados depois da escola e nos encontrarmos lá para não levantarmos nenhuma suspeita.

Fenrin dissera a Thalia que ia sair com uma garota naquela noite, pretexto aparentemente suficiente para fazê-la revirar os olhos e não perguntar mais nada. Thalia uma vez dissera que nem se dava ao trabalho de saber quem ele estava pegando em determinado momento porque as coisas mudavam rápido demais. Eu me lembro disso porque ela usou a palavra "pegando" e o tom maldoso e mesquinho fez com que aquilo ficasse na minha mente. Esther e Gwydion iam se encontrar com Thalia na casa dos amigos da família durante a noite, e Summer se esquivara de ir com eles reclamando que tinha um trabalho final para entregar na segunda-feira, o qual mal tinha começado, algo que fazia com tanta frequência que já era conhecida por isso.

Eles nem sabiam que Wolf tinha voltado, mas ele vinha com tanta frequência que sequer desconfiariam de alguma coisa quando o encontrassem em casa no sábado de manhã.

Eles usaram verdades para contar mentiras, e eram muito bons nisso.

Quando eu estava saindo da escola, passei por Summer no corredor. Ela estava conversando e rindo com algumas amigas. Por um instante horrível e traiçoeiro, imaginei se aquilo tudo não seria uma armação, que eu chegaria à pedra e ninguém estaria lá. Mas quando ergui o olhar, ela deu uma piscadinha, afastando todos os meus medos. Segui em frente.

O ônibus estava cheio de gente da escola, rindo e implicando e olhando os celulares, conversando e fazendo bagunça. Senti alguns olhares curiosos em mim. Pensei ter ouvido um comentário ou dois. Eu era a melhor amiga dos Grace, era o que os olhares e cochichos diziam. O que havia de especial em mim?

Eu não seria capaz de explicar para eles mesmo que tivessem a coragem de perguntar.

Quando eu cheguei ao ponto mais próximo de Malan Tor, o ônibus já estava quase vazio. Levantei-me, olhando para a colina onde deveríamos nos encontrar, maravilhada pelo modo como ela se erguia para o céu, como se quisesse rompê-lo. O dia estava quente e claro, e minha velha mochila preta e roxa parecia pesar uma tonelada, enquanto o suor escorria pelas minhas costas. Senti um frio na barriga por causa do nervosismo, da excitação e da apreensão.

Subi a colina. Estava vazia. Ninguém tinha chegado ainda.

De perto, a pedra Malan Tor parecia escura e enorme. Tirei a mochila das costas e larguei no chão enquanto me empertigava, imaginando o que aquela pedra já tinha testemunhado. Talvez sacrifícios de animais, ou mesmo de pessoas se as coisas estivessem muito ruins. Colheitas perdidas, inimigos atacando. Se eu me deixasse levar, conseguiria ver tudo aquilo. Braços amarrados às costas, músculos contraídos. Bocas escancaradas em berros silenciosos. Sangue escorrendo pela pedra, um pouco do qual era absorvido todas as vezes. Talvez aquela pedra contivesse uma boa quantidade de sangue antigo.

Estendi uma das mãos, e meus dedos traçaram as veias escuras da pedra que se retorciam pela superfície. Então afastei a mão rapidamente quando ouvi um movimento atrás de mim. Suas vozes chegaram bem antes de eu conseguir vê-los, caminhando sobre o chão seco, grama estalando sob seus pés. Summer, Wolf e Fenrin.

Quatro de nós para quatro elementos: terra, ar, fogo e água.

— Vamos logo. Venham — disse Fenrin assim que me viu. — Eu não sei por que você quis que nos encontrássemos aqui.

— É no caminho — explicou Summer com voz suave. — Além disso, River não conhece o lugar que usamos. Era preciso que nos encontrasse em um lugar óbvio.

Ele passou por nós. Seu mau humor emanando como ondas.

— Não ligue para ele — disse Summer.

— O que houve?

Ela deu de ombros.

— Essas coisas sempre o deixam nervoso.

Caminhamos e descemos pelo outro lado da colina, seguindo em direção à floresta que ocupava aquela parte da região. Levamos apenas alguns minutos para sermos envolvidos pelo frescor tranquilo das árvores.

— Eu adoro a floresta — declarou Summer. — Quando entramos nela, é como se o mundo desaparecesse. Como se você pudesse entrar em uma realidade diferente se simplesmente conseguisse encontrar o caminho certo.

— Não é Nárnia — brinquei, mas ela me olhou com expressão séria.

— Não existe nenhum lugar em que você se sente assim?

A sua casa, pensei.

— Talvez — respondi de forma vaga, deixando o assunto morrer.

Fenrin seguia atrás de nós, ao lado de Wolf. Em determinado momento, eles ficaram conversando entre si em voz baixa demais para eu ouvir. Era legal ver que eles conseguiam se dar bem. Algo obviamente tinha acontecido entre eles no passado para fazer com que agissem de forma tão comedida quando estavam juntos. Imaginei se um deles um dia me contaria ou se algum dia eu me atreveria a perguntar. Wolf talvez contasse. Talvez pudéssemos nos sentar novamente no jardim, só nós dois, e conversar sobre nossos segredos sob os raios de sol.

— Aonde estamos indo? — perguntei.

— Estamos indo precisamente para este lugar aqui. — Summer parou em uma clareira. — Este é o nosso lugar. Sempre viemos aqui. Tem uma energia aqui. — Ela ergueu os braços, como se fosse dançar. Então se espreguiçou com os olhos semicerrados, e um pedaço da barriga apareceu.

— Como é que você sabe que estamos no lugar certo? — perguntei largando a mochila no chão. — Parece exatamente igual a qualquer clareira antiga.

— Olhe para cima.

Eu olhei.

Demorou um pouco, mas então eu os vi. Penduradas nos galhos, havia cordas finas entrelaçadas com diferentes objetos balançando delicadamente em cada ponta. Havia conchas: arroxeadas de mexilhões, arredondadas de caramujos, vieiras rosadas em leque, conchas enrugadas de amêijoas e mariscos. Havia penas, longas e negras brilhantes ou felpudas e brancas ou grossas brancas e cinza no formato de facas. Castanhas brilhantes. Pinhas. Um grande pedaço de casca de árvore no formato de mão.

— A gente sempre amarra mais alguns toda vez que voltamos aqui — explicou Summer.

— Onde vocês pegam as conchas?

— Na enseada. Sempre na enseada. A gente sempre traz algumas. Faz com que a gente sinta que este é o nosso lugar.

Olhei para cima. Algumas daquelas cordas estavam amarradas muito no alto.

— E como é que vocês conseguiram amarrar tudo lá em cima?

— Summer escala muito bem uma árvore. — Fenrin estava agachado, olhando as coisas que trouxemos nas bolsas.

Summer pegou um arco. Então jogou a cabeça para trás e uivou como um cão. Para minha surpresa, Wolf fez o mesmo. E depois Fenrin fez o mesmo.

Eu fiquei ali, ouvindo-os uivar, o som oscilando entre baixo e alto enquanto eu me encolhia. Aquilo durou um tempo um pouco longo demais. Eu não sabia para onde olhar. Eu deveria ficar olhando para eles? Ignorar o que estavam fazendo? Juntar-me a eles?

Antes que eu conseguisse decidir, acabou.

— Foi mal — desculpou-se Summer. — É só uma coisa que a gente faz. É muito libertador. Quer tentar?

— Talvez mais tarde — respondi com uma risada. Será que tinha sido uma risada tranquila e relaxada? Eu estava envergonhada demais para determinar.

Não nos preocupamos em trazer barracas. Summer dissera que precisávamos estar perto das estrelas, e não termos uma barreira entre nós e elas. Não havia previsão de chuva, mas acho que eu não me importaria se houvesse. A chuva talvez trouxesse algum significado, como uma aventura sombria. A chuva me fazia pensar em Summer, rindo, com os cabelos encharcados. Convidando-me para ir à sua casa.

Pegamos galhos de árvores para acendermos uma fogueira. Eu não tinha ideia do que estava fazendo, então segui as orientações e observei, fascinada, enquanto a pilha chegava à altura da cintura. Olhando disfarçadamente para Fenrin, vi que ele estava relaxando, rindo e implicando com Summer. Wolf abandonou a discrição cuidadosa que lhe era peculiar e também aderiu ao clima divertido e relaxado o que me fez querer abraçá-lo. Apesar das árvores, foi ficando mais quente enquanto trabalhávamos, e os dois garotos tiraram a camisa e nós aplaudimos e fizemos "uhu".

Paramos para comer enquanto conversávamos. Summer esbarrou o ombro no meu. Olhei para a clareira à nossa volta, de repente viva com os nossos sons e a nossa vida. Era disso que as pessoas falavam quando conversavam sobre amigos com olhos brilhantes. Era isso que queriam dizer quando conversavam sobre coisas que sempre acreditei serem clichês impossíveis tirados de filmes, aquelas cenas indistintas de verão, quando pessoas bonitas riam e davam empurrões amigáveis umas nas outras e passavam horas juntas apenas sendo quem eram. O enlevo daquilo me encheu até a boca. Aquela era a minha vida. Aquela era uma vida perfeita, e eu finalmente tinha a oportunidade de vivê-la.

Esperamos até que a luz do dia começasse a ceder. Quando escureceu, Fenrin acendeu a fogueira. Ele remexeu na madeira, seus braços metidos na pilha de galhos até os cotovelos. Então ele se curvou e ficou em pé ao meu lado enquanto as chamas lambiam a madeira.

Eu observei conforme o fogo aumentava e brilhava, e senti sua onda de calor. A fogueira soltou algumas fagulhas, e Fenrin tocou meu braço.

— Cuidado — avisou ele. — Deve ser algum musgo, mas é melhor ficarmos mais afastados.

Ele pressionou os dedos no meu braço, afastando-me do fogo. Quando soltou, tentei pensar em alguma coisa para fazer aquele momento durar mais.

— Está tudo bem? — perguntei. — Você parece meio tenso com tudo isso.

Ele deu de ombros.

— É Thalia quem leva essas coisas mais a sério. Ela gosta de dar uma de Rainha da Natureza. E isso me deixa meio tenso, só isso.

Senti meu coração afundar no peito. Olhei para ele com atenção.

— Você não acredita em nada disso, não é?

Ele suspirou.

— A única coisa que isto trouxe para minha família foi sofrimento. Por que eu iria querer acreditar em algo assim?

— Você nunca... — Eu hesitei. — Você nunca viu isso sendo usado para algo bom?

— Eu nunca vi isso *fazendo* nada. Cara, eu nunca vi nenhuma prova. Tipo x é igual a y. Faça *este* feitiço e tenha *este* resultado. Então eu parei de fazê-los.

— Talvez as coisas não funcionem assim. Talvez não seja tão fácil assim.

— Ah, sim — respondeu ele com um sorriso sombrio. — Agora você está falando como uma verdadeira Grace.

Não era um elogio.

— Valeu? — respondi, franzindo as sobrancelhas.

— Olha só, eu só estou puto da vida com Thalia. Eu vivo falando para ela parar de acreditar na maldição. Uma coisa só tem poder sobre você se você acreditar nela. Mas ela não enxerga isso. Às vezes eu acho que ela *quer* sofrer. — Ele falou mais baixo. — Como se achasse que merece isso. E às vezes eu quero puni-la por ser tão burra. Deixar as coisas chegarem a um ponto muito ruim para ela aprender a lição. E que venham as consequências.

— Uau!

Ele fez uma pausa.

— Eu não quis dizer nada disso. Apenas ignore tudo que acabei de dizer.

Cruzei os braços, tentando não demonstrar minha irritação.

— Se você não acredita em nada disso, então o que está fazendo aqui?

Ele tentou sorrir, dissipar a tensão.

— Ah, isso faz com que Summer acredite que está ajudando. Ela fica louca quando não consegue consertar as coisas. E é melhor do que não fazer nada, não é?

Ele foi até os outros, deixando-me com uma sensação crescente de dúvida.

Será que ele ia estragar tudo porque não acreditava?

Acomodamo-nos em volta da fogueira, aquietando nossos corações sob o crepúsculo.

Observei enquanto Summer pegava um pacote e o desembrulhava para revelar uma garrafa quadrada com uma tampa no formato de uma lâmpada. Um líquido vermelho escuro balançava lá dentro.

Ela abriu a garrafa e a levou aos lábios.

— O que é isso? — perguntei.

— Coragem líquida — respondeu Fenrin, pegando a garrafa e fazendo o mesmo. Eu fui a última a recebê-la. Foi Summer quem me entregou. Era de cristal pesado, a base pesando na minha mão. Cheirei o líquido.

— Vinho feito em casa — esclareceu Summer. — Ervas do canteiro, frutas do pomar.

Ergui a garrafa e tomei um gole.

Tinha um gosto sombrio; doce e grosso.

— Mais — disse Summer.

Tomei outro gole.

— Mais.

Tomei mais um gole. Minha garganta começou a queimar. Ela pegou a garrafa da minha mão e bebeu. Fomos revezando até acabar. O vinho se espalhou pelo meu corpo, aquecendo-me e entorpecendo-me.

Conversamos, rimos. Senti minha mente ficar lenta e preguiçosa à medida que a luz nos deixava.

Começamos.

Fenrin tinha uma garrafa de água diante de si. Ele ficou sentado, segurando com firmeza o pingente de concha que sempre usava no pescoço, o cordão de couro pendurado por entre os dedos.

Summer segurava seu pássaro de âmbar. Eu não sabia o que ela ia usar como elemento do ar até que vi seu peito subindo e descendo e percebi — o ar estava à sua volta.

Wolf pressionou a mão na barriga. Sobre a tatuagem de lagarto. Seu objeto. E o fogo estava bem diante dele — tudo que precisava fazer era se permitir senti-lo.

Eu tinha uma pequena xícara diante de mim, a qual tinha enchido de terra e folhas secas. Eu estava sentada no meu casaco, e tirei do bolso a pedra preta em formato de donut que eu tinha pegado da tigela no meu quarto temporário na casa dos Grace. Que era o meu objeto. Minha conexão com eles e seus poderes. Fechei a mão ao redor da pedra.

O fogo estalou. Ficamos sentados ali com a escuridão às nossas costas.

Summer perguntou:

— Qual é a sua intenção?

— Quebrar a maldição — respondi. Minha voz saindo de forma clara e precisa, totalmente o contrário do que eu estava sentindo.

Concentração, admoestei-me. *Eles precisam de você. Eles precisam do seu desejo.*

— Quebrar a obsessão... — começou Fenrin, mas viu a expressão nos olhos de Summer. — ...de Marcus

— Quebrar a maldição, Fen — corrigiu Summer, e ela estava calma, muito calma. Comecei a pensar naquele tom como sua voz de feiticeira. Aquela calma, aquela certeza de que o que estávamos prestes a fazer era certo e correto, e com certeza funcionaria, pois não havia outro modo.

— Quebrar a maldição — repetiu ele, e por um instante quase achei que ele realmente acreditava nas próprias palavras.

— Quebrar a maldição — ecoou Wolf, olhando fixamente para o fogo.

— Marcus e Thalia terão um rompimento amigável — continuou Summer. — Ele não vai mais fazer visitas. Ele não vai mais falar com ela. Ela não será nada para ele. E não haverá mais maldição.

Imaginei Marcus e Thalia passando um pelo outro em um corredor sombrio. Sorrisos vazios no rosto. Um cumprimento educado nos lábios de ambos. Amigos, só isso. Marcus recuperaria a própria vida. Thalia deixaria de sentir medo. Fenrin deixaria de sentir raiva. Summer pararia de brigar com ele.

E talvez. Apenas talvez. Eu poderia ser uma Grace.

Aquele era o verdadeiro teste. Tudo que eu precisava fazer era desejar que as coisas fossem assim.

Vi Marcus se debruçando sobre Thalia em seu quarto, implorando. Tentando agarrar a mão dela. Empurrando-a na cama. Forçando a boca contra a dela.

A voz de Fenrin na minha cabeça: *às vezes quero puni-la por ser tão burra. Deixar as coisas chegarem a um ponto muito ruim para ela aprender a lição.*

Afastei tal pensamento rapidamente.

Trabalhamos juntos, dissera Summer antes. Combinamos nosso poder coletivo — o poder de quatro em vez de um, o poder de um círculo. Observei enquanto Fenrin pegava a garrafa de água diante dele e a derramava, em um fluxo contínuo bem na frente da fogueira, que estalou, soltou faíscas e sibilou. Peguei a xícara com terra e folhas, e fiz o mesmo, com cuidado de jogar no galho mais perto de mim. Summer abriu a palma da mão e assoprou em direção do fogo. Wolf acendeu um fósforo e observou a chama dançar até quase a ponta dos seus dedos, então a jogou no meio da fogueira.

E todos fechamos os olhos.

Este ritual não foi como no bosque atrás da escola naquele dia com Summer. Aquilo pareceu mais um truque de criança comparado ao que estávamos fazendo agora. Enquanto estava sentada ali, fiquei ouvindo o fogo crepitar e a brisa suave soprar acima de nós, por entre as copas das árvores. Quanto mais tempo eu permanecia de olhos fechados, mais distante o mundo parecia. Mesmo a pedra que eu segurava parecia estar nas mãos de outra pessoa. O polegar de outra pessoa esfregando a superfície lisa, embora eu soubesse que era o meu dedo.

Ninguém disse nada. Ninguém tossiu. Comecei a acreditar, implicitamente, que eu estava completamente sozinha, e que todos tinham ido embora. Eu simplesmente sabia que, se abrisse meus olhos, eles teriam ido embora. Mas eu não abri. Eu não ia estragar tudo. Eu não ia me render.

Eu não sentia mais meu corpo. Se eu mexesse um dedo do pé que fosse, aquilo que estávamos fazendo, seja lá o que fosse, ia se quebrar, espatifando-se na terra. Eu era uma estrela, olhando para este mundo lá de cima. Todo o restante parecia não ter a menor importância. Totalmente irreal. Eu estava perdida em algum lugar dentro de mim, e não sentia nada. Era uma sensação de contentamento.

Talvez tenham se passado horas, ou talvez apenas alguns minutos, quando senti um calor próximo à minha orelha e um sussurro:

— River, acorde.

Eu pisquei.

Summer estava agachada ao meu lado, a cabeça inclinada. Seus olhos estavam arregalados e úmidos na escuridão, e os braços nus, escorregadios. O fogo estava baixo, morrendo, e o ar noturno cortante contra minha pele.

— Está feito? — perguntei, de alguma forma surpresa ao perceber que meus lábios ainda funcionavam.

— Está feito. — Ela me entregou um cálice de plástico cheio de vinho. — Agora nós festejamos. Mantemos a energia viva pelo tempo que conseguirmos. Por horas se conseguirmos. Você acha que consegue?

Como resposta, levei o cálice aos lábios e tomei metade do vinho, sentindo enquanto escorria pelo meu queixo. Eu não liguei. E engoli.

Summer sorriu.

CAPÍTULO DEZENOVE

As aulas terminaram. Férias de verão, e eu tinha tempo infinito ondulando-se diante de mim.

Eu costumava odiar isso. Você só conseguia fazer companhia para si mesmo por um tempo limitado, e eu ficava enjoada de assistir a programas ruins durante o dia, da preguiça no sofá, do tédio. Agora minha preocupação era que o tempo passaria rápido demais. Na minha mente, o futuro imediato estava cheio de luzes cintilantes, como o sol em um rio, um espelho compacto brilhando no meu rosto, pintando tudo num tom de pêssego dourado.

Tinham se passado três semanas desde a noite na floresta. Durante aquele tempo, Marcus nem mesmo apareceu na cantina, e eu mal o via na escola. Thalia tinha retornado para casa sem nenhum incidente. Fenrin tinha um sorriso permanente colado no rosto, Wolf se tornara um hóspede constante na casa dos Grace, e Summer e eu passávamos cada minuto que podíamos juntas. Procurávamos estar sempre ao ar livre, às vezes catando folhas ou pedras que ela gostava, conversando e fazendo planos para as férias. Um dia, passamos o horário de almoço inteirinho fazendo coroas de margaridas. Ela usara a dela como uma coroa durante o restante do dia, as pétalas brancas oferecendo um lindo contraste com o cabelo negro — e nenhum dos professores nem pestanejou. Estávamos todos perto demais da liberdade.

Fenrin e Thalia passaram pelas provas sem problemas. Eu às vezes me perguntava o que eles fariam depois que terminassem o ensino médio no ano seguinte, porque nunca falavam sobre isso, pelo menos não quando eu estava presente. Summer costumava falar sobre alguns planos grandiosos e vagos — estudar música, tocar em uma banda, ser uma estrela do rock —, mas sempre com um ar de fantasia, como se fosse o sonho tolo de uma criança, o qual ela sabia que deveria abandonar mas ainda não conseguia. Não estava na natureza deles contar seus segredos quando pressionados, e, até o momento, minha tática de ficar ouvindo e simplesmente estar presente quando sentiam uma necessidade repentina e passageira de se abrir estava dando certo. Eu não ia estragar tudo agora pressionando-os a falar de um futuro no qual não pareciam dispostos a pensar.

De qualquer forma, estávamos de férias, e tudo aquilo estava muito distante num horizonte nebuloso. Estávamos ali naquele momento, e se havia uma coisa da qual os Grace realmente gostavam era de estar completamente no presente e de viver cada momento — uma filosofia que, na privacidade tranquila dos meus pensamentos, eu achava incrivelmente sexy.

O dia primeiro de agosto, aniversário dos gêmeos, amanheceu nublado e com promessa de chuvas eventuais. Sem se importar, eles simplesmente adaptaram os planos para dentro de casa e prepararam tudo para receber os convidados. Parecia que um ou dois já tinham chegado à cidade.

Minha mãe comentara a respeito com uma fungada fascinada, dizendo que tinha visto um homem esbelto e com cabelo louro quase branco, como um dente-de-leão, "vestindo Gucci ou algo assim da cabeça aos pés", na fila do supermercado, tão deslocado quanto uma borboleta no meio de sapos. Quando terminou suas compras, ele saiu com uma mulher mais velha e arredondada que parecia, de acordo com minha mãe, fantasiada de pirata vitoriano. Ela achara que faziam parte de algum tipo de evento até que uma amiga do trabalho lhe explicara que eles eram um dos "amigos dos Grace", e que eles vinham aos montes para a cidade sempre nesta época.

Ela passou uns bons vinte minutos falando daquele assunto enquanto eu me retorcia por dentro, em silêncio, prestando atenção à TV enquanto ela falava. Eu ainda não tinha contado para ela com quem eu vinha passando todo meu tempo. Tudo que ela sabia era que eu tinha alguns amigos, o que já lhe bastava. Estávamos morando ali havia menos de um ano, mas ela se adaptara muito bem. Estava sempre na casa de amigos do trabalho, o que facilitava a vida — nós não nos dávamos muito bem quando estávamos juntas. Ela gostava de se sentir normal. Eu não. Ela não queria conversar sobre o meu pai. Eu, sim.

Embora de uns tempos para cá, eu me flagrasse pensando cada vez menos nele, ou em seu desaparecimento, por dias seguidos às vezes. Era difícil se concentrar no passado com tanta coisa acontecendo no presente, ensolarado e com a presença dos Grace e de magia. Era melhor que eu começasse a esquecê-lo. Isso não significava que eu finalmente estava tocando a vida?

Tendo aprendido minha lição na última festa de aniversário, cheguei à casa dos Grace uma hora depois do horário informado por Summer, embora ainda fosse umas duas horas antes de a festa começar. Quando entrei no corredor pela porta dos fundos, Summer gritou para mim da escada:

— Você está atrasada. Por que está atrasada?

Resignando-me de que eu nunca conseguiria acertar, deixei meu sapato nos pés da escada e subi para o quarto dela, sentindo meus passos cada vez mais leves à medida que eu me aproximava dela.

— Como estão indo as coisas? — cumprimentei-a da porta do quarto, mas ela se afastou de mim.

— Não temos tempo para isso. Solte o cabelo.

Lancei um olhar curioso para ela, deixando minha bolsa escorregar para o chão, ao lado da cama.

— Mas do que você está falando?

Ela me encarou de forma sombria e travessa.

— Eu tenho planos para você.

— Summer, não sei, não.

Olhei para a massa marrom e grudenta na tigela.

As mãos dela estavam cobertas com luvas manchadas, então ela esfregou a testa com o braço.

— Tarde demais — respondeu ela. — Eu me esforcei muito para fazer a mistura. De qualquer forma, o que faz você achar que tem opção?

— A festa começa em duas horas. E se isso for um desastre?

— Você usa um chapéu. Vamos lá. Desde quando você ficou tão medrosa?

Desde sempre, pensei.

Summer já estava mergulhando os dedos no meu cabelo, dividindo-o em seções com grampos. Agarrei com mais força a toalha que cobria meus ombros. Ela passou um óleo de coco em volta do contorno da raiz do cabelo — um negócio que parecia banha de porco para mim — e me fez ficar diante do espelho pendurado na parede do seu quarto enquanto trabalhava.

Ela passou a lama áspera na minha cabeça, e eu a senti escorrendo pelo meu couro cabeludo.

— Isso realmente não parece certo — tentei.

— A henna tem textura de bosta de vaca mesmo, mas o resultado vai ser maravilhoso. Principalmente no seu cabelo. Esther é quem prepara isso. Importa a henna, e é do tipo mais puro que você vai conseguir. Ela a prepara com óleos e manteigas diferentes. Você vai ficar igual a uma deusa. Pode confiar em mim.

Ela massageava minha cabeça gentilmente.

— Então, quem vem esta noite? — perguntei, tentando ignorar o arrepio sensual que descia pelas minhas costas, provocado pelos dedos dela na minha pele.

— Tias, tios e primos. Os pais de Wolf. Amigos da família.

A casa inteira estaria cheia deles. Summer riu atrás de mim.

— Não se preocupe — disse ela. — A gente pode subir e desaparecer mais tarde. A gente costuma ficar no quarto de Fenrin. Talvez ele até dance "Footloose" de novo este ano.

— Ele dança "Footloose"?

— Só em ocasiões especiais.

— E ele dança bem?

— Ele é incrível. Um Kevin Bacon nato. Nem pense em pedir para ele dançar, ou ele vai se negar. Ele se acha maneiro demais. Ah, mas antes quero apresentar você a umas duas pessoas. Uma das minhas tias-avós põe cartas de tarô. Ela sempre traz um baralho e faz leituras para quem pedir. Ela é brilhante. Vamos pedir para ela jogar para você.

Ela podia ver meu rosto no espelho, então dei de ombros, sorrindo.

— Tá bom.

Ela terminou e depois envolveu minha cabeça inteira num saco plástico.

— Sério? — reclamei.

— Ah, você parece uma boba. — Ela tirou as luvas e as colocou na tigela. — Agora é só esperar. E não deixe pingar no meu tapete. Senão Esther vai levantar uma das sobrancelhas para mim.

— Parece aterrorizante.

— Pode acreditar, é o que basta.

Eu me virei na cadeira com cuidado e fiquei olhando enquanto ela limpava tudo.

— Summer — chamei.

— Hã?

Abri a boca. Eu não sabia o que eu queria dizer para ela. Algo profundo. Algo íntimo.

— Como é que você começou a andar comigo? — Eu ri, sentindo-me estranha. — Tipo assim, você já tinha amigas. E eu sou só uma garota comum.

Esperei.

Summer deu de ombros.

— Você só parecia diferente de todo mundo. Mais honesta. A maioria das pessoas não tem coragem de ser, mas você tem. Isso é importante. Por que você anda comigo?

Ela disse as últimas palavras de forma repentina, como se tudo que tinha acabado de dizer já não tivesse incendiado o meu mundo. Como se ela não visse que eu estava queimando de culpa.

Por que eu andava com ela?

Não era pelo mesmo motivo das outras pessoas. Não era porque ela era popular. Era mais porque eu tinha a esperança muito verdadeira e excitante de que os Grace pudessem me dizer quem eu era.

E, ultimamente, pelo simples motivo de que eu gostava dela. Gostava de todos eles. E não conseguia evitar.

— Porque você é incrível — respondi, optando pela honestidade que ela parecia enxergar em mim. — Obrigada.

Ela olhou para mim.

— Pelo quê?

Por me deixar entrar.

Eu dei de ombros.

— Por ser você.

Eu achei que ela ia rir e soltar alguma piadinha perfeita, mas em vez disso, ela pareceu sem graça, como se eu a tivesse flagrado cometendo um roubo.

— Tranquilo.

Ela saiu do quarto para se livrar da tigela e das luvas.

Quando voltou, colocou uma música que eu realmente curtia, o que me fez rir dela até Summer protestar e explicar que tinha pego no quarto de Fenrin. A henna pesava surpreendentemente na minha cabeça — eu tinha que me mexer com cuidado, como se meu pescoço estivesse preso com cimento, e Summer ficava rindo, e eu falava para ela se calar, até que o alarme do despertador soou.

Summer se empertigou, os olhos brilhando, e me levou até o banheiro. Ela enxaguou e enxaguou e enxaguou até meu pescoço começar a doer e minhas coxas queimarem por ficar ajoelhada por tanto tempo na frente da banheira. Quando voltamos para o quarto dela, ela me obrigou a ficar com os olhos fechados o tempo todo enquanto secava meu cabelo com o secador.

Eu fiquei ali, meus ouvidos tomados pelo barulho, meu cabelo voando no rosto.

— Não se atreva a abrir os olhos até eu dizer que pode — disse ela pela quinta vez.

— Sério, eu não vou abrir!

— Só fique quietinha.

— O que você está fazendo? — perguntei quando tudo ficou em silêncio à minha volta.

Algo frio e fino encostou na minha testa, e eu me encolhi.

— Hã... não se mexa.

— Summer...

— Eu só vou aparar sua franja. Só um pouquinho de nada. Não se desespere. Estou quase acabando.

Eu esperei. Amizade significava confiança, não é?

— Pronto. Terminei. Pode abrir os olhos.

Olhei para a garota no espelho.

A garota no espelho olhou para mim, transformada.

Esther estava ocupada na cozinha quando finalmente descemos. Ela olhou para nós.

— Dez minutos — disse ela, distraída. — E as pessoas vão começar a chegar.

— Você quer ajuda com alguma coisa? — perguntou Summer.

— Escolha uma música para a sala de estar. — Ela lançou um olhar para a filha. — Músicas da minha coleção, não da sua. — Seu olhar pousou em mim. — Achei que eu tinha deixado claro que você só poderia trazer River esta noite, querida.

Summer revirou os olhos. Eu fiquei parada e confusa.

Esther ofegou de forma teatral.

— Ah, meu Deus! Esta *é* a River! O que você fez com seu cabelo?

— Foi Summer quem fez — contei, tocando minha franja, constrangida.

— Ah, mas está *lindo*. — Ela se aproximou de mim e estendeu a mão. — Ah, está mesmo. E a sombra verde ressalta seus olhos. Você parece outra pessoa. Está adorável.

Eu me contorci, satisfeita e servil.

— Obrigada.

— E o cabelo! Castanho avermelhado, como o outono personificado.

— Verão e outono? Simplesmente não dá — disse eu. — Summer e River já é hippie o suficiente.

Summer riu, mas Esther franziu as sobrancelhas.

— Não entendi.

— É uma piada — explicou Summer. — Mas deixa pra lá. Vamos lá escolher a música.

Seguimos pelo corredor.

— Você vai usar esta roupa? — gritou Esther atrás de nós.

Summer tinha escolhido um look que poderia ser descrito como "bruxa gótica" — um vestido preto com renda delicada que subia até o pescoço, saia rodada e botas com bico fino e cadarço. Parecia sombria e supersexy. Eu gostaria de conseguir fazer aquilo.

— Hum, é — respondeu Summer, olhando para trás.

Silêncio.

— Vamos logo, antes que ela diga mais alguma coisa. — Ela me empurrou em direção à sala e fechou a porta.

Thalia e Fenrin fizeram sua entrada na festa depois de vinte minutos.

Soube depois que era um ritual tradicional chamado *Lammas* — e os Grace o cumpriam todos os anos. A música parava de tocar. Uma sineta soava docemente no corredor e os convidados se juntavam aos pés da escada.

Depois de um momento, Fenrin aparecia e era recebido por assovios e aplausos. Era tão maravilhoso olhar para ele, que eu senti minha garganta fechar. Ele usava uma camisa branca de musselina, com o pingente de concha aparecendo pelo decote em V. O cabelo estava solto e bagunçado, e seu sorriso tinha um ar ainda mais lânguido do que o usual. Ele tinha o frescor da brisa fria do mar.

Ele esperou na escada, e então Thalia apareceu para mais aplausos. Fenrin ofereceu-lhe o braço, que ela aceitou com um sorriso tímido. Ela estava incrível com um vestido branco bordado com contas de cristal que formavam padrões que brilhavam na luz, e o cabelo estava preso em um coque frouxo na base da cabeça, como se ela o tivesse prendido de forma descuidada. Dava para ver seu aplique de cauda de cavalo entrelaçado no cabelo, acompanhando o penteado. Uma pena branquíssima e solitária presa ao cabelo descia pelas costas nuas.

Dois membros do grupo, um par diferente a cada ano, se aproximaram da base da escada, cada um segurando a metade de um pão. Eles ofereceram os pedaços para Thalia e Fenrin com as cabeças abaixadas e as mãos erguidas. Solenemente, os Grace os pegaram. Fenrin deu uma piscadinha para Thalia quando deu uma mordida na sua metade, e ela ergueu uma das sobrancelhas quando fez o mesmo no dela. Então eles devolveram o que restou dos pães para os ofertantes, que desapareceram no meio dos convidados.

Juntos Fenrin e Thalia desceram as escadas ao som das palmas dos Grace que os aguardavam, uma batida deliberada e rítmica que fazia o sangue fervilhar. Eu queria me juntar a eles, mas não conseguia deixar a vergonha. Summer nos levou até os fundos da sala antes de as palmas morrerem.

— Eles vão dividir o pão de novo — explicou-me ela quando estávamos a sós. — E então os quatro pedaços serão colocados nos quatro cantos da casa, onde ficarão por três dias. É um lance para trazer sorte.

— Obrigada por me permitir presenciar isto. — Eu tinha a impressão de que era algo que pessoas que não eram da família não deveriam ver.

Ela me deu um sorriso tranquilizador.

— Está tudo bem. Eu dei meu aval por você.

— É por isso que Fenrin e Thalia não podem convidar ninguém da escola para o aniversário deles? Eles não gostam que as pessoas vejam esse tipo de coisa, não é?

— Bem, tem isso, e também tem um outro motivo, um acidente que aconteceu quando eles tinham uns 8 anos.

Matthew Feldspar.

— Ah, acho que já ouvi alguma coisa sobre isso — admiti.

Summer suspirou.

— É, eu imaginei que sim. Eles só permitem que eu convide as pessoas para o meu aniversário porque prometi que a festa se limitaria apenas à enseada, mas desde o incidente naquela festa, a gente não convida mais os amigos para virem aqui em casa. Isso só servia para colocar mais lenha na fogueira da paranoia da minha mãe. Ela acha que permitir a aproximação de qualquer pessoa que não faça parte da família sempre resulta em tragédia.

— Eu estou próxima a você — comentei, tentando brincar.

— Tive que lutar por isso.

Isto, mais do que qualquer outra coisa que já tinha acontecido, afetou-me tanto que, de repente, senti que estava prestes a chorar. Pisquei e virei o rosto.

— Não fique chateada — pediu ela, ansiosa. — Eles aceitaram o fato de você estar aqui. Tipo assim, eles já perceberam como você é incrível. Meu Deus, é melhor eu ficar quieta. Eu não devia ter dito nada.

— Sério, eu estou bem — assegurei, com cuidado. — É só que... Isso foi a coisa mais legal que alguém já fez por mim.

Silêncio.

— Aqui, prove um desses canapés exóticos — ofereceu Summer, tentando quebrar a tensão. Uma bandeja apareceu diante de mim e eu aceitei, grata. Naquele momento, a porta da sala foi aberta e os convidados entraram aos montes.

Acho que fiz uma expressão de pânico, porque Summer sussurrou ao meu ouvido:

— Está tudo bem?

Eu assenti.

— Tranquilo. Acho que eu só não estou acostumada com tanta gente assim.

Tantas pessoas que eu precisava impressionar.

— Não importa — disse Summer, como se fosse capaz de ler meus pensamentos. — Não vale a pena nem falar com metade deles. Nada disso significa nada, sabe?

Mas como eu poderia dizer para ela que importava, sim? O fato de tantas pessoas quererem estar na mesma casa ao mesmo tempo. O ritual daquilo. O padrão fácil de intimidade. O esforço para fazer aquilo acontecer, tanta energia gasta irrefletidamente. Aquilo era tão normal que se tornara chato para ela.

— Não se preocupe — tranquilizou-me Summer. — Você vai se divertir. Eu prometo.

Ela estava certa. As duas horas seguintes foram um borrão de cores e agitação. Summer ficou ao meu lado o tempo todo e foi me apresentando a rostos que eu conseguia apenas guardar vagamente antes de serem substituídos por outros. Todos gostaram do meu cabelo, uma vez que Summer revelava o que tinha feito. Até mesmo Thalia elogiou quando viu.

— Ah, meu Deus, henna — disse ela, com ar de aprovação. — Ficou ótimo. — Era impossível não me sentir feliz. Summer se deliciava com cada elogio, exclamando para qualquer um que estivesse perto dela como eu era fabulosamente linda. Depois das primeiras vezes, consegui parar de ficar roxa de vergonha. A felicidade de Summer era contagiante. Ela mantinha nossos copos cheios de um coquetel de gim servido em poncheiras gigantescas na cozinha, e eu pegava o máximo de comida sempre que tinha oportunidade.

Até aquele momento, eu só tinha visto Fenrin de longe, do outro lado da sala, mergulhado numa conversa com pessoas diferentes. Thalia ficou ao lado da mãe durante a maior parte do tempo, e elas partilhavam de um riso brilhante e abriam lindos sorrisos provocantes. Eu jamais seria uma mulher que atraía a todos feito um ímã. Eu poderia tentar. Eu poderia estudar. Mas algumas pessoas tinham essa capacidade, e outras, não.

Eu me perguntava se Thalia gostava tanto daquilo quanto parecia.

Summer inventou um jogo para nos distrairmos. Ela apontava para uma pessoa na sala, e eu tinha que tentar adivinhar o que ela fazia da vida. Na maioria das vezes, eu sugeria algo totalmente errado, e ela se divertia. Seus olhos pousaram em um homem com uma energia inquietante. Ele tinha aplicado uma sombra azul-violeta nos olhos que sobressaíam contra a pele escura.

— Ele — apontou ela.

— Ai, não sei — gemi. — Ele deve trabalhar em um circo.

— Ah! Esse é o mais perto que você chegou até agora. O nome dele é Glorien, e ele era bailarino. Um dos melhores.

Eu me aproximei dela e disse em tom de deboche:

— Isso não é nem um pouco perto.

— Você é muito ruim nisso — concordou ela, obviamente deliciando-se. — E aquela ali?

Olhei para a mulher para quem ela estava apontando. Era baixa, com traços fortes e um tapa-olho que lhe conferia um ar perigoso.

— Hum. Pirata? — perguntei, esperançosa.

— Agora você nem está tentando.

— Treinadora de cães?

— Meu Deus, pare. O nome dela é Miranda Etherington, e ela administra uma "empresa de consultoria". — Summer desenhou aspas imaginárias no ar. — O que, na verdade, é simplesmente um código que informa que ela lê o futuro das pessoas. Um de seus clientes é um cara que trabalha no alto escalão do governo.

Olhei para a mulher.

— Fala sério. E como ela faz isso? Usando uma bola de cristal ou algo assim?

— Nossa, não mesmo. Ela acha isso bobagem. Ela diz que vê o futuro nos sonhos. — A expressão de Summer mudou. — Ah, não, meu tio babão Renard está vindo para cá. Você tem que me ajudar e me esconder.

— Oi — disse alguém ao meu ouvido.

Quando virei, eu me vi a um centímetro da boca de Fenrin. Eu me virei rápido demais, e ele ainda estava se afastando de mim.

— Oi — cumprimentei. — Feliz aniversário.

— Valeu.

Ao meu lado, Summer estava dando um beijo no rosto de um homem gordinho que exclamava coisas carinhosas. Ela ia acabar comigo por não tê-la resgatado, mas Fenrin estava ali, tão perto que eu conseguia sentir o cheiro dele, e naquele momento era difícil pensar.

O olhar dele estava fixo no meu cabelo. Na minha maquiagem.

— O que aconteceu aqui? — quis saber ele.

— Summer queria brincar. Sei lá.

Ele pareceu surpreso.

— E você deixou?

Eu meio que dei de ombros, sentindo-me estranha e então irritada por me sentir assim. Ele não tinha gostado. Ele gostava de meninas ao natural, não é? Aquelas surfistas com pele perfeita.

— Sem querer ofender — disse ele. — Mas só não é... você.

— Já notou que quando as pessoas dizem "sem querer ofender" você sabe na hora que vai se ofender?

— É só... É como se você fosse a boneca dela, sabe? Como se ela quisesse fazer com que você se parecesse com ela.

Como se eu estivesse tentando me tornar um de vocês.

Eu me odiei por ser tão dolorosamente óbvia. Eu queria esfregar os olhos e tirar a maquiagem. Olhei para o outro lado da sala. Na primeira oportunidade que tivesse, eu iria ao banheiro e tentaria tirar a maquiagem de uma forma que não parecesse que eu tinha tirado. Eu não queria que Summer se aborrecesse por eu estragar sua criação.

— Foi mal — desculpou-se Fenrin, e voltei minha atenção para ele. — Isso foi cruel. Só não deixe... que elas destruam você. — Eu ainda estava olhando para ele. Fenrin riu. — Eu não estou falando coisa com coisa. Estou me sentindo estranho. Esqueça o que eu disse.

— O que houve? — perguntei.

— Ah, não é nada. Eu não tenho do que reclamar. — Ele sorriu. — Não tenho mesmo.

Talvez aquela noite pudesse se transformar em mais uma noite de filmes. Eu não devia insistir. Esperei, permitindo que ele encontrasse o caminho que o levaria até mim. Era isso que me tornava diferente aos seus olhos. Ele podia falar a verdade para mim. Não precisava fingir. Não tinha sido isso que o havia feito gostar de mim, para começo de conversa?

Ele não estava olhando para mim. Seus olhos passearam pela sala e ele encarou alguma coisa, mas não consegui determinar quem tinha prendido a sua atenção. Segui o olhar dele e vi um casal conversando com Esther. A mulher tinha traços finos e o cabelo era platinado, um profundo contraste com a pele morena. O homem era alto e imponente, com barba grisalha.

— Aqueles são os pais de Wolf? — perguntei.

Os olhos de Fenrin se afastaram deles imediatamente.

— Onde? — perguntou em tom casual.

— Conversando com sua mãe.

— Ah, sim. Os Grigorov. — Ele forçou o "r" de forma dramática.

— Como eles são?

— Solenes. Reservados.

— Tal pai, tal filho, acho.

Fenrin deu de ombros, mas não sorriu.

— Eles são legais. Eu os conheço desde bebê.

Meu comentário parecia idiota agora, como se eu estivesse reclamando. Tentei compensar.

— Vocês foram todos criados juntos, não? Como foi?

Fenrin tomou um gole do drinque, olhando para o nada.

— Nossos pais são melhores amigos desde que eram adolescentes. São como família. Desde que se mudaram para a cidade perto daqui, Wolf nos visita quase sempre, já que é uma viagem de apenas uma hora de carro, creio eu. Ainda assim, seria de imaginar que ele tivesse os próprios amigos.

— E ele não tem?

— Ah, bem. Ele às vezes fala sobre algumas pessoas com quem parece sair para fazer coisas da cidade grande, como ir a galerias de arte e boates conceituais. — A voz dele ficou um pouco agressiva. — Ele fala de um cara em particular chamado David que parece ser um idiota. Mas daí Wolf sempre teve uma propensão a esse tipo de gente. — Fenrin sorriu, olhando para o copo.

Eu me perguntei o que aquilo significava. Será que Wolf era o tipo de cara que gostava de sair com pessoas que preocupavam os pais? Talvez ele tivesse tido muitos problemas quando era mais jovem. Eu o achava tão doce sob o exterior cuidadosamente neutro, mas ele poderia ser doce e criar problemas. As pessoas eram complexas.

— Como ele era quando era criança?

Seu rosto mudou.

— Um merdinha terrível.

Nós dois começamos a rir.

— Ele costumava fazer pirraça pelas coisas mais idiotas. E xingava em búlgaro porque sabia que conseguiria se safar. A gente não sabia o que ele estava dizendo, mas nem precisava. Ficava tudo óbvio no rosto zangado dele.

— E agora?

Fenrin deu de ombros.

— Ah, agora ele é todo na dele, como se achasse que é melhor que a gente. Nem sei onde ele está agora, na verdade. Talvez lá em cima, como um antissocial.

Thalia apareceu ao lado do irmão e cochichou no ouvido dele.

Ele se virou para mim com um sorriso.

— Tenho que ir. Fui convocado.

— É? — respondi, tranquila. — Parece sério. Por quem?

Ele fez um gesto.

— Os deuses da festa. Vejo você depois.

Ele prendeu uma mecha do meu cabelo atrás da minha orelha e partiu, abrindo caminho pela sala.

Fiquei parada ali, tentando entender todos os sinais que ele emitira. Ele tinha vindo até mim, e nós conversamos. Ele insultou meu cabelo, mas depois pediu desculpas. Depois ele foi embora sem pestanejar, mas tocou meu cabelo e minha orelha, como se eu fosse importante. As pessoas não faziam gestos carinhosos assim naqueles de quem não gostavam. Eu sabia disso. Eu precisava me agarrar nisto.

Será que eu estava progredindo? Se estava, as coisas estavam andando muito devagar.

Você deveria beijá-lo.

E se ele risse de mim? Ou se afastasse? Ou virasse o rosto e eu acabasse beijando a bochecha em vez disso, como uma garota de 5 anos?

E se desse tudo errado e ele contasse para todo mundo?

— Drinque? — perguntou Thalia, interrompendo meus pensamentos. Ela fez um gesto para meu copo vazio.

— Por favor. — Falei mais alto para ser ouvida sobre a música. — Será que ainda tem coquetel?

Ela tentou pegar meu copo, mas errou a mira e seus dedos roçaram na minha mão.

Ela riu e disse:

— Ooooooops.

Melhor parar de beber, pensei.

Eu esperava que seus pais não tivessem notado como ela estava. Ou talvez eles fossem boêmios o suficiente para não se importar, mas eu duvidava muito, pois eu já tinha percebido, eles se importavam muito com as aparências. De qualquer forma, ela estava cambaleando. Por que Fenrin não tinha notado e dito alguma coisa antes de se afastar para onde quer que tenha ido.

— Ei — falei. — Pode deixar que eu pego.

— Não, não. Nada disso. Eu sou a anfitriã.

— É o seu aniversário — tentei. — Eu deveria servir você, e não o contrário.

Ela ficou ali, incerta e brilhosa.

— Fique aqui — pedi. — Vou pegar bebida para a gente, tá bem?

Olhei para as pessoas na sala, procurando por Summer, mas ela não estava lá. Então Thalia começou a seguir para a cozinha.

Agarrei o braço dela.

— Ei, para onde você está indo?

Eu não consegui entender as palavras arrastadas que ela dizia. Eu não poderia deixá-la daquele jeito.

— Venha — chamei. — Venha comigo.

Eu a puxei gentilmente pelo braço. Praticamente consegui ver seus pensamentos correndo para alcançá-la enquanto seu corpo respondia automaticamente. Cortamos a multidão, e ela resistia ao meu braço como uma criança relutante. Conduzi-la era uma tarefa quase sobre-humana, um feito para mim — ela colidiu contra umas cinco pessoas, e eu apressei o passo, tentando nos tirar dali o mais depressa possível. Ar puro talvez ajudasse.

Passamos pelo corredor e consegui levá-la até a porta dos fundos. Tinha parado de chover, e o ar tinha um toque doce e penetrante. As luzes do jardim estavam acesas, conferindo um brilho suave à noite. Havia algumas pessoas ali fora, fumando e conversando.

O pomar, pensei. *Vai estar mais tranquilo.*

— Estrelas! — exclamou Thalia alto demais enquanto eu a arrastava pela mão. Notei cabeças se virando para nos olhar enquanto passávamos. — Tão lindas, você não acha?

— Maravilhosas — murmurei. Mesmo sob estresse, tive tempo para apreciar o toque de sua mão na minha, tão fina e elegante, tão rara e estranha sob meus dedos. Era como se eu pudesse quebrar seu lindo pulso com um apertão.

Cambaleamos pelo jardim, passamos pelo caminho de pedras que levava à lagoa e à macieira que marcava o início do pomar, seus galhos escarpados e negros contra o céu. Os sons da festa ficaram distantes, e eu comecei a relaxar e a respirar de forma mais fácil. Thalia começou a puxar minha mão, seus movimentos cada vez mais urgentes. Parei, imaginando que ela talvez quisesse vomitar.

Mas então vi uma sombra se mexendo na frente da macieira.

— Thalia — disse a sombra.

Thalia se virou, soltando minha mão.

— Ai, meu Deus.

— Thalia — repetiu a figura antes de aparecer sob a luz fraca que vinha da casa.

Era Marcus.

CAPÍTULO VINTE

Ele deu um passo para a frente.

— Você não deveria estar aqui — avisei. — Marcus, eles vão surtar se pegarem você aqui.

— Eu só queria ver você — disse ele com os olhos fixos em Thalia.

— Achei... É uma festa, deve haver umas cem pessoas aqui e você poderia dar uma escapada por um minuto.

O tom dele era insistente e estranhamente irregular, como se ele tivesse se esquecido como falar e estivesse tentando se lembrar de cada passo do processo. Estava desgrenhado, como se não dormisse direito havia muito tempo.

Os olhos de Thalia estavam fechados, como se pudesse fazer tudo desaparecer se simplesmente não conseguisse ver.

— Por favor — choramingou ela. — Por favor. Eu já disse que lamentava. Acabou. Eu já falei. Está tudo acabado entre nós.

Marcus ergueu uma das mãos.

— Não diga isso — pediu ele. — Porque toda vez que você abre a boca, o que você diz é completamente o contrário do que realmente pensa, e isso me mata. O que você está fazendo está me matando. — A frustração dele era óbvia. Ele levantou a voz. — Eu só quero... conversar com você. Era só isso que eu queria nestes últimos meses. Mas você me bloqueou da sua vida. Você sabe como é *isso*?

Ele estava trêmulo. Dava para ver seus ombros tremendo.

— A gente se conhece desde sempre — respondeu Marcus. Acha que eu não sei quando você está mentindo?

Thalia abriu a boca, e seus olhos estavam úmidos.

— Marcus.

Inacreditavelmente, ele riu.

— Não, olha só, está tudo bem. Está tudo bem. Veja bem, eu já planejei tudo. Um jeito de resolvermos isso.

Ele ergueu o braço que estava frouxo ao lado do corpo.

Ele estava segurando uma faca.

O silêncio era absoluto.

Ai, não, Marcus, pensei. *Ai, não, não.*

— Este é o meu... — disse Thalia com voz fraca. — Este é o meu punhal.

Não era um tipo de faca de cozinha, mas sim uma lâmina bonita e polida. Vi um brilho perolado entre seus dedos, e me lembrei de onde o tinha visto antes... fincado em um vidro cheio de sal no quarto de Thalia.

Thalia deu um passo para trás.

— Você esteve no meu quarto. Quando?

— Eu acabei de me esgueirar até lá. Ninguém nem... Foi só por um minuto. Não importa. Ouça o que estou dizendo. — Ele falava rápido e seu tom era urgente. — Tem que ser um pacto de sangue, Thalia. Lembra-se de como costumávamos falar sobre isso, mas nunca chegamos a fazer? Se nós nos unirmos por sangue, então nada vai poder nos separar. Nem seus pais, nem a maldição. Um pacto de sangue é mais forte do que tudo. É a magia mais forte que existe.

Os olhos de Thalia estavam fixos no punhal.

— Não, é perigoso demais. Perigoso mesmo. Realmente perigoso.

— Não se você fizer direito — insistiu ele. — Você só precisa analisar de forma adequada a quantidade de sangue que está perdendo.

Tentei engolir meu pânico.

— Marcus — intervi. — Olhe para mim. Você está sob os efeitos da maldição.

Ele franziu a testa, distraído.

— O quê?

— Este não é você. Quem está dizendo essas coisas é a maldição dos Grace.

— Você não sabe o que está falando. Meu Deus, você é igual a eles.

— Olhe para você. Você está agindo de forma... — Eu engoli a palavra *louca*. — ...irracional. Você parece fora de si agora. Como se não conseguisse pensar direito.

— Estou bêbado — declarou ele. — É só isso.

— Então pare para pensar por um minuto no que você está fazendo.

O tom de medo na minha voz o fez franzir a testa de novo.

— É só um pacto de sangue, e não um sacrifício humano. Thalia? O que você diz?

Ele deu um passo à frente.

— Pare — pediu Thalia com a voz fraca. — Marcus, por favor, não faça isso. Eu não quero que você se meta em problemas. É verdade, tá bom? Isso tudo está acontecendo por causa da maldição. Tudo isso que você está sentindo. Não é real.

Ele ficou olhando para ela, balançando a cabeça lentamente e sem parar.

— Você não entende? — perguntou ele, por fim. — Não existe maldição nenhuma. Eu sou apaixonado por você desde que éramos crianças. Desde sempre. Eu sempre me senti assim.

Ele deu mais um passo.

— Durante toda a vida, você permitiu que sua família decidisse seu destino — continuou ele. — O que *você* quer?

Estendi o braço para colocar Thalia atrás de mim. Ele estava bem próximo.

Ele estendeu a faca para ela, a ponta primeiro.

Ele estava estragando tudo. Esther ia ficar sabendo. Tudo ia dar errado para eles. Eu não queria que as coisas saíssem erradas. Aquele deveria ser o verão perfeito. A gente deveria ter *resolvido* aquilo de vez. Em vez disso, ali estava a maldição com todo seu poder, exibindo-se para mim, debochando das minhas tentativas patéticas de acabar com ela. Como é que eu poderia me tornar uma feiticeira de verdade se eu nem mesmo conseguia resolver *aquilo*?

Eu me lembrei do que me contaram sobre o dia em que ele foi pego no quarto dela, forçando-a a se deitar, e senti uma onda de raiva subir pelo meu pescoço e explodir.

— Pare aí mesmo — ordenei, furiosa. — Ela não ama você. Você está agindo de forma assustadora. Será que não vê? Você a está deixando com medo!

— Saia da minha frente — disse Marcus, mas vi um brilho de hesitação no olhar dele. Ouvimos um som repentino atrás de nós, como jarros espatifando-se no chão, várias vezes.

Vi os olhos dele se arregalarem quando mirou além de nós, então me virei sem pensar.

Juntos observamos a bagunça sob a luz dos postes que iluminavam o caminho para o jardim. Normalmente, o caminho era ladeado com vasos pequenos de cerâmica com sálvia e outras ervas, mas agora vários deles estavam quebrados no caminho, como se tivessem explodido.

Um farfalhar atraiu minha atenção de volta para Marcus. Eu me virei, de repente morrendo de medo de que ele pudesse estar vindo na nossa direção, mas então vi o brilho do punhal na grama, onde ele o havia derrubado. Sua figura sombreada passou pelos limites do jardim, e ouvi o som do portão lateral batendo. Ele tinha ido embora.

Só quando senti meu medo escorrendo pelo corpo foi que vi a expressão de Thalia.

— Isso foi... estranho — falei com cuidado, meus olhos fixos nos vasos. — Foi você quem fez isso?

— Eu nem estava perto deles — respondeu Thalia com dificuldade. — Não fui eu. Não fui eu. Ah, merda. Esther vai ter um ataque.

— Talvez alguma coisa os tenha derrubado. Você tem um gato?

— Parecia impossível que um gato pudesse fazer aquilo, mas eu não conseguia pensar em outra explicação que se encaixasse.

Ela negou com a cabeça.

— Uma raposa talvez?

Thalia olhou para mim com uma expressão apavorada, como se eu tivesse inadvertidamente descoberto um segredo.

— O que foi? — perguntei, curiosa.

Ela baixou a cabeça.

— Acho que eu vou vomitar.

— Ai, meu Deus. Calma, ele já foi embora. Vamos voltar para casa. Pelo menos até o banheiro. Você acha que consegue?

Ela assentiu de leve. O gesto foi o suficiente.

Ela estendeu a mão e apontou para o punhal. Eu me abaixei e o peguei. Não sabia bem o que esperar. Será que seria estranho, pesado, anormalmente quente ou frio? Mas era apenas uma faca, o cabo ligeiramente morno por causa do toque de Marcus.

Passei o braço pela cintura de Thalia. Ela pegou o punhal de mim e escondeu sob a axila, mantendo-o preso junto ao corpo para ocultá-lo. Voltamos devagar para a casa.

— Thalia? — chamou uma das convidadas, olhando para mim com desconfiança quando nos aproximamos. — Algum problema?

Abri a boca para me defender — eu era amiga deles e tinha todo o direito de estar ali —, minha mente estava fervilhando com uma explicação.

Thalia ergueu a cabeça e deu uma risadinha.

— Ai, meu Deus — disse ela, envergonhada, sem nenhum traço de embriaguez na própria voz. — Aqueles idiotas da escola estavam tentando invadir a festa. Você sabe como é, né? Eles ficam com inveja. Acabaram quebrando alguns vasos de Esther. Eles pareciam bem bêbados.

— Não se preocupe com isso — disse a convidada. Era uma mulher suave, toda com cabelo liso solto e roupas pretas. — A gente compra outros para ela amanhã. Vá se divertir na sua festa.

Ela sorriu.

— Valeu.

Senti quando ela se virou ao meu lado; continuei a acompanhá-la, concentrando-me na porta dos fundos. Foi incrível, na verdade, vê-la dar um show como aquele. Assim que nos afastamos, sua expressão ficou triste e os olhos, semicerrados.

Chegamos ao banheiro do corredor sem mais nenhum incidente. Puxei Thalia para dentro e tranquei a porta atrás de nós. Ela foi direto para o vaso e desabou nos azulejos, colocando o punhal ao seu lado. Peguei a toalhinha de rosto que estava pendurada ali e a coloquei no colo dela — eu não suportava a ideia de ver aquele lindo vestido arruinado. Parecia tão delicado que não aguentaria um respingo sequer de bebida, quanto mais de vômito. Ela segurou o cabelo para trás com uma das mãos, mantendo-o longe da boca, enquanto se inclinava no vaso. Movimentos limpos e precisos, como aquilo fosse uma rotina com a qual já estava acostumada.

Afinal de contas, você faz muito isso, pensei. *Não tinha sido isso que Fenrin dissera naquela noite? Será que ele se referira apenas à bebida ou a algo mais?*

A única luz acesa era a de cima da pia, lançando um brilho fraco e suave no banheiro pequeno. As paredes azulejadas ecoavam os sons de ânsia, enquanto eu me esforçava para não ouvir. Passei uma das mãos nas costas dela e segurei uma longa mecha de cabelo para que não escorresse pelo rosto. Era isso que as pessoas faziam, então eu fiz também. Tentei me distrair pensando em Fenrin. Onde ele estaria? O que estaria fazendo? Vamos encarar os fatos: provavelmente ele não estava ajudando alguém a vomitar.

Demorei um pouco para quebrar o silêncio. Olhei para a cabeça dela. Estava ligeiramente trêmula. Então ouvi aquele som que as pessoas fazem quando estão chorando muito, mas não querem que ninguém escute.

Afastei as mãos dela com cuidado e sentei, recostando-me na parede. Eu sempre fazia aquele tipo de coisa quando estava sozinha. Acho que ela também, mas provavelmente a bebida havia derrubado suas defesas. Eu jamais poderia ter imaginado Thalia chorando diante de mim.

— Você quer que eu chame alguém? — perguntei por fim. — Posso procurar Summer.

Ela negou com a cabeça.

— Você quer conversar sobre isso?

— Não venha me oferecer a merda da sua compreensão — explodiu ela, a voz rouca e vacilante.

— Tudo bem. — Eu me levantei para ir embora.

— Não vá.

Parei. Sentei-me de novo. Fiquei ouvindo-a estremecer. Suas lágrimas se transformaram em tosses, e aí ela fez menção de vomitar de novo. Eu me virei para lhe dar privacidade. Por fim, o som de movimentos atraiu minha atenção de volta para ela. Observei enquanto ela se inclinava na pia e abria a torneira, bochechava e cuspia. A postura frágil tinha desaparecido, como se tivesse ido embora juntamente ao vômito que descera na descarga. Mas agora acho que eu conseguia ver sua fragilidade de novo, subindo como teias de aranhas sob o acabamento reluzente.

— O que você vai fazer agora? — perguntei em voz baixa.

— Nada.

— Nada? Que tipo de solução é essa?

— O único tipo que existe. — Por fim, ela se sentou no chão e recostou-se na parede com as pernas encolhidas. Estava suada e pálida. Mais cedo, seu cabelo parecia lindo e glorioso. Agora estava grudado no couro cabeludo em tiras. — River, esqueça isso. Não tem nada a ver com você.

— Uau! Essa postura deve resolver todos os seus problemas, não é? Para sua informação, isso tem tudo a ver comigo.

— Por quê? — devolveu ela.

Porque eu estou tentando quebrar essa maldição idiota.

Porque se eu conseguir, eu posso me tornar um Grace. Eu posso resolver minhas coisas.

— Porque eu me importo com vocês, tá? — respondi. Meu peito estava apertado com lágrimas que eu queria derramar. Não aqui. Nunca na frente deles.

Thalia riu. Um som amargo e seco.

— Talvez não devesse. Talvez sua vida fosse mais fácil se simplesmente se afastasse de nós.

— Eu não consigo — respondi. Foi tudo que consegui dizer, e era a mais pura verdade.

Eu os amava. Talvez eu fosse como Marcus também. Talvez eu também estivesse sob a maldição.

Havia maldições demais por ali, pensei, sombria, e me levantei.

— Vamos — falei para Thalia. — Vamos deitar um pouco.

Ela balançou a cabeça.

— Eu não posso. Preciso voltar para a festa. Vai pegar mal.

— Meu Deus, que se danem as aparências. Pelo menos uma vez na sua vida — censurei com voz firme.

Ela ergueu o olhar, surpresa. Achei que fosse discutir comigo, mas parecia exausta. Ela apenas assentiu.

Eu a ajudei a se levantar.

CAPÍTULO VINTE E UM

— Olá? — chamei para o corredor.

A casa dos Grace estava em silêncio. Já tinha se passado quase uma semana desde a festa, mas o último familiar distante tinha ido embora apenas no dia anterior, deixando um silêncio cavernoso atrás de si. Gwydion aproveitara a oportunidade para viajar até a cidade grande com um primo que morava lá, e ficaria por lá por uns dois dias. Esther estava fazendo um evento na Nature's Way e vinha ficando presa na loja até muito tarde, assegurara Summer. Eu achava mais fácil ficar na casa quando eles não estavam. Mais fácil de respirar.

Larguei minha bolsa aos pés da escada e entrei na cozinha. A geladeira estava zunindo baixinho, quebrando o silêncio. Do lado de fora, o sol brilhava sobre as pedras do pátio, mas lá dentro estava tranquilo e fresco. Havia uma tigela de morangos no meio da mesa, com seu brilho vermelho. As frutas naquela casa sempre pareciam prestes a explodir na sua língua, enchendo sua garganta com sumo fresco e límpido.

— Eva e a maçã — disse uma voz atrás de mim.

Fiz uma careta e me virei. Fenrin estava na porta, observando-me. Às vezes chegava a doer olhar para ele quando ele estava olhando para mim. Eu já devia ter me acostumado.

— Hein? — perguntei. Evocativa. Eloquente. Como sempre.

Ele apontou para os morangos.

— Parecia que você estava travando uma luta contra a tentação. O fruto proibido. — Ele interpretou erroneamente minha expressão como susto por ter sido pega e riu. — Relaxe. Você sabe que pode comer. Você pode pegar o que quiser.

Posso *mesmo?*

Será que era eu que estava achando aquela conversa cheia de significado ou será que era ele, falando sobre tentação com aquele ar sensual?

— Eu não a vejo desde o meu aniversário — disse ele, aproximando-se e pegando um morango na tigela. — Você se divertiu?

Se eu me diverti? Sim, até o momento que as coisas começaram a dar errado.

Veja bem, Fen, eu queria dizer, o plano era que nós todos saíssemos juntos, fôssemos lá para cima para encher a cara e ouvir música. O plano era que eu o visse dançar "Footloose" e assoviasse e aplaudisse e o abraçasse e sentisse sua mão subindo pelas minhas costas de um jeito que não fosse apenas como "amigos" e, depois, mais tarde, quando todos tivessem finalmente ido dormir, o plano, Fenrin, era que eu me inclinasse e o beijasse, sem aviso, e sentisse suas mãos segurando minha nuca ao mesmo tempo em que você aprofundava mais o beijo, como se não conseguisse ter o suficiente de mim e estivesse louco por ter esperado por isso tanto tempo.

O plano não era que Fenrin desaparecesse completamente pelo restante da noite sem qualquer tipo de motivo ou pedido de desculpas. O plano não tinha sido passar meu tempo com Thalia, levando-a para o quarto sem que os convidados adultos notassem, e ajudando-a a ir para a cama. Ela me pedira para não contar a ninguém sobre a visita de Marcus, e não contei, mas eu não ia conseguir manter o segredo por muito tempo. Até onde ele iria da próxima vez? Seria minha culpa se acontecesse alguma coisa? Eu tinha que contar pelo menos para Summer. Quanto mais próximas ficávamos uma da outra, mais difícil era mentir para ela. Eu gostava de como ela confiava em mim. Eu queria ser o tipo de amiga que merecia aquele tipo de confiança. Agora que ela não estava mais preocupada com os hóspedes, eu poderia conversar com ela a sós para planejarmos o que deveríamos fazer.

— Eu me diverti sim — respondi. — Obrigada pelo convite. E você se divertiu?

— Na verdade, sim. — Havia uma espécie de sorriso discreto na voz dele. — Summer disse alguma coisa sobre nadarmos na enseada hoje. Você está a fim?

— Eu até trouxe toalha e tudo o mais.

Ele ergueu as sobrancelhas.

— Você sabe que poderia pegar tudo emprestado aqui.

— Eu sei — respondi em tom de orgulho debochado. — Mas a minha toalha é melhor do que a de vocês.

Ele riu. Fiquei observando enquanto ele levava o morango aos lábios e o mordia.

Ouvimos um grito agudo, curto e alto ecoando pelo corredor. Fenrin inclinou a cabeça.

— Mas o que foi isso?

— Será que foi um gato... ou algo assim?

— A gente não tem nenhum animal de estimação.

— Um pássaro?

— Talvez. Veio do lado de fora.

Ele desapareceu pela cozinha, e eu o segui pela porta dos fundos. Ele estava parado, de costas para mim

Completamente imóvel.

Esperei um pouco, mas o momento se estendeu e começou a ficar estranho.

— Fe...

Engoli seu nome quando ele fez um movimento brusco, entrando em ação, correndo pelo pátio e seguindo pelo caminho de pedras. Surpresa, eu corri também.

— Fenrin, o que...

Mas ele não se virou e não falou nada. Ele alcançou Summer, que estava no meio do jardim, segurando um monte de lama nas mãos. Estava olhando fixamente para aquilo.

Fenrin segurou o braço dela.

— Summer, o que houve? *Summer*.

Eu cheguei até ele, tentando não ofegar.

— Você está vendo? — perguntou Summer para ele. Sua voz estava normal. Muito, muito normal e extremamente calma.

— Vendo o quê?

— Olhe bem.

Ela estava olhando para a bola de lama nas próprias mãos.

Fenrin olhou também.

— É só lama. O que é? Tipo um pedaço de pedra?

— Estava simplesmente aqui — continuou Summer. — Tem aquele trecho de solo bem lá nos fundos, perto do carvalho. Nós não plantamos nada ali, sabe? Nós não plantamos nada nem perto dali. Mas a terra estava toda remexida, e isto estava ao lado do buraco, como se tivesse sido desenterrado.

— *O que* foi desenterrado? — perguntou Fenrin, ficando impaciente.

Eu olhei para a bola de lama.

Era meio alongada, como uma bola de rúgbi, em um tom de marrom avermelhado.

— Você não está vendo? — perguntou Summer em um sussurro fraco.

— Tem um tubo saindo — comentei, ficando curiosa.

— É um coração.

Fenrin ficou parado.

Eu olhei novamente. Quanto mais eu olhava, mais eu percebia.

— Não.

— Sim — insistiu Summer.

— É pequeno demais — falei com cuidado, meu corpo tomado por uma sensação horrível de terror e ansiedade.

Fenrin estendeu um dedo, mas mudou de ideia.

— Animal.

— Raposa — disse Summer.

— E como é que você sabe disso? — perguntou Fenrin.

— Tinha um pouco de pelos em tons de branco e laranja.

— Poderia ser de um gato.

— É de uma raposa.

— E como você pode ter tanta certeza assim? — perguntei.

Summer apertou os lábios.

— Porque eu sei qual é a utilidade de um coração de raposa.

Ficamos nos olhando.

— Bem, pelo amor de Deus, largue isto — disse Fenrin de repente, e Summer largou o órgão no chão, como se a queimasse. — E você deveria lavar a mão, porque só Deus sabe.

Fiquei olhando para o coração no chão.

— Para quê se usa um coração de raposa?

— É ruim — disse Summer. — Magia antiga. Nós não fazemos esse tipo de coisa. É muito ruim mesmo. — Seus olhos se arregalaram com um novo senso de urgência. — Se há magia antiga contra nós...

— Do que você está falando?

— Naquela noite na floresta. Nós tentamos fazer com que Marcus fosse embora, não é? — Ela se virou para mim. — Bem, e se alguém já estivesse tentando? Mas tivesse usado magia antiga para fazer isso. E aí nós fizemos o nosso feitiço por cima. Isso realmente pode estragar as coisas, dois feitiços lutando um contra o outro...

Fenrin bufou.

— Eu nunca nem ouvi falar sobre isso. Como você sabe o que poderia acontecer?

— Sério. O que o coração de uma raposa faz? — repeti.

— Tem a ver com astúcia e manipulação. O trapaceiro. Percebe?

— Summer olhou para as mãos sujas de lama. Lama e mais alguma coisa? Senti meu estômago se revirar. — Thalia fez um feitiço para manipular Marcus.

— Do jeito que você fala, parece que sou uma vaca interesseira.

Summer se encolheu.

Thalia estava parada atrás de nós, emoldurada pela casa quando a flagramos. Ela parecia calma, mas era só fachada e, se eu conseguia perceber aquilo, todos conseguiam. Os lábios estavam contraídos e os olhos arregalados.

— Thalia — disse Summer. — O que foi que você fez?

— O que foi que *vocês* fizeram? — devolveu ela. — Vocês fizeram um feitiço na floresta? Sem mim? *Contra* mim? Como vocês puderam?

— Thalia — interveio Fenrin, suavemente. — Vamos lá. O que é isto? — perguntou ele, apontando para o coração no chão.

Talvez tenha sido a presença do irmão gêmeo, o tom cínico de quem odiava magia, fazendo a pergunta. Mas ela cedeu.

— Eu só não queria terminar como todos os outros — disse ela.

— Como assim?

— Como nossas tias e primas, nossas avós e como Esther.

— Você tentou quebrar a maldição — ofegou Summer.

Thalia abraçou o próprio corpo.

— Não, não. Ninguém pode quebrar a maldição. Eu só queria fazer com que ele não gostasse mais de mim.

Ali, à luz do dia, parecia uma declaração vazia e irreal.

— Quando? — perguntou Fenrin. — Quando você fez o feitiço? — O rosto dele estava frio. Eu sabia o que ele estava pensando. *Você escondeu isso de mim.*

— Há um tempo. Logo depois do Natal. — Ela engoliu em seco. — Eu não queria que ele acabasse como todos os outros do nosso incrível histórico familiar. Morto ou louco. É ele ou eu, não é? É assim que a maldição funciona, certo? Eu gostava muito dele, tá?

Ele não merecia isso. Eu queria salvá-lo. Mas não funcionou. — A voz dela ficou baixa e com um tom de choro. — Ele já enlouqueceu de vez, não é? Então eu estou ferrada. As coisas vão sair exatamente como sempre.

— Mas... já acabou — disse Summer com cuidado. — Eu achei que ele estivesse melhor. Está funcionando, não está?

Os olhos de Thalia encontraram os meus.

Conte para eles.

Ela suspirou.

— Não está, não. Ele apareceu aqui na festa. Ele estava... Ele não estava bem.

Fenrin ergueu os braços para o céu, virando as costas para ela. Ele passou as mãos no rosto, ali sob a luz do sol, e aquilo pareceu estranho porque sempre fomos criados para acreditar que a luz do sol e a escuridão não poderiam coexistir; mas podiam, podiam, sim.

— Isso é loucura. O que ele fez?

O punhal em sua mão.

Um pacto de sangue.

— Não importa — declarou Thalia. — Tudo que importa é que a maldição existe, Fenrin. Você precisa aceitar isso, porque nada do que fazemos funciona. É mais forte do que todos nós.

— Fala sério. Essa é a segunda vez que ele tenta atacá-la — intervim. Seu fatalismo trágico e pesado estava começando a me irritar. — Nós simplesmente vamos ficar parados esperando para ver se na terceira vez dá certo?

— Duas vezes? — perguntou Fenrin, confuso. — Do que você está falando?

— Bem, a primeira vez foi no quarto de Thalia. — A expressão de Fenrin era neutra. O olhar de Thalia estava fixo no chão. — A coisa que começou tudo isso? Seus pais expulsando-o daqui?

— Eles o expulsaram daqui porque Esther os pegou transando — esclareceu Fenrin friamente. — Eles o jogaram para fora da casa literalmente e disseram que ele nunca mais deveria falar com Thalia. E ela aceitou isso, ignorando-o completamente desde então. O nosso louco ex-melhor amigo. E por quê, você pode perguntar? Ah, porque ela estava se arriscando a sofrer a maldição ao ficar com uma pessoa que não é bruxa, não é? A boa e velha e inexistente maldição. E não vamos nos esquecer de que eles não escolheram Marcus para ela, não é?

Eles estavam olhando uns para os outros. Senti que havia algo implícito entre nós, insistindo e fazendo pressão, mas eu não sabia em que águas estávamos nadando naquele momento.

— Então — comecei, usando minha voz mais racional. — Você fez o quê? Disse para todo mundo na escola que ele atacou você? Por quê? Para se preservar?

— Eu nunca disse nada disso — tentou rebater Thalia, mas a voz falhou com choro contido.

— Mas você também não negou quando os boatos começaram, não é?

Ela desviou o olhar. Seus lábios estavam trêmulos.

— Que boatos? — quis saber Fenrin.

Eu olhei para ele.

— Como é que você não sabe? Todo mundo na escola só fala disso quando ele entra em algum lugar. As pessoas inventaram essas mentiras a respeito dele porque nenhum de vocês nunca contou o que realmente aconteceu. Ele é considerado praticamente um estuprador por todo mundo. Isso é muito injusto. Pelo menos, ele é só um stalker meio assustador...

— Bem, essa parte pelo menos é verdade — interrompeu Summer, então ergueu as mãos quando olhei para ela. — Bem, ele é mesmo. Você não pode negar diante da forma como ele vem agindo ultimamente. E eu realmente não sabia sobre esses boatos. Não de verdade. Tipo... — Ela fez uma pausa, desconfortável. — Talvez eu tenha ouvido algo uma vez. Mas ninguém toca no assunto quando estamos perto, River. Eles todos ficam olhando de um jeito esquisito, como se nós fôssemos arrancar a cabeça deles caso se atrevessem a mencionar o assunto.

— E de quem é a culpa disso? — perguntei.

— De ninguém. — Ela balançou a cabeça. — A gente não pediu para ninguém agir assim. É só como as coisas são.

Não. Vocês nunca pedem, não é? As pessoas simplesmente abrem o caminho para vocês e se curvam diante de vocês e seguem vocês, e não é como se vocês incentivassem isso. É só como as coisas são.

Mas vocês também não desencorajam ninguém.

Mas por que eles fariam isso? Quem desencorajaria o poder? O poder faz com que você sobreviva a um dia cinzento e difícil. Eu sabia muito bem disso.

Minha raiva se esvaiu, deixando-me exausta.

Summer estava olhando para as próprias mãos.

— E o que a gente vai fazer a respeito? — perguntou ela.

Eu fiz um gesto com a cabeça para o coração murcho e marrom no chão.

— Nós vamos anular o feitiço da raposa. Você chegou a pensar na possibilidade de o comportamento recente de Marcus ser por causa disso?

— O efeito deveria ser o contrário — respondeu Thalia em voz baixa e envergonhada.

— River está certa. — Summer olhou em volta. — Eu vou lavar esta merda horrível da minha mão. E aí nós vamos consertar as coisas.

CAPÍTULO VINTE E DOIS

Quando o dia se transformou em início de noite, nós nos reunimos no jardim.

Wolf apareceu no final da tarde, voltando de uma viagem de um dia que tinha feito com o pai. Ele era enigmático na melhor das hipóteses, mas naquela noite, parecia que queria desaparecer dentro de si, mal levantando a voz acima de um resmungo. Ficou evidente que alguém tinha lhe atualizado em relação aos acontecimentos do dia, e ele não parecia muito feliz com aquilo — parecia que ele e Fenrin tinham tido uma briga. Ficavam rondando um ao outro, como gatos zangados, e sentaram-se em lados opostos do nosso círculo imperfeito de cinco pontos.

Eu tinha passado a tarde com Summer na enseada, mas ninguém mais quis ir com a gente, e não tinha sido a diversão despreocupada que eu imaginara. Ela já havia se lavado, mas toda vez que eu olhava para ela, me lembrava das mãos manchadas de lama e do coração que tinha segurado.

Nós nos reunimos, e, a princípio, ninguém disse nada. Thalia estava em uma cadeira de vime ao lado de Summer, em silêncio. Summer mirava o nada ao longe, seus dedos tamborilando na grama num ritmo que só ela conseguia ouvir. Wolf brincava com a rolha de uma garrafa de vinho. Fenrin parecia perdido em pensamentos.

Eu tinha um papel a cumprir. Eu era a perturbação. A intrusa. Aquela que os tiraria da zona de conforto dos segredos e do silêncio ao qual estavam acostumados, e que os faria entrar em ação.

Seja corajosa.

— Então, que tipo de magia precisa de um coração de raposa? — perguntei. — Tipo, o que ela faz exatamente?

— É uma antiga forma de fazer as coisas — explicou Wolf de forma inesperada. — Você oferece uma troca, um sacrifício em vez de usar sua vontade. Você oferece alguma outra coisa em vez de usar a si mesmo.

— Magia do mal — disse Summer, sombria.

Thalia estava completamente parada e pequena.

Magia do mal?

Eu não achava que a magia poderia ser do mal. Dependia da pessoa que a realizava, e não da coisa em si. Era como uma faca. Inerte até que alguém forçasse a própria vontade nela, fazendo-a entrar em ação. Poderia ser usada para cortar, libertar alguém ou matar. Era tudo e nada ao mesmo tempo, dependendo do propósito da força externa.

A magia só era do mal se você também fosse.

— Bem, vamos lá — disse Fenrin, dirigindo-se a mim. — O feitiço na floresta foi ideia sua. O que você acha que devemos fazer para consertar isso?

Wolf ergueu a cabeça para olhar para mim. Assim como todos os outros.

Senti que eu começava a derreter diante daquele olhar coletivo. Fiz uma busca aos tropeços pelos meus pensamentos ainda incompletos.

— O que vocês querem que eu diga?

Fenrin cruzou os braços.

— Você deve ter um plano de ação. Você disse que tínhamos que libertar Marcus do feitiço. Então vamos ouvir sua sugestão.

— Não tenho um plano — respondi, desconfortável. — Eu não sou perita em magia. Eu só estava... — Minha voz falhou.

Mas o olhar dele era duro. Ele estava me desafiando.

Seja a perturbação. Seja corajosa.

Então eu disse:

— Eu só estava pensando sobre magia do mal. Não acho que este seja o problema aqui. Acho que a questão tem a ver com a intenção.

Summer franziu as sobrancelhas.

— Acho que quando fizemos o feitiço na floresta, nossas intenções não eram puras — continuei. Eu não olharia para ver a reação de Fenrin, não até ter terminado.

De qualquer forma, talvez ele nem se lembrasse mais do que tinha me dito.

— Todos nós queríamos quebrar a maldição — declarou Summer. — Aquela foi a intenção. Por que alguém ia querer alguma coisa diferente?

— Talvez alguém quisesse puni-la.

— Quem? Thalia? — Summer estava perplexa. — Por quê?

Abri a boca para responder, mas não consegui.

Não fez muita diferença, porém, porque Fenrin falou por mim.

— Talvez eu tenha pensado que ela merecia sofrer por ter sido covarde.

Seguiu-se um silêncio chocado.

Os olhos dele encontraram os meus.

— Valeu — disse ele de forma muito clara. — Muito legal da sua parte me fazer contar para todo mundo.

Ele se levantou, caminhou pela trilha de pedras até o pomar.

Pelo canto dos olhos, vi Wolf se remexer, como se quisesse ir atrás de Fenrin, mas ele acabou permanecendo onde estava.

— Do que ele está falando? — perguntou Summer.

Eu não me atrevia a olhar para Thalia.

— River, conte logo. — A voz de Summer tinha um tom de urgência. — Nós não podemos fazer um feitiço sem saber de tudo. A gente pode acabar piorando as coisas de novo.

Parecia uma traição. Ele tinha feito uma confissão para mim — era errado revelar a confissão de terceiros. Mas, meu Deus, havia todos aqueles segredos amarrados e entrelaçados nos enforcando. Estávamos sufocando para a morte. Eu queria nos salvar a todos.

— Ele me contou uma coisa — comecei. — Naquela noite na floresta. Ele me disse que queria punir Thalia, e não ajudá-la.

Thalia riu, mas o som pareceu mais um engasgo.

— Olha, sinto muito.

— Sente muito? — ecoou ela, sua voz neutra, e riu de novo.

— Então você está dizendo que a culpa é de Fenrin? — A pergunta foi de Wolf.

Olhei para ele.

— Não estou dizendo nada disso. As pessoas não podem evitar seus verdadeiros sentimentos.

Wolf se virou e cruzou os braços.

— Verdade, mas a culpa é *dele*, então. Querendo ele ou não.

Fenrin se sentia culpado. Ele se lembrou do que me dissera e pensara o mesmo que eu; que tudo tinha saído errado por causa dele.

— Eu vou falar com ele. — Summer se virou.

— Não. Eu vou. — Eu me levantei e caminhei pela trilha de pedra até o pomar. Dava para vê-lo no anoitecer, um pouco além da macieira. Enquanto eu contemplava seu contorno, solitário e rígido contra os troncos de árvore, tomei uma decisão. No espírito da noite, eu finalmente contaria a verdade sobre meus sentimentos em relação a ele.

Ele estava encostado com os braços cruzados, olhando para o outro lado. Ele ouviu a minha aproximação e suspirou.

— Sinto muito — desculpei-me.

Ele não respondeu nada. Esperei por um momento, mas uma energia nervosa emanava de mim, e continuei andando até me postar bem à frente dele.

— Desculpe — repeti.

Ele olhou para mim.

— Você é o tipo de pessoa que conta os segredos dos outros quando lhe convém, como uma carta na manga?

— O quê? Não. Eu não disse aquilo para magoar você. Eu só... eu só acho que não devemos deixar todo mundo achar que tudo deu errado por causa de magia do mal, quando talvez não seja este o problema. Nós todos deveríamos compartilhar tudo que sabemos entre nós. Não é? — Odiei o tom da minha voz naquele momento. Implorar não era certo. Tentei mudar minha expressão, minha postura.

— Mas a decisão de contar para eles era sua?

— E *você* ia contar?

Ele ficou em silêncio.

— Por que não? — perguntei.

— Por que não? — explodiu ele. — Isso tudo é bobagem. Nós não fizemos absolutamente nada naquela noite na floresta. Nada.

— Dá pra parar de mentir para si mesmo? Você acredita, Fenrin. Por que outro motivo você estaria agindo de forma tão estranha em relação a isso tudo?

Ele riu, erguendo as mãos num gesto impotente.

— Meu Deus, outra fanática. Você realmente está começando a se adequar, não é?

Senti vontade de socá-lo.

— Por que você usa esse tom mordaz comigo, como se fosse patético demais gostar de você? — Eu parei. — De todos vocês — corrigi-me. Mordi a parte interna da boca com força para substituir a emoção por dor. Para recobrar o controle.

Ele estava se afastando de mim. *Não se afaste de mim.*

— Não foi só porque conheci vocês que comecei a achar que a magia era real, tá? Eu sempre acreditei, bem antes de vocês aparecerem na minha vida. Talvez não em *magia*, mas em alguma coisa.

Fenrin parou.

— O que você quer dizer com isso?

Eu tinha ido longe demais sem nem me dar conta.

— Nada.

— Não — disse ele, renovado. — Você é toda misteriosa, nunca fala de você. E deixa a gente ficar falando e falando sobre todas as nossas merdas desimportantes. Você fica sentada ali, como um espelho, e tudo que faz é nos enaltecer. Você também tem que contar seus segredos para nós, River.

— Eu não tenho nada para contar!

— Para com isso. Sempre tem alguma coisa.

— Não! Eu sou a pessoa mais chata do mundo! Tá bom? É isso que você quer ouvir? Que eu só ando com vocês porque quero ser interessante e ser *amada*. — Eu cuspi a palavra. — Amada e adorada, como vocês são. É isso que eu quero. Está feliz agora? Eu sou simplesmente tão patética quanto você acha que sou.

Calei-me, chocada comigo mesma. Como é que aquilo tinha acontecido? Como foi que eu me permiti revelar tanta coisa quando havia me esforçado tanto para manter tudo dentro de mim?

— Você não é — disse ele, balançando a cabeça. — Eu nunca achei isso, River. Nenhuma vez.

Meu coração se emocionou e se agitou. Era a confirmação que eu vinha buscando o tempo todo. Senti lágrimas tentando escorrer, e entrei em pânico. O que também foi péssimo, pois meio que arfei e prendi o ar como se estivesse prestes a mergulhar, e aí fui me aproximando de Fen, tentando me concentrar nos lábios dele.

Eu me inclinei. Era isso. O momento no qual eu estivera idealizando durante meses.

Mas eu nem cheguei perto o suficiente para tocá-lo. Suas mãos pousaram nos meus ombros, impedindo-me de continuar.

— O que você está fazendo? — perguntou ele, parecendo assustado.

Percebi a compreensão enojada passando pelo seu rosto. Ele não estava satisfeito.

Nem um pouco satisfeito.

— River, eu...

Eu tentei rir. Tinha cometido um erro. Um erro feio. Comecei a gaguejar:

— Eu só estava brincando. Você devia ver a sua cara.

Ele respirou fundo, lutando para encontrar as palavras.

— Isto é... Eu nem percebi.

Aquilo era meio que um elogio. Uma declaração de como eu era boa em esconder meu verdadeiro eu.

Eu estava olhando para o tronco atrás do rosto dele, traçando as marcas com os olhos.

— Acho melhor a gente voltar.

Ele não disse nada. Então eu me afastei.

Enquanto eu caminhava, ouvi o som de passos, e ele apareceu do meu lado.

— Não vá embora simplesmente — pediu ele. — Sinto muito.

— Pelo quê? — devolvi sem parar para pensar.

Ele inspirou e soltou um suspiro curto.

— Eu gosto de você. Eu gosto mesmo. Mas...

Mas. Sempre tem um mas.

— Eu já entendi, tá bem? — interrompi. — Deixa essa porra pra lá. — Aí virei o rosto, como se não me importasse nem um pouco.

— Tudo bem — respondeu ele de forma categórica, caminhando na minha frente.

Eu parei. Tive que parar. Meu peito estava se contraindo, encolhendo e me deixando sem ar. Eu me encostei na árvore mais próxima e respirei fundo, contando até dez. Soltando o ar, contando até dez.

Eu não podia chorar ali.

Eu ia voltar até onde eles estavam, e me mostraria completamente tranquila. Eu seria a River que eles conheciam. Eu seria igual a eles. A única maneira de ser o que você queria ser era fingindo que já era. Um dia você deixaria de sentir que estava interpretando. Um dia não haveria mais necessidade e, finalmente, ah, finalmente, você poderia relaxar.

215

E se Fenrin contar para eles?

Ignorei aquela voz.

Ele vai contar.

Ele não faria isso.

Cheguei ao jardim. Fenrin estava rindo, e, por um instante aterrorizante, achei que estivessem rindo de mim, mas era de alguma coisa que Summer tinha dito. Ela estendeu a perna e chutou a canela dele, e ele tropeçou de forma dramática.

Eu me aproximei, e nada mais foi dito sobre feitiços ou magia naquela noite. Mas o assunto pairava sobre nossas cabeças, esticando nosso tempo juntos e enchendo-o de tensão.

Fenrin não contou nada para eles. Mas e quanto ao dia seguinte? Summer ficaria tão decepcionada comigo. Eu meio que estava convencida de que um dos motivos pelos quais ela havia gostado de mim no início era porque eu não parecia ter o menor interesse no irmão dela. Porque aquilo significava que eu ia tentar usá-la para conseguir chegar a ele.

Eu não tinha feito isso. Não tinha mesmo. Mas ia parecer que eu tinha.

Thalia estava em silêncio na sua cadeira, submersa na conversa alegre e delicada à sua volta. Senti os olhos de Wolf em mim mais de uma vez, mas agi como se não tivesse percebido. Fenrin ria como costumava fazer. Summer sugeriu que ouvíssemos música, e um aparelho de som foi arrastado até ali com o auxílio de uma extensão. Escurecia à nossa volta, e nós acendemos as luzes do jardim — luzinhas cintilavam por entre as árvores, lâmpadas solares na beira do gramado, velas grossas alinhadas nas pedras do pátio. Observei a luz banhar o rosto deles, assim como devia banhar o meu. Será que aquilo nos tornava iguais de alguma forma?

Fenrin estava certo, sobre tudo. Eu agia como um espelho. Eu disse a ele que não havia nada dentro de mim que valesse a pena ser visto. Às vezes eu achava que aquilo era verdade. Às vezes eu achava que seria melhor se tudo que eu fizesse fosse refletir.

Depois da quarta garrafa de vinho, eles começaram a jogar alguns jogos — amarelinha, desafios. A promessa de mais magia foi ficando esquecida entre nós à medida que a lua se erguia no céu. Fiquei onde estava, perseguindo aquela sensação de não existência que senti durante o feitiço na floresta. Perseguindo a vida de uma estrela.

Em determinado ponto, recebi uma garrafa diferente, algo caseiro. Tinha gosto de mel temperado. Summer me puxou para que eu ficasse em pé, dando-me um sorriso selvagem. Os outros estavam repetindo rimas infantis sem parar. Repetindo e repetindo. Aquilo devia soar idiota, mas não era.

Batatinha quando nasce espalha a rama pelo chão, menininha quando dorme põe a mão no coração.

Summer estava me fazendo girar. Nós cambaleamos e balançamos. Eu caí duas vezes. Fez barulho. O jardim estava negro fora do nosso círculo de luz. A noite infinita se espalhava ao redor, então nós dissemos uns para os outros que tínhamos de ficar bem juntinhos, juntos na escuridão.

Eu só me lembro de imagens, instantâneos queimados em mim, fundindo-se uns nos outros, até eu não conseguir dizer mais em que ordem as coisas tinham acontecido. Imagens dos meus braços desnudos quando tirei meu suéter. Thalia se levantando e puxando a saia comprida, retirando-a até o tecido empoçar aos seus pés. A grama fria fez cócegas nas minhas costas quando deitei, olhando para o céu de mãos dadas com Summer. O cabelo comprido de Thalia enrolado no meu pulso enquanto eu brincava com as mechas. O de Thalia ou de Summer, tudo da mesma cor na escuridão.

Naquela noite, acho que estávamos tentando lutar contra a morte, contra o tédio e a banalidade, contra tudo que nos fazia chorar, e olhar diretamente para nosso futuro com pavor. Nós bebemos e brincamos num esforço supremo para curtir o presente, para aproveitar todos os momentos ao máximo, porque aquilo era tudo que importava no final das contas. Eu me lembro que me senti intoxicada de vida e escuridão. Eu me senti poderosa. Era a coisa mais natural do mundo. Era por isso que estávamos vivos — para sermos poderosos e livres.

Era só nas manhãs que feitiços eram quebrados. Nas manhãs, a realidade sempre voltava numa onda agitada e nojenta, e a noite anterior, negra e brilhante, se tornava algo cinzento e errado à luz do dia.

A próxima coisa de que me lembrei foi de um som como o de uma britadeira enferrujada. Depois, outra sobreposta a ela. E mais outra. Corvos gritando uns para os outros no raiar do dia.

Abri os olhos e fui imediatamente tomada de dor.

Luz cinzenta. Minha pele estava fria.

Eu consegui me virar. Minha cabeça estava agitada.

As árvores frutíferas giravam e farfalhavam, sussurrando. Eu sabia o que estavam dizendo.

Nós vimos o que aconteceu.

Eu estava no pomar e estava sozinha.

Aí ouvi vozes, chamando meu nome.

Então:

— Fen!

— Onde você está?

Elas estavam se aproximando. Enfiei os braços dentro de uma camiseta fina sem manga que não era minha. Talvez fosse de Summer. Meu Deus, estava frio. Folhas secas pinicavam minha pele, raspando na minha calça jeans.

— Fen! River! Para onde foi todo mundo?

Encontrem-me, pensei. Era tudo no que eu conseguia pensar, e pensei com toda a força do meu ser.

Elas me encontraram. Thalia e Summer passaram por entre as árvores. Eu ouvi a voz delas, mas eu só conseguia olhar para o chão.

— River! O que você está fazendo? — Alívio e depois nervosismo subindo com suas pernas aracnídeas por aquela voz. A voz de Summer.

— Você está bem?

— Estou com frio — respondi.

Summer se agachou ao meu lado, seus olhos cheios de preocupação.

— Eu achei que todos tínhamos adormecido nas espreguiçadeiras do jardim. Quando acordamos, estávamos apenas Thalia e eu, e vocês não estavam em casa. Como é que você veio para o pomar sozinha?

— Eu não sei.

— Você viu Wolf ou Fen?

Neguei com a cabeça.

A voz de Thalia soava estranha.

— Summer, acho que aconteceu alguma coisa.

— Não precisa surtar — disse Summer, irritada. Um braço envolveu meus ombros. — É melhor voltarmos.

— Talvez eles tenham ido à enseada.

— É, talvez.

— Leva só cinco minutos. É melhor a gente olhar.

— Tudo bem. Mas vamos voltar rápido. Se eles voltarem para casa e não nos encontrarem, talvez façam a mesma coisa que nós e vamos ficar aqui o dia todo.

Elas estavam usando um tom prático. Estavam fingindo que estava tudo bem.

Não estava.

Summer me ajudou a levantar. O pomar acabou de forma abrupta. Além dele, havia uma trilha desgastada de terra que levava às dunas, montanhas de areia cobertas com longas urzes açoitadas pelo vento, afastando-se de nós e curvando-se em direção ao mar. Ia ficar ensolarado de novo. O céu tinha um tom rosado e dourado.

Summer estava sussurrando ao meu ouvido, mas eu não conseguia me concentrar em nada do que ela dizia. Ela queria que eu respondesse perguntas do tipo "O que aconteceu?" e "Você está bem?", mas eu não sabia a resposta.

Quanto mais perto da enseada chegávamos, mais as coisas pareciam erradas, como se tivéssemos escorregado para outra versão deste mundo durante o sono, um mundo quase igual ao nosso, mas feito de grama negra, distorcida e escura. Elas devem ter sentido aquilo também, pois quando descemos até a enseada e vimos algo encolhido na areia, perto da margem da água, nenhuma de nós saiu correndo, como se nem estivéssemos surpresas.

Era Fenrin.

Ele não se mexeu quando o chamamos, mas quando elas o viraram, ele acordou, seus olhos se apertando contra a luz. Ele nos olhou como se não fizesse ideia de onde estávamos, e, por um momento, tudo se deslocou porque naquele instante eu estava *convencida* de que tínhamos escorregado para uma realidade alternativa. Mas então ele piscou.

— O que foi? — perguntou ele, a voz rouca. Ele tossiu, e suas sobrancelhas se franziram como se ele não conseguisse se lembrar por que sua voz estaria daquele jeito.

— Onde está Wolf? — perguntou Thalia.

Fen olhou em volta, confuso. Então meneou a cabeça.

— Ai, minha garganta está doendo.

— O que você está fazendo aqui?

Fenrin se sentou. Estava apenas de calça jeans, mas o botão e o zíper estavam abertos.

— Eu não sei.

— Como assim não sabe?

Ele fez uma careta.

— Pare com isso — pediu ele, irritado. — Eu acabei de acordar. Eu não me lembro muito bem da noite passada.

Thalia olhou para Summer.

Eu sabia o que aquele olhar significava. Elas também não se lembravam muito bem.

Enjoada, dobrei o corpo, aí agachei na areia e vomitei.

— Ai, meu Deus — disse Summer, atrás de mim. — Nós temos que levá-la de volta.

— Nós precisamos encontrar Wolf. — A voz de Thalia estava tensa.

— Bem, talvez ele já tenha voltado para casa.

— Ele não estava lá quando saímos. E nós teríamos cruzado com ele quando estávamos vindo para cá.

— A gente precisa voltar e contar tudo para Esther.

— Ela ainda não acordou, e não tem motivo para contarmos nada ainda. Ele deve estar em algum lugar.

— Mas...

As vozes deles estavam ficando cada vez mais altas. Tentei bloquear tudo à minha volta, mas aquilo só piorou as coisas. Não havia nada na minha cabeça que eu quisesse ver, ouvir ou sentir.

Summer ficou comigo enquanto Thalia e Fenrin voltavam para casa, pegando meu suéter, meus sapatos e minha bolsa e levando tudo para a enseada. Usaram meu celular para chamar um táxi. Quando chegasse, nós subiríamos pelas pedras e seguiríamos até o Gull, um bar que ficava na praia principal. E eu iria para casa.

Fenrin revirou a enseada enquanto aguardávamos.

Ele não encontrou Wolf.

Ninguém encontrou.

PARTE 2

CAPÍTULO VINTE E TRÊS

Estou correndo pela floresta sob a luz arroxeada e cinzenta da manhã, é tão cedo que quase ainda é a noite anterior. Estou correndo descalça e consigo sentir as pontadas das folhas secas ferindo minhas solas.

Eu não sei por que estou correndo. Apenas que, se eu parar, serei pega.

Então ouço um grito de guerra pelas árvores, e o som faz com que eu deslize pelo chão, quase sem tocá-lo, patinando desesperadamente. Por um momento, parece que estou livre, vitoriosa. Mas aí vejo as formas se aproximando por entre as frestas dos troncos de árvores. Eles estão me alcançado.

Mais gritos. Uivos, um, depois, dois e três e quatro, unindo-se para formar uma cadência ascendente e descendente que me dá ânsias de vômito. O bando está caçando.

Eu não sei por quanto tempo estou correndo, mas não estou indo a lugar nenhum. As árvores não cedem, não há planícies lisas além, a floresta não tem fim. Eu sei que eles me enfeitiçaram para que eu nunca saia da floresta, mas saber uma coisa não impede que ela aconteça. Eu não consigo lutar contra isso. Não consigo pensar.

Eles estão bem atrás de mim agora. Os uivos pararam, e sinto a respiração regular deles, quente e rápida, no meu ombro. Estou cada vez mais lenta. Minhas pernas parecem um brinquedo sem pilha. Sinto um toque leve no meu ombro, mas é como ser jogada contra um muro. Quando dou por mim, estou no chão, eles estão se aproximando à minha volta.

Tento falar.

Tendo pedir "por favor".

Mas nenhum som sai da minha boca. Meu maxilar está amarrado.

Summer está mais perto. Os outros estão atrás. Ela sorri para mim, toda presas.

Por favor, não. Meu Deus, não faça isso. Mas minha voz não forma palavras. Minha garganta parece estar sangrando com o som que tento fazer passar por ela.

Summer traz na mão direita uma lâmina curva.

Não consigo me mexer. Meus braços e pernas estão pesados como montanhas, e é impossível me mexer. Tudo que consigo fazer é ficar deitada ali e observar enquanto ela se aproxima de mim como uma aranha.

Sinto que estou chorando, lágrimas grossas escorrendo e entrando nos meus ouvidos.

— Shhh — diz Summer, enquanto ergue a faca. — Isso vai acabar logo.

Ela esfaqueia meu peito. Sinto o golpe reverberar por todo o meu corpo.

Eu acordei.

Acordei com a mão pressionando meu peito, como se quisesse impedir o sangramento que eu sabia que vazava de mim, fazendo minha vida se esvair. Acordei com um grito preso na garganta, detido antes que pudesse sair, e se transformando num arfar estrangulado. Acordei e ainda conseguia sentir aquelas folhas frias que estalavam contra minhas costas, o peso de Summer em cima de mim.

Levou o que pareceu um tempo longo e sofrido antes que meu cérebro percebesse, enfim, que o que eu vivenciara não era real.

As lágrimas, porém, eram reais — tinham encharcado meu cabelo.

CAPÍTULO VINTE E QUATRO

Estas são as únicas coisas das quais me lembro sobre a época imediatamente depois do desaparecimento de Wolf:

Da expressão engraçada no rosto de Summer naquele dia na enseada enquanto ainda estávamos procurando por ele, e eu estava vomitando na areia, quando eu disse que não queria voltar com eles, que eu queria ir para casa. Acho que foi a primeira vez que escolhi minha própria casa em vez da dela.

E de como eu passei o dia todo encolhida na cama, a areia da enseada ainda grudada na pele e um buraco vazio e negro na minha cabeça. O olhar da minha mãe quando entrei, a surpresa e então o pânico, rapidamente engolido.

O modo como os interrogatórios da polícia se deram. Eu me lembrava de que eles perguntavam sem parar sobre o que tínhamos bebido e comido. Contamos a verdade. Acho que isso os ajudou a chegar à conclusão que acabaram chegando. Eu sei que bebemos muito aquela noite. Eu sei que não foi só álcool que consumimos. Eu me lembro de quando tiramos as roupas e dançamos loucamente. Na época, parecia que estávamos livres. Depois, foi apenas excruciante, principalmente quando você tem que explicar isso para um policial e ver a expressão dele.

Lembro-me do jeito como minha mãe, não muito depois do meu primeiro interrogatório com a polícia, me pegou pelo braço e me sacudiu. Sua mão me agarrando com força enquanto me perguntava o que estava acontecendo. Aquilo me chocou a ponto de me fazer chorar. Entre os soluços secos e fortes, eu disse a ela que não fazia a menor ideia do que tinha acontecido.

De como eu não me lembro de viver tanto quanto de existir. De como eu mal saía de casa e só saía do meu quarto à noite, indo me sentar na cozinha na escuridão, um cobertor em volta do corpo, olhando para a lua pela janela.

As coisas tinham dado errado tão depressa. Bastava um momento para que sua vida parasse, e uma versão cinzenta e doentia dela deslizasse serenamente e assumisse seu lugar. Todos os dias, quando eu acordava, parecia um castigo.

Quando se passaram quase três semanas do episódio, a busca policial continuou sem muito empenho.

Eles achavam que sabiam exatamente o que tinha acontecido. Nós tínhamos bebido demais, e todos desmaiamos num estupor alcoólico. Wolf e Fenrin acordaram nas primeiras horas da manhã, ainda bêbados, e decidiram que queriam nadar. Desceram até a enseada juntos, e Wolf acabou pego numa maré forte, sendo arrastado e lançado contra as pedras, ao passo que Fenrin desmaiara ainda na praia. Eles tinham certeza de que logo encontrariam o corpo.

Nesse meio-tempo, Summer tinha me ligado quinze vezes.

Às vezes eu atendia, às vezes não. Nossas conversas se transformaram em um nada inquietante, e só havia uma coisa para falarmos, o que significava que sempre acabávamos fazendo exatamente as mesmas perguntas.

— Você tem alguma novidade?

— Não. E você?

— Também não.

— Você se lembrou de mais alguma coisa sobre aquela noite?

— Não. E você?

— Também não.

— Você foi interrogada de novo pela polícia? O que você disse para eles?

Aquela era uma das perguntas favoritas dela. Depois de um tempo, aquilo começou a me irritar. O que ela achava que eu tinha contado para eles? Eu sabia que os Grace se fechariam quando questionados, e eu fiz o mesmo. O que mais eu poderia fazer?

— O mesmo que eu disse antes. Que nós ficamos bêbados. Completamente bêbados. Que não me lembro de nada depois de estarmos no jardim naquela noite. — Essa era sempre a minha resposta.

Uma pausa.

— Tudo bem. Porque do jeito que encontramos você no pomar... Parecia que você talvez tenha tentando ir atrás deles, ou algo assim.

— Eu não sei, Summer.

— Tudo bem.

E então o silêncio, seguido pelo "É melhor eu desligar" que ela dizia, e o clique indicando que tinha desligado o telefone; e então só eu, sozinha, imaginando se ela conseguia ouvir a mentira na minha voz.

Porque eu sabia. Eu sabia exatamente o que tinha acontecido com Wolf. Eu estava lá. Eu vi.

E parecia que eu era a única que lembrava.

CAPÍTULO VINTE E CINCO

Summer me disse que era melhor se eu não aparecesse por um tempo.

Só por um tempinho, dissera ela ao telefone quando estávamos vivendo aquele pesadelo já há alguns dias, até que eles parassem de se sentir como se estivessem sob um microscópio. Seus pais não estavam nada satisfeitos com o envolvimento da polícia. Porque... o quê? Por acaso eles achavam que poderiam resolver melhor as coisas sozinhos?

Não. Porque poderiam ter resolvido de forma discreta. Secreta. Ao estilo dos Grace.

Foi Fenrin quem ligou para a polícia. Ele assumiu a liderança, ligando para os pais de Wolf, para os amigos dele na cidade, procurando, alertando, fazendo um estardalhaço enquanto ficava mais desesperado a cada telefonema. Os pais de Wolf vieram para ficar na casa dos Grace enquanto a busca policial continuava, e eles ainda estavam lá. Outro motivo para eu não ir até lá e ser pega no meio do luto deles. Mais do que tudo, eu me sentia aliviada por manter distância. A mentira que eu contara para Summer sobre não me lembrar de nada estava diante de nós, como um peixe moribundo se sacudindo, e eu não conseguia acreditar que ela não tinha percebido, não tinha sentido o fedor de tudo aquilo.

Eu deveria contar para ela.

Não. Eu ia esperar.

Será que Fenrin se lembrava? Se ele se lembrava, por que não dizia nada?

Não. Eu ia esperar até Fenrin dizer alguma coisa. Se ele nunca se lembrasse, não haveria absolutamente nenhum motivo para tocar naquele assunto de novo. De qualquer modo, àquela altura, todos presumiam que Wolf tinha se perdido no mar. Eu só faria causar mais sofrimento. Eu não queria aquilo. Eu nunca, jamais ia querer aquilo. Eu queria manter o sofrimento longe deles porque eu os amava. Era isso que você fazia pelas pessoas que amava, não era?

Fechei os olhos. Summer estava no telefone de novo, e eu tinha atendido daquela vez, sem conseguir evitar a saudade que eu sentia da voz dela. Deixei as palavras ao meu ouvido me envolverem, sabendo que eu era uma covarde, sentindo a queimação da covardia subindo pelo meu estômago até chegar à minha garganta. As aulas começariam no dia seguinte, e eu estava completamente apavorada com aquilo.

Quando abri os olhos de novo, minha mãe estava parada na porta do meu quarto.

— Summer — disse eu ao telefone. — Tenho que desligar agora. Tá. A gente se vê na escola. Perto dos armários? Tudo bem, então. Tchau.

Larguei o telefone.

— Então você estava falando com Summer Grace — disse ela, cruzando os braços.

Esperei, cautelosa.

Ela foi direto ao assunto:

— Sabe, todas as vezes que você me ligava ou enviava uma mensagem de texto dizendo que estava na casa de uma amiga, ou que estava na cidade com algumas pessoas, eu nunca nem parei para pensar. Porque você nunca me disse que era amiga dos Grace. E acho que eu ainda não teria ficado sabendo se não fosse o desaparecimento daquele pobre garoto, Wolf.

Senti os pelinhos da minha nuca se eriçando, defendendo-me do ataque.

— Você nunca me perguntou. Você nunca me pergunta nada.

— Eu não fico controlando você. Não sou esse tipo de mãe. Eu permito que você tenha sua liberdade, desde que não faça nada de idiota com ela...

— Tipo ter amigos?

— Tipo ter *aqueles* amigos.

— E qual é o problema deles?

Ela pareceu afundar no batente da porta enquanto se apoiava na lateral com um dos ombros roliços e macios. Ela sempre parecia cansada.

— Dizem muitas coisas sobre essa família na cidade, meu amor, e muita coisa não é boa.

— Você está julgando com base em fofocas?

Mamãe me lançou um olhar duro.

— Só quero o que é melhor para você.

Eu odiava essa afirmação. Não significava absolutamente nada. Era uma afirmação usada para justificar qualquer coisa que você quisesse, e mamãe geralmente fazia uso dela.

— É uma escola grande — sugeriu ela, depois de um momento. — Tem um monte de gente com quem você pode fazer amizade.

— Mãe, não existe mais ninguém para mim.

— Não seja boba. Você é uma garota inteligente. Divertida. Leu muitos livros. — Ela tentou rir de uma velha piadinha sua sobre traças de livros, uma da qual eu costumava me orgulhar sempre que ela fazia. — Qualquer um adoraria ser seu amigo.

Minha risada saiu chorosa e infantil.

— Não adoraria, não.

— Claro que adoraria! Você só precisa lhes dar uma chance. Você nunca dá uma *chance*. Como você sabe que não vai gostar se não tentar?

Ela queria que eu desse uma chance para a *normalidade*. Ela sempre queria que eu fosse normal.

— Mãe — disse eu.

Eu estava implorando. Eu nunca conseguia fazê-la *enxergar*. Por que eu não conseguia falar a mesma língua que ela? Por que ela não conseguia falar a minha?

Ela vacilou.

— Se você quiser... ajuda — começou ela, com cuidado —, a gente pode...

Enterrei o rosto nas mãos.

— Por favor, por favor, não vamos começar com isso de novo.

— O seu pai... Ele tinha boas intenções.

— Ele queria me internar! — exclamei, levantando a voz. — Ele achou que eu fosse louca!

— Ele só... — Ela olhou à sua volta, agitada. — Ele só *sugeriu* isso...

— Ele já tinha preenchido e assinado os formulários! Ele não queria lidar comigo! Ele só queria se livrar de mim!

Voltei a afundar dentro de mim mesma. Eu estava me afogando de novo. Exatamente como da última vez com meu pai. Exatamente como em todas as vezes. Afogando-me e tentando desesperadamente me manter à tona.

— O que há de errado comigo? — perguntei num sussurro.

— Nada — respondeu ela com tanta firmeza que ergui o olhar. — Não há *nada* de errado com você. Você é normal e está bem. Então ouça bem o que vou dizer. Você vai parar de andar com esse pessoal, os Grace. Eles não fazem bem para você. Bem nenhum, está ouvindo? Veja só o que aconteceu. Festas regadas a bebidas. Um garoto morto. — Ela esfregou o rosto. — A vida não é só diversão e brincadeira porque, mais cedo ou mais tarde, a diversão acaba, e tudo que fica é o sofrimento. Sinto muito, mas a vida é assim. Você só precisa seguir adiante, filha. Você tem que aprender a ser feliz do jeito que você é e com o que você tem.

Era como se houvesse um travesseiro no meu rosto, me sufocando.

Ela se virou, obviamente satisfeita que a conversa tenha tomado exatamente o rumo que desejava.

— Agora vamos descer. Vou preparar um chá. E você precisa arrumar tudo para o início das aulas amanhã. É um novo ano. Um novo começo.

Quando minha mãe se afastou do meu quarto, notei como ela nunca chegou a colocar os pés lá dentro. Ela não se aproximava mais de mim.

Ouvi seus passos pesados na escada.

Não havia nada que eu pudesse dizer para fazê-la entender, e sempre tinha sido assim, e sempre seria assim. Ela e eu vivíamos em universos paralelos, semelhantes o suficiente externamente, mas, num olhar mais atento, dava para perceber as diferenças sutis aqui e ali. Pequenas mudanças que nos mantinham a um mundo de distância.

Eu estava sozinha nisto.

Não, não estava sozinha. Eu ainda tinha Summer.

CAPÍTULO VINTE E SEIS

No primeiro dia de aula, eu virei num corredor e vi Summer encostada no meu armário.

Estava cercada por pessoas, todas bem pertinho, tentando compartilhar de sua tragédia. O longo cabelo negro estava preso numa trança que descia pelas costas. Jeans pretos, botas afiveladas de motociclista. Uma camisa xadrez grande demais descansando nas suas coxas, as mangas dobradas até a altura dos antebraços.

Ela não me viu quando retornei de onde eu vim. Aquele momento, o momento do qual eu estava fugindo, devia ser o nosso reencontro depois de semanas de "não, tá tudo meio esquisito agora". Nós deveríamos ser as únicas duas pessoas no corredor que entenderiam o que a outra estava passando. Todos os outros formariam uma concha à nossa volta, e nós nem os notaríamos.

Era assim que deveria ter sido.

Mas agora que estava sendo confrontada pela possibilidade de ver Summer de verdade, senti que meu corpo virava do avesso. O que aconteceria comigo quando eu visse Fenrin ou Thalia? Como meu corpo reagiria, então?

Talvez eu tivesse ficado esperançosa de que poderia retornar à escola e que tudo voltaria a ser como era antes das férias. Soube que aquela ideia era bem idiota no instante em que entrei pelos portões. Eu nunca havia experimentado a distinta sensação de que todos por quem eu passava sabiam exatamente quem eu era, e que já tinham ouvido centenas de boatos diferentes a meu respeito. Seus olhos me avaliavam como se estivessem decidindo em qual das histórias acreditar.

A primeira aula foi na sala de chamada, orientando-nos para o novo ano letivo. Eu não podia chegar na sala de aula tão depressa. Fui a primeira a chegar, deixando para trás uma multidão de pessoas nos corredores conversando sobre as férias. Um furor de sussurros chocados sobre o que tinha acontecido com os Grace já havia começado, espalhando-se pelos alunos mais depressa do que uma onda, embora parecesse que todos já soubessem tudo que havia para saber sobre o assunto.

É claro que sabiam. Aquela cidade toda estava sintonizada na rádio dos Grace.

Um novo ano significava novas regras, novos lugares, então escolhi uma mesa no canto dos fundos. Mantive a cabeça abaixada enquanto as pessoas entravam, o que significava que eu não sabia se elas estavam olhando ou não para mim.

Estávamos oficialmente esperando o novo professor aparecer, mas o burburinho na sala não tinha nada a ver com sua ausência e tudo a ver com o fato de que Summer ainda não tinha aparecido. Eu ficava tensa toda vez que a porta se abria, mas nunca era ela. Eu me perguntava se ela tentaria se sentar perto de mim ou das antigas amigas.

Como Lou, que estava chorando ruidosamente algumas fileiras à minha frente.

— Ele era um cara incrível — fungou ela. — É uma verdadeira tragédia.

— Ai, meu Deus, você conhecia o cara que morreu? — perguntou alguém em tom compreensivo.

Várias pessoas ao redor de Lou se viraram para olhar para ela com expressões curiosas.

— Wolf? — Ela disse o nome dele num tom casual. — Ah, sim, claro. Eu o encontrei um monte de vezes. A gente ficava junto nas festas. Ele era ótimo. Um cara muito legal.

Meu coração se contraiu dolorosamente.

— Onde está Summer?

Lou fungou.

— Ela ia ter uma reunião com o diretor e o psicólogo.

Fui tomada por uma sensação de decepção. Seguida de alívio.

— Uau! Isso tudo deve ser horrível para ela. Ele era o melhor amigo deles, não era?

— Acho que foram criados juntos. Ele era praticamente um primo ou algo assim — revelou Lou. — Mais como alguém da família do que um amigo.

Gemma estava passando delineador, olhando-se em um espelhinho de bolsa.

— Nem sei por que ela voltou para a escola.

Naquele momento, o novo professor entrou, dando início a um discurso emocionante sobre como aquele ano seria importante para todos nós. Chegou até a mencionar Summer com uma expressão triste e grave, e nos disse para sermos compreensivos em relação às suas necessidades naquele momento difícil.

Eu estava quase sufocando só de estar diante daquele show bajulador e nojento.

As coisas continuaram mais ou menos do mesmo jeito até a hora do almoço. Pessoas encarando e cochichando. Eu ouvi palavras como "polícia" e "aquela garota ali, não, *ali,* ela acabou de passar pela gente", enquanto eu lutava para sobreviver àquela manhã. Aquilo era um pesadelo. Aquilo era um filme de terror.

As pessoas não deveriam agir como se tudo estivesse normal quando as pessoas estavam de luto, oferecer-lhes conforto e uma rotina familiar? Eu não teria conseguido suportar aquilo, as pessoas agindo como uma manada de cães, lambendo meus calcanhares.

Professores lançando-me olhares compreensivos com expressões pesarosas. *Você não precisa fazer nenhum dever. Vá devagar, está bem? Você pode sair da sala se precisar.* O "Você está bem?", seguido pela mão no ombro. Um monte de gente em volta deles, aproximando-se, protegendo-os do mundo exterior. Algumas pessoas choraram, certificando-se de fazer isso em público para que todos vissem. Estas pessoas, eu tinha certeza absoluta, nunca tinham conhecido Wolf.

A tensão sempre atraía olhares, como se tivéssemos sido projetados para vê-la agarrando o ombro de alguém, os piores de nós apontando e descobrindo um jeito de explorá-la. Meu corpo todo estava rígido de tensão, e aquilo só me tornava ainda mais visível num momento em que tudo que eu queria era desaparecer.

Quando o sinal para o almoço soou, pulei tão rápido da minha cadeira que quase a derrubei. Eu a peguei bem a tempo e saí da sala, com o rosto quente, sabendo que todos estavam olhando para mim, e segui direto para a biblioteca. Não estava me escondendo, falei para mim mesma. Se Summer quisesse me encontrar, ela poderia, exatamente como da primeira vez. Nesse meio-tempo, eu ia ficar sozinha.

Só que eu tinha me esquecido da outra pessoa que você poderia encontrar na biblioteca com mais frequência do que eu.

Marcus estava sozinho enquanto o restante da escola enchia a cantina, fofocando livremente, mergulhando no mesmo mar de boatos que o havia transformado em algum tipo de pervertido obsessivo e triste. Ele não era nada daquilo. Ele tinha fisgado Thalia.

É assim que alguém enfeitiçado por um Grace fica, pensei.

Perguntei-me se eu estava me olhando em um espelho.

E me lembrei do que ele tinha dito naquela noite na festa. Seu abandono vergonhoso e desesperado. A faca em sua mão.

Na biblioteca, Marcus ergueu a cabeça e seu olhar pousou em mim, e senti um arrepio na espinha. Ele fez menção de falar, mas de súbito eu simplesmente não conseguia encará-lo.

Ele ia perguntar sobre Wolf, não ia? E o que eu diria?

Baixei a cabeça e saí, e passei o horário de almoço na sala vazia.

CAPÍTULO VINTE E SETE

Tem alguma coisa errada? Por que você está me evitando?
Fechei a mão ao redor do bilhete.

Eu estava com medo e feliz ao mesmo tempo, uma sensação muito estranha. Ela ainda queria ser minha amiga. Ela ainda era minha. Eu não estava sozinha.

Escrevi no verso, dobrei o papel e passei para a mesa ao lado da minha. Pude ver, apenas por um segundo, a ligeira hesitação enquanto a garota contemplou o bilhete, tentando lê-lo.

Então ela o passou para Summer, ainda dobrado.

Minha mãe disse que eu não posso mais sair com você. Não posso ser óbvia.

Observei enquanto ela lia e, em seguida, escrevia alguma coisa em letrinhas miúdas.

Vamos nos encontrar no alto da ladeira da minha casa, meia-noite?

Esperei até a porta do quarto da minha mãe estar fechada, e até que o pequeno aparelho de TV em seu quarto emitisse um som confortável de risadas enlatadas.

Esgueirei-me pela escada, todos os músculos chiando com o esforço, e escapuli pela porta dos fundos, passando pelo quintal que dividíamos com o restante do prédio. Tinha chovido muito nos últimos dias, e o piso de concreto do quintal estava escuro com manchas de umidade, mas naquela noite o céu estava limpo, e o ar, fresco. Respirei fundo, enquanto caminhava, sentindo o nó dentro de mim afrouxar. Tomar ar era bom. O ar limpava. Eu sentia como se eu estivesse emergindo. Só de pensar na casa, em Summer, em feitiços e em segredos eu já me sentia agitada e animada, nervosa, temerosa e empolgada, tudo ao mesmo tempo.

Quando cheguei ao alto da ladeira, tive que acender uma lanterna. Estava um negrume só — não havia postes de luz ali. Eu mantive o facho de luz apontando para o chão, bem à minha frente, esperando que ninguém me pegasse parecendo totalmente furtiva. Olhei meu relógio. Faltavam dez minutos para meia-noite. Encontrei um lugar sob a cerca viva, sentei-me e fiquei encolhida, esperando; a lanterna pendendo frouxamente na minha mão enquanto eu ficava atenta a qualquer barulho.

Estava tudo tão tranquilo e suave ali, tão protegido. Aquele lugar era como uma tigela da qual eles não podiam sair. Mel demais no fundo para sugar para se preocupar no que poderia haver além da borda da tigela.

À medida que os meus olhos se adaptavam, a casa ia se transformando numa sombra agourenta contra o céu, que estava claro, com estrelas brilhando. Sentada ali no escuro, ouvindo o farfalhar suave da grama na brisa da noite, solitária e tranquila, senti um tipo de paz pela primeira vez em semanas. Parecia natural. Devíamos nos sentar no escuro *com* ela, e não evitá-la com luzes elétricas e construções como casulos quadrados e frios. Depois de um tempo, achei que conseguia ouvir o mar, as ondas quebrando, o murmúrio perpétuo subjacente à vida. Ondas que continuariam quebrando muito depois de eu estar morta.

Ondas que clamaram Wolf.

Senti um aperto no coração. Minha paz se foi. Senti frio, senti-me uma merda e pequena e aterrorizada e horrível. O breu me pressionava. Mas onde estava Summer?

Iluminei o relógio com a lanterna. Meia-noite e meia.

Será que eu deveria ir embora? Será que aquilo tinha sido uma piada de mau gosto?

Não. Ela não faria uma coisa daquelas comigo. Não Summer.

Eu me levantei, minhas pernas estavam duras e doloridas, e eu caminhei devagar até a casa. Meus pés fizeram tanto barulho nos cascalhos arenosos que eu estava convencida de que logo toda a casa seria inundada de luz e todos acordariam e ligariam para a polícia para denunciar ladrões. Mas, quando cheguei ao jardim da frente, ainda estava tudo escuro e tranquilo. Passei pelo portão de madeira que levava até a lateral da casa. E me lembrei da última vez em que estive ali, em plena luz do dia, o sol batendo nos meus ombros, deitada com Wolf no jardim, o abdômen sarado se contraindo enquanto ele conversava baixinho comigo sobre segredos, sem me contar o único segredo que deveria ter contado. Fui obrigada a parar por um momento, sentindo um aperto na barriga; uma sensação de pânico que me fez achar que eu ia vomitar ali mesmo. Mas passou. Aprendi que todos os sentimentos acabavam passando em algum momento; exceto pelo amor e pelo ódio.

Eu sabia qual era a janela do quarto de Summer, mas ainda temia errar. Pegando uma pedrinha, fiquei parada por um longo tempo, nervosa demais para atirá-la. Por duas vezes, ergui o braço e, por duas vezes, o baixei.

Mas eu tinha vindo de longe até ali.

E então Wolf apareceu na minha mente e a dor me tomou por completo, e meu braço se ergueu sozinho e impulsionou. A pedrinha bateu embaixo da janela de Summer.

As luzes se acenderiam. Eu seria encurralada como um coelho, agachada e encolhida.

Mas nada aconteceu.

Eu esperei.

Peguei mais uma pedrinha e a atirei, rapidamente daquela vez. Ela quicou na veneziana e caiu na beirada da janela, onde ficou.

Por favor, Summer. Acorde.

Eu esperei. Não ia conseguir fazer de novo. Fiquei aguardando sob a lua que banhava os fundos da casa com sua luz prateada, aí fechei os olhos e senti cada átomo de vida se esvaindo de mim. Eles me encontrariam de manhã, encolhida no jardim, em coma.

— Oi.

Um sussurro forte.

Ergui o olhar, os nervos à flor da pele. Ela estava na porta dos fundos.

Ela se virou assim que eu me aproximei, desaparecendo em silêncio na escuridão da casa. Eu a segui, fechando a porta, tirando os sapatos e carregando-os comigo por medo de fazer barulho. Atravessamos a casa, e era como se a construção estivesse respirando à minha volta.

Quando cheguei ao quarto de Summer, ela fechou a porta atrás de nós. Acendeu um abajur. O lugar estava imaculado. Mais um sinal da realidade alternativa que parecíamos estar vivendo naqueles dias.

— Foi mal — desculpou-se ela em voz baixa. Ela estava completamente vestida, com botas e casaco. — Meus pais estão dormindo, e Fenrin não está em casa, mas tive que esperar até Thalia ir dormir. Ela costuma apagar por volta das onze horas, mas não tem dormido muito bem ultimamente.

Eu me acomodei na beirada da cama dela.

Ela parecia tão normal. Tão Summer. Ela não deveria estar diferente? Como uma sombra de si mesma? Não deveria haver um tipo de dor gravada em cada traço do seu rosto?

Ela se sentou ao meu lado e abriu o zíper das botas. Senti uma comichão urgente no meio das escápulas, uma sensação que provocou um nó no meu estômago. Eu não deveria estar ali.

Nós duas esperamos.

"Como vai?" era tão ridículo que chegava a doer.

"Isto é horrível" era redundante.

Não havia nada, nada a dizer.

— Sinto muito — disse Summer.

A não ser isto.

Eu me virei para olhar para ela. Era a primeira vez que eu a encarava assim tão de perto depois de muito tempo. Ela não estava exatamente igual. Parecia meio oca, como se o seu interior tivesse sido cavado e substituído por algo tênue e frágil.

— Eu me distanciei — suspirou ela, esfregando o pescoço. — Sinto muito mesmo. Eu não queria ter evitado você dessa forma depois de tudo que aconteceu, mas era muita coisa para lidar. E os pais dele, eles estão praticamente morando aqui há algumas semanas. Tudo está tão estranho agora. Tipo assim, ele não pode estar morto. Não pode.

Eu queria dizer que também sentia muito. O pedido de desculpas saíra tão facilmente dos lábios dela, mas parecia tão ridículo na minha boca que ficou preso na garganta, sufocando-me.

— Como... — perguntei antes de conseguir me contar. — Como está Fenrin?

O rosto de Summer se contorceu.

— Nada bem — respondeu ela, baixinho.

Meu tom foi cuidadoso.

— É. Posso imaginar. Quero dizer, não posso. Não de verdade. Mas deve ser pior para ele.

Senti o olhar dela em mim como uma lâmpada quente.

Ainda assim, ela não disse nada. Ainda não confiava em mim o suficiente para me contar, e aquilo me magoava — então, em vez disso, eu mesma contei para ela. Era um ato de coragem, mas também de *"Olhem só o que vocês não sabiam, mas eu sim. E, vejam só, eu guardei este segredo por vocês, de todo mundo, mesmo já sabendo isso há semanas. Vejam como sou leal."*

— Summer... Eu menti para a polícia — comecei. — Eu me lembrei de uma coisa daquela noite.

— De quê?

Não "Do que você se lembra?", mas um "De quê" de total descrença.

Continuei com dificuldade. Parecia que meu estômago estava tentando sair pela boca.

— Sei por que eu não estava com vocês duas de manhã. Com você e com Thalia. Eu acordei no meio da noite e vi Fenrin saindo. Não notei se Wolf estava com ele. Acho que ele devia estar na frente. De qualquer forma, eu o vi saindo, e queria saber o que estava fazendo. Então segui a luz da lanterna até a enseada.

Eu ainda estava bêbada, e pareceu levar muito tempo, observando aquele facho de luz e tentando não deixá-lo sumir. Só quando chegamos às dunas foi que percebi para onde estávamos indo. Só havia uma lanterna, então achei que fosse só ele. Fenrin. Assim como a polícia, imaginei que ele quisesse ir nadar. E aquela era a minha chance.

Sem brincadeiras daquela vez. Eu perguntaria como ele realmente se sentia em relação a mim. Talvez as coisas tivessem ficado meio esquisitas no pomar mais cedo porque eu o havia pegado de surpresa. Ele disse que gostava de mim. Talvez ele só precisasse de tempo para avaliar o que eu realmente era para ele. Talvez a gente até pudesse se sentar juntos na areia, sob a luz da lua, e ele me puxaria para que eu apoiasse a cabeça em seu peito, do mesmo jeito que ele tinha feito na noite do filme, e aí a gente conversaria sobre tudo. Ele me contaria segredos, e eu lhe contaria segredos, ele se aproximaria, o sorriso abrandado pelo desejo, e ele me beijaria. Talvez até mais.

Eu sabia que as coisas talvez não saíssem como eu tinha imaginado por tanto tempo, mas ainda seria eletrizante, até mesmo eletrizante de uma forma esquisita. Nós teríamos muito tempo para nos aperfeiçoarmos naquilo, pois não nos cansaríamos um do outro. Seríamos aquele casal do qual as pessoas reclamam por causa do grude e sentem uma inveja secreta, aquele casal que está sempre se tocando em público e que precisa estar junto o tempo todo.

Eu estava bêbada. Aquilo fazia sentido na minha cabeça na hora. Parecia a única coisa a ser feita.

Deve ter demorado mais tempo do que eu previra para chegar lá embaixo. Sei que tropecei uma ou duas vezes. E estava mais claro do que eu esperara — a lua estava cheia e baixa, iluminando o mar, e o céu estava claro, o que significava que tudo estava cinzento e prateado. Também significava que havia luz suficiente para enxergar.

A princípio achei que estivessem brigando. Aí fui me aproximando mais e mais, e eu estava completamente à vista, sob o céu aberto, mas eles nem me viram.

Eles *estavam* lutando.

Mas não estavam.

Vi o cabelo negro e enrolado de Wolf e os braços macios de Fenrin. Eles estavam fazendo sons muito estranhos, e eu pensei "não pode ser o que acho que é porque quem é que faz barulhos como aqueles?" Mas eles estavam fazendo, e então vi Wolf prender Fenrin na areia e emitir um tipo de rosnado, aí Wolf baixou a cabeça e eles estavam se beijando como cães famintos, e foi meio nojento.

Mas eu não conseguia parar de olhar.

As calças de ambos estavam abaixadas até além dos quadris e eu vi quando Wolf se agachou mais, pressionando as coxas contra Fenrin, que gemeu. Seus braços se entrelaçaram e os pés de Fenrin afundaram na areia.

Eu os vi, e eles não me viram.

Para Summer eu disse:

— Fenrin e Wolf, eles... Eu acho que eles estão ficando.

Ela não respondeu.

— Eu os vi — tentei. — Hum. Eles estavam se beijando.

— E foi disso que você se lembrou? Que você os viu se beijando?

— Sim — respondi.

— E depois?

Eu engoli em seco.

— Eu fui embora. Voltei correndo.

Sua covarde desgraçada, disse a voz carvão-negro, carvão-luzente dentro de mim, aquela que eu odiava e amava.

Mas havia um ponto para o qual eu *tinha* corrido. Eu corri até chegar ao pomar, e então devo ter desmaiado porque quando me dei conta eu estava acordando com a luz da manhã nos meus olhos. Eu estava contando a verdade para Summer.

Contar parte da verdade não é o mesmo que contar toda a verdade.

Summer se recostou.

— Cara — disse ela, balançando a cabeça.

Eu a observei.

Ela riu, aliviada.

— Ai, meu Deus, por um segundo você realmente me deixou com medo. River, eu já sabia sobre Fenrin e Wolf. Todos nós sabíamos.

— Por que você não... — Tentei não soar tão magoada quanto me sentia. — Por que vocês não me contaram?

— Sei lá. Acho que é porque achávamos que você já sabia. Tipo, é tão óbvio.

Óbvio.

Era tão *óbvio.*

Então por que eu não tinha percebido?

Porque você não quis perceber.

— Já é assim há anos — contou Summer. — Thalia sabia desde o início. Eles só me contaram muito depois. E eles só admitiram a verdade porque ameacei berrar pela casa, a não ser que confessassem. — Ela deu um sorriso amargo. — É nosso instinto natural, sabe? Mentir. É difícil lutar contra isso.

— Mas... Ele sempre teve aquele monte de namoradas.

— Ele também gosta de garotas, acho. Só que nunca de nenhuma do mesmo jeito que gosta de Wolf. Ele é apaixonado por ele desde que eram pequenos.

Não era de se estranhar que meu feitiço não tivesse funcionado. Ele já era apaixonado por outra pessoa. Será que a magia não podia lutar contra aquilo? Não era capaz de fazer as pessoas mudarem de ideia? Caso contrário, de que adiantava?

Por que a porra do feitiço não *tinha* funcionado?

Se tivesse, nada daquilo teria acontecido. Se eles tivessem simplesmente me *contado*, nada daquilo teria acontecido. Wolf ainda estaria vivo. Nós seríamos os Grace, estaríamos juntos, rindo e nos embebedando, e tudo seria lindo e apaixonante e perfeito.

Eu estava com tanta raiva. Fiquei sentada ali e com tanta raiva que eu poderia ter explodido e matado tudo no universo bem ali naquele momento.

Summer viu algo no meu rosto porque disse:

— O que houve?

Eu sentia os meus braços tremerem com o esforço de segurar todo meu ódio diante da injustiça do mundo, do conjunto exato de circunstâncias, das coisas que tinham de estar cronometradas de tal forma para fazer com que Wolf morresse. Havia tantas formas de ter evitado aquilo. Nunca teríamos nos dado conta de que aquilo era uma possibilidade. Simplesmente teríamos seguido com nossas vidas, e a morte teria se retirado furtivamente por si só, completamente derrotada.

— De que adianta? — perguntei. — De que adianta usar magia e feitiços quando as coisas nunca saem como deveriam?

Summer se afastou, mesmo que só um pouco.

— Por que às vezes eu tenho a sensação — começou ela bem devagar, como se estivesse testando as palavras — de que você só gosta de mim porque acha que sou uma bruxa?

Fiquei boquiaberta.

— Eu *acho*? O que isso significa?

— Significa que eu me pergunto se você me enxerga de verdade. Ou se tudo que você vê é uma Grace. Eu acho que, se você percebesse o quanto somos comuns, isto simplesmente mataria você. — Seus olhos estavam semicerrados como meias-luas, demonstrando um divertimento amargo. — Uau, como você deve estar decepcionada com a gente.

— Não. Não. Este é outro teste de vocês. A magia existe. Eu sei que existe. *Tem que existir.*

Summer estava balançando a cabeça como se eu tivesse enlouquecido.

— Olha só, digamos que funcione, certo? Digamos que tudo seja verdade e que realmente sejamos feiticeiros. Olhe bem para nós, então. Você realmente acha que a magia nos tornou melhores? Não somos melhores do que você. Somos tão ferrados que não chega a ser nem engraçado. Você não acha que poderíamos... — Ela parou de falar. Parou por tanto tempo que ergui os olhos um pouco, apenas o suficiente para perceber sua expressão estranha, como se ela estivesse tentando fazer uma cara engraçada.

Então eu entendi. Ela estava tentando não chorar.

— Você não acha que Wolf teria simplesmente *não morrido* se nós fôssemos esses incríveis seres mágicos que você acha que somos? Você não acha que ele poderia ter se protegido de alguma forma contra algo tão estúpido como um afogamento?

Parte de mim tinha se perguntado sobre isso. Mas ele não conseguiu e não se salvou, e tudo que eu tinha agora era a horrível verdade sobre a magia, aquela da qual eu suspeitara desde o início — que ela não conseguia consertar as coisas, que não era tão simples assim. Porque aquilo era a vida real, e nada nunca era simples.

Summer suspirou, um som fluido e trêmulo. Ela se recostou, puxando suas pernas para si.

— É tipo... é por isso que eu gosto de você. Você é tão *você*. Você age como se nada pudesse ser mais certo na sua vida do que ser *você*.

Porque sou a melhor atriz que você já conheceu, eu queria gritar bem no meio daquela cara sem noção. *Porque estou fingindo ser uma Grace.*

— Você realmente não entende, não é? — falei. — Ninguém quer ser quem realmente é. Ninguém, a não ser pessoas como você.

— Pessoas como eu?

— Pessoas que têm toda a sorte do mundo e nem sabem disso. Todo o dinheiro que você precisar, todos os amigos e todas as oportunidades. A linda casa e as lindas *coisas* e tudo que é simplesmente tão fácil para você, não é?

Ela piscou rapidamente.

— Olha — disse ela, a voz mais contundente. — Eu entendo, tá legal? Você tem sua mãe divorciada, e um pai que simplesmente foi embora e abandonou vocês, e sua casa popular e sua torrada com feijão no almoço. Você precisa de magia porque acha que isto pode lhe dar controle sobre sua vida.

— Ai, meu *Deus*.

— Mas ninguém tem o controle — insistiu ela. — Você tem que deixar isso pra lá.

— Pode parar com esse papo de terapia. Por favor, posso aguentar qualquer coisa de você, menos isso. O lance da "pobrezinha de você" quando olha para mim cheia de piedade. Foi por isso que você se tornou minha amiga? Eu sou algum caso de caridade?

Summer pareceu horrorizada.

— Não!

Mas consegui sentir o "talvez" cheio de pânico sob sua pele. Eu me lembrei de todos os almoços, quando ela me dava sua comida, dizendo que não estava com fome porque tinha tomado café da manhã duas vezes. O que eles viam quando olhavam para mim? O que eles *realmente* enxergavam? Um patinho feio, pobre coitado e impotente no qual poderiam fazer uma transformação com segredos e magia? A nova garota desesperada, presa a cada palavra que diziam, disposta a tudo para aquecer-se nos raios dourados que eles emitiam?

Isso que pensavam de mim o tempo todo?

A minha fúria estava chegando e, com ela, meu medo de sempre acabar sendo arrastada em sua esteira, afogando-me em sua enorme onda.

Eu precisava ir embora. Naquele instante. Antes que eu me permitisse mais um pensamento ou dissesse mais uma palavra. Eu me levantei e saí do quarto de Summer, descendo as escadas correndo. Ouvi quando ela me chamou, mas não ia parar. Eu não podia parar. Saí pela porta da frente desta vez, devolvendo a chave pela caixa de correio. Era a de Thalia — tinha o chaveiro de ametista pendurado na corrente trançada.

Por que eu sempre chorava com a minha fúria? Por que eu não conseguia agir com um esplendor poderoso e firme como aço? Que merda de reação era *chorar* quando você ficava com raiva? Meu peito parecia estar sendo perfurado por um parafuso, apertando tudo à sua volta, porque ela simplesmente não conseguia ver e então eu também não teria como explicar.

Eu não conseguia explicar porque não havia como dizer o que aconteceria caso eu tentasse.

CAPÍTULO VINTE E OITO

Na manhã seguinte, Summer estava me esperando em frente aos portões da escola.

Ela estava parada ali, no meio do caminho de todo mundo, a multidão se desviando dela como uma onda contornando uma pedra. As pessoas falavam com ela, que dava sorrisos distraídos. Tentavam parar, mas dois corpos causavam um bloqueio e as reclamações logo começavam, então o pessoal não tinha escolha, a não ser acompanhar o fluxo para além dela, que nem virava a cabeça para vê-los partir.

Ela me viu antes de eu vê-la. Não havia como fugir.

A multidão tinha diminuído para poucas pessoas quando cheguei à porta, mas isto não impediu os olhares enquanto eu caminhava até ela, aumentando a força com que eu segurava as alças da mochila.

— Desculpe — falei assim que cheguei. — Desculpe, tá?

Foi o pedido de desculpas mais estranho da história da humanidade. Eu ouvi o tom de raiva irritadiça e vergonha na minha voz e fiz uma careta.

Seu rosto se suavizou.

— Não seja boba. Está tudo bem.

E então ela me puxou para um abraço.

Meu nariz mergulhou no cabelo dela. Tinha cheiro de alcaçuz. Ela estava tão viva sob a camisa. Dava pra sentir a extensão macia de suas costas sob minhas mãos, a calidez viva e pulsante que emanava. Seus braços me envolveram completamente, puxando-me para ela. Perguntei-me que cheiro ela estaria sentindo em mim. Imaginei se desespero tinha cheiro.

Eu me afastei.

— Eu só estava com muita raiva — expliquei, hesitante. — Eu não queria que você me visse daquele jeito. Tive que ir embora. Eu não sou boa quando estou zangada.

— *Você não ia gostar de mim quando estou com raiva* — disse ela num tom brincalhão. — Você mais parecia a Mulher-Hulk.

Tentei rir.

Summer suspirou.

— Meu Deus, já tive discussões aos berros com todos os membros da minha família recentemente. Eu entendo.

Ela pegou minha mão e me puxou para a escola. Olhares nos seguiram como holofotes.

— Eu falei umas merdas para você ontem à noite — disse ela, sem olhar para mim. — Sabe que a gente não considera você um caso de caridade, não sabe?

— Sei — respondi com uma convicção que eu não sentia.

— Que bom, então. Não quero ser uma daquelas pessoas que nem sabem o quanto são privilegiadas, sabe?

— Claro — tentei.

Puxei a mão dela para fazê-la parar junto ao meu armário, e abri a porta.

— Então, vamos esquecer a briga? — perguntou ela com esperança na voz, e eu derreti.

— Já está esquecido — respondi. — Como se nunca tivesse acontecido.

— Que bom! — exclamou ela, pairando junto à porta do meu armário.

Se ao menos tudo fosse tão fácil assim na vida.

Enquanto olhava meus livros, a senti se aproximando ao meu ouvido para cochichar:

— Sabe, nós gostaríamos que você nos ajudasse com uma coisa.

Apesar de tudo, minha pele formigou com aquela expectativa familiar.

— O quê? — murmurei.

— Estamos tentando recuperar a memória de Fenrin.

Ai, meu Deus.

— Tentamos todos os encantos que conhecemos, e nada está funcionando — explicou ela. — Eu disse que achava que era porque o cérebro dele tinha dado branco de propósito e ele só a tinha... *perdido*. Ele só precisa de algum tipo de oclusão, entende? Eu fico dizendo para ele que ele não quer se lembrar de ver seu... você sabe, *se afogando*. Deve ter sido um momento de fazer o coração disparar no peito, de tão horrível. Ele está com tanta raiva e tão destruído. Ele está tão...

Ela parou. Em um momento de completo susto e pânico, vi os olhos dela se encherem de lágrimas.

Eles não tinham perdido apenas Wolf naquele dia. Agora estavam perdendo Fenrin também. Thalia estava praticamente uma pilha de nervos. Summer tentava desesperadamente manter todos juntos, mas eles estavam se afastando. Ela precisava de mim.

Ela precisava de mim, e eu precisava fazer alguma coisa, sem pensar nas consequências. Eu aguentaria o que quer que me aguardasse ao fim de tudo aquilo. Era isso que significava ser corajosa.

— Você estava lá — disse ela. Eu olhei para ela, enjoada com a onda repentina de adrenalina. — Sei que você foi embora e que não se lembra do que aconteceu depois, mas você os viu juntos na enseada. Acho que você é a peça que está faltando. Se nós a incluirmos no feitiço, talvez a gente consiga recuperar a *sua* memória pelo menos. Você acha... que pode fazer isso?

Seus olhos pousaram em algo atrás do meu ombro, e eu ouvi uma voz atrás de mim.

— Sim, River, você *pode* fazer isso?

Eu conheceria aquela fala arrastada em qualquer lugar.

Fenrin passou por mim e se postou ao lado de Summer.

Era a primeira vez que eu realmente o via de perto em semanas, e ele parecia péssimo, para dizer a verdade. Era fácil romantizar uma tragédia, como se de repente você tivesse se tornado um herói *byroniano*, sentado em quartos na penumbra com copos de cristal cheio de uísque, cabelo desgrenhado e artisticamente enfraquecido por causa de todas as noites insones, olhando para as paredes e amaldiçoando os deuses.

Fenrin parecia estar fazendo exatamente aquilo. Seus olhos estavam injetados e avermelhados. O cabelo estava oleoso e num tom sujo de louro, a pele parecia quase acinzentada em alguns pontos.

Olhei para ele, chocada demais para falar.

— É — disse ele com um sorriso. — Eu estou péssimo, não é?

Abri a boca, mas nada saiu.

— Então. — Ele cruzou os braços. — Eu fiquei sabendo que você nos viu naquela madrugada na enseada.

Meus olhos pousaram em Summer. Seu corpo todo estava tenso.

— Hum — disse ela. — Bem, eu precisava contar para ele, River. A gente conta esse tipo de coisa um para o outro.

— A gente conta tudo um para um outro — corrigiu Fenrin.

— Tirando aquela vez em que fizemos um feitiço para Thalia sem contar nada para ela, né? — perguntei. — E tirando o feitiço com o coração de raposa que ela fez contra Marcus sem contar para *vocês*, certo? E tirando também provavelmente centenas de outras coisas que vocês mantêm em seus corações como munições para o futuro?

Não tinha sido minha intenção dizer nada daquilo. Minha intenção fora só pensar, não dizer.

— Ora, ora. Você consegue ser bem eloquente quando quer, não é? — declarou Fenrin, parecendo se divertir, em vez de ficar com raiva. — Não pare agora, vamos deixar tudo às claras. Então você nos viu. Wolf e eu.

Ele nem se deu ao trabalho de manter a voz baixa. Olhares curiosos eram lançados em cima da gente.

O que eu deveria dizer?

— Vamos logo — estimulou ele. — O que você viu?

Os pés dele afundando na areia. As mãos de Wolf em cima dele, prendendo seu corpo. As calças jeans abaixadas até o quadril.

— O que você quer que eu diga? — perguntei, sentindo o rosto queimar.

— Você o viu morrer?

— Fenrin — alertou Summer, seu nome um zunido vindo do fundo da garganta.

— Você viu?

— É claro que ela não viu. Deixa ela em paz.

— Summer, eu amo você, mas, com todo carinho, vá se foder — disse Fenrin com calma, e ela calou a boca, mas os olhos estavam magoados. — Então você não se lembra de nada do que aconteceu?

Havia uma multidão se juntando, ouvindo tudo. Eu os sentia à minha volta.

— Por que você está fazendo isso? — gaguejei.

Onde estava o Fenrin que costumava me puxar para o peito e cochichar segredos ao meu ouvido, o Fenrin que fez um feitiço comigo na floresta para salvar a irmã, para salvar a família? Que ria e flertava comigo de forma tão natural como respirar? Não havia nenhum traço dele naquele garoto de olhar vítreo. Aquele garoto que parecia a um passo de um terrível precipício.

— Você tem evitado a gente — respondeu ele. — Já faz semanas que você não vem à nossa casa. Summer disse que você mal falava com ela ao telefone, mas pelo menos você falava com ela. Quando passa por *mim* nos corredores, meu Deus, você nem olha para minha cara, que dirá falar comigo. Por quê?

Meu olhar pousou em Summer. Ela estava aflita. Aflita, porém muda. Por mais relutante que estivesse sobre como Fenrin estava lidando com as coisas, ela não ia fazer nada para impedir.

— Eu só... me sinto mal — respondi.

— Por quê?

— Será que eu preciso falar com todas as letras? Por causa de Wolf. Eu gostava dele. — sussurrei, e a verdade horrenda me atingiu. Eu gostava *mesmo* dele. Calado, intrigante e inesperadamente gentil. Wolf.

— Eu também — disse Fenrin, assentindo. Um eufemismo completo e horroroso. Como minha dor poderia se comparar à dele? — E é por isso que estou assim, River, acho que você consegue entender isso. E acho que você sabe por que estou pressionando você. Porque acho que sei por que você tem nos evitado. Você *se lembra*, não é?

Eu era uma mariposa, voando enlouquecida, tentando escapar, mas atraída de volta à luz quente, tentando escapar, mas voltando para a luz. Afastando-me e voltando.

Eu não tinha me preparado para um momento assim. E devia ter pressentido que era importante. Minha confissão completa. Ali estavam eles, esperando que eu contasse a verdade por fim, e tudo que eu conseguia sentir era a queimação no fundo da garganta me mostrando que eu queria vomitar.

— Lembro — respondi, e, pelo canto dos olhos, vi Summer se encolher.

— O que você viu? — perguntou Fenrin com a voz neutra e calma.

— Eu vi você lá, vocês dois, na enseada. E vocês estavam muito perto da beirada da água, mas ele estava mais. Você o tinha deixado para trás e estava subindo na minha direção, para conversar, talvez explicar. Eu não sei. E uma onda... — Eu engoli em seco. — Uma onda, ela veio do nada. Ela veio por trás dele e o derrubou. Então ele voltou à tona e, por um instante, eu achei que estivesse bem. Mas não. Porque antes que ele conseguisse sair da água, outra onda, maior que a primeira, se formou. E ela quebrou bem em cima dele. E quando ela voltou para o mar, ele simplesmente não estava mais lá. Ele simplesmente desapareceu.

— Ai, meu Deus — disse Summer, e sua voz estava chorosa. E aquilo me rasgou por dentro.

Fenrin a envolveu com um braço e a puxou para seu peito, mantendo-a bem pertinho. Sua voz, quando saiu, foi baixa e maliciosa.

— Você sabia que os pais dele não acreditaram na polícia? Eles acham que ele fugiu. Acham que ele ainda está vivo. — Os olhos de Fenrin estavam semicerrados, como se estivesse sentindo dor. — Eu também achei que ele estivesse vivo. Mesmo sabendo, quanto mais o tempo passava, que isso era impossível. Todos os dias eu esperava que ele voltasse. Você poderia ter nos poupado dessa dor.

— Por que você não disse nada? — soluçou Summer. — Por que guardou esse segredo de nós?

— Eu não sei. Eu não sei. — Em pânico, tentei achar uma explicação na minha mente, mas não havia nenhum motivo que eu pudesse dar para salvar a situação. — Estava tudo tão confuso. E com a polícia. E nenhum de nós se lembrando de nada, exceto eu, então achei que seria melhor se eu também não me lembrasse. Teria parecido estranho se eu fosse a única a me lembrar, e eu estava lá quando aconteceu. Eu estava com medo. Tudo aquilo foi... tudo aconteceu tão rápido.

Eu os estava perdendo. Dava para perceber. E eu estava completamente impotente para evitar.

— Sinto muito — sussurrei. — Sinto muito mesmo.

Fenrin balançou a cabeça.

— É tarde demais para isso.

Eu o vi se afastando, Summer colada ao seu lado.

Eu os vi se afastar de mim, e não fiz nada.

CAPÍTULO VINTE E NOVE

Encontrei a primeira pendurada na porta do meu armário.

Era uma bonequinha feita de palitos de madeira, não muito maior que o meu polegar, um farrapo disforme enrolado em tecido de algodão alaranjado como um vestido. Pequenos borrões pretos marcando os olhos. Um pedaço de corda em volta do pescoço, cuja ponta estava amarrada na fechadura do armário como se fosse uma forca.

A princípio, achei que fosse algum presente bizarro de Summer. Algum tipo de mensagem secreta.

Era uma mensagem, mas não muito boa.

Então um dia entrei na sala de chamada e encontrei a cadeira em que sempre me sentava embrulhada em um monte de fita preta.

Eu sabia exatamente o que aquilo significava.

Toda manhã, naqueles poucos segundos antes de acordar totalmente, minha vida era um quadro em branco, e eu era apenas uma garota com a vida inteira pela frente. Então eu me lembrava de como as coisas realmente eram e começava a me sentir mal.

A forma de a minha mãe demonstrar que notou foi me perguntando mais uma vez se eu queria voltar a tomar os remédios que eu vinha tomando desde o desaparecimento do meu pai. Eu não tinha forças nem para ficar brava com ela — sabia que era apenas a maneira de ela tentar me ajudar. Respondi que não. Eu não queria me isolar de tudo como tinha feito naquela época. Talvez fosse perigoso, mas eu queria sentir aquilo, sentir cada minuto daquilo.

Ela não me pressionou. Nunca pressionava. Eu não podia deixar de frequentar a escola, no entanto — ela trabalhava de noite agora, o que significava que ficava em casa durante o dia, e não havia nenhum lugar naquela cidadezinha claustrofóbica para ir sem correr o risco de ser pega matando aula.

Todas as manhãs, eu caminhava até os portões da escola, o mais tarde possível para não arrumar problemas, para que ninguém estivesse ali para ficar cochichando enquanto eu passava. Eu seguia para o meu armário, olhando tudo para ver se havia algum indicativo de que algo havia sido enfiado ou pendurado ali. Em geral, era mais frequente não encontrar nada. Aquilo era o pior de tudo. Eles eram tão imprevisíveis que eu nunca sabia quando encontraria alguma coisa, então eu passava todos os minutos do dia mergulhada numa expectativa terrível.

Tentei passar bilhetes para Summer nas aulas que fazíamos juntas, tal como antes. O primeiro eu pude observar enquanto ela lia, para então amassá-lo e jogá-lo no chão onde qualquer um poderia pegá-lo, como se nada que eu tivesse a dizer pudesse ser considerado particular. Os dois seguintes, deixei no armário dela. E nunca recebi qualquer resposta.

Duas vezes depois da aula, fui até a casa dos Grace. Se eu simplesmente aparecesse por lá, ela não teria escolha, senão me receber. E talvez me ver fizesse com que as coisas se encaixassem em sua mente, estimulando-a a se lembrar de tudo que tinha acontecido, de todas as coisas que fizemos juntas naquele lugar, de como eu me encaixava *bem* ali — tudo que era bom demais para se jogar fora.

Na primeira vez que cheguei ao alto da ladeira de carros, eu me virei e voltei, nervosa. Na segunda, cheguei até a porta da frente antes de me dar conta de que eu estava encharcada de suor e de que meu coração martelava forte, como se quisesse sair do meu peito. Em vez de me ajoelhar na porta da casa deles, retrocedi, pegando o celular de forma desajeitada. Comecei a ligar para o número de emergência. Mas assim que cheguei à saída de carros, eu estava bem.

Senti que olhos me acompanhavam enquanto eu me afastava. Agarrei meu telefone com força durante todo o percurso de ônibus até minha casa, mas a sensação tinha passado, e eu estava com muito medo do meu corpo traidor para tentar de novo.

Na hora do almoço, ou Summer estava a uma mesa completamente cercada de gente, ou nem estava na cantina, nem do lado de fora nas quadras, nem em nenhum outro lugar. Nesses dias, ficava óbvio que ela estava no bosque, e eu sempre notava quais eram as pessoas que tinham desaparecido com ela — Gemma, Lou, Niral — embora Niral parecesse estar bastante doente no momento, faltando aula de vez em quando.

Por um segundo, eu me permiti sentir uma vergonha triunfante em relação àquilo — talvez o meu feitiço estivesse funcionando. Mas o feitiço de impedimento não deixava ninguém doente. Só impedia que as pessoas fizessem o que você queria que elas parassem de fazer. Niral provavelmente estava liderando toda aquela campanha contra mim — a maldita idealizadora de tudo. Ela costumava ficar me encarando nos corredores, cutucando as amigas quando eu passava. Uma vez eu a vi perto do meu armário. Ela me viu, deu um passo para trás e desapareceu rapidamente pelo corredor. Quando cheguei lá, meu cadeado estava coberto em algum tipo de óleo. Temerosa demais para tocar naquilo, acabei indo para a aula sem os meus livros. A doença dela era uma total coincidência, o universo debochando de mim. Meu feitiço contra ela tinha falhado. Meu feitiço para Fenrin tinha falhado. Nossas tentativas de quebrar a maldição falharam.

Eu nunca seria uma bruxa.

Uma pena de corvo foi colocada cuidadosamente embaixo da minha mesa na aula de história.

Esfregaram cravo no meu casaco, e ele ficou fedendo durante dias.

Enfiavam cascas de ovos pelas aberturas da minha mochila quando eu estava de costas.

Um símbolo entrelaçado foi rabiscado na porta do meu armário com caneta permanente.

Tudo aquilo era uma forma de vigília, impedimento, proteção.

Proteção contra mim, não para mim.

Fiquei à espera de uma sensação de dormência ou de algo como um leve sufocamento, algo que me dissesse que os encantos deles estavam funcionando. Mas nunca senti nada daquilo. Eu tinha pesadelos, mas sempre fui de ter pesadelos, e eu não sabia dizer, sinceramente, se aquilo era causado por eles ou por mim.

Comecei a telefonar insistentemente para a casa dos Grace. Eu não conseguia evitar. Se eles simplesmente me deixassem explicar.

Mas ninguém atendia.

Entre um pesadelo e outro, o barulho me acordou.

Aquela não era a voz da minha mãe. Era suave e com notas doces.

E ali — o som grave e rouco de um homem, palavras indistintas.

Abri um dos olhos e olhei para o despertador. Mamãe às vezes trazia amigos do trabalho, mas era sábado de manhã bem cedo, o que parecia um horário estranho para uma visita.

Ou talvez fosse a polícia de novo. Talvez os Grace tivessem contado que menti a respeito das minhas lembranças sobre aquela noite.

A onda de adrenalina me fez levantar e me vestir em questão de segundos.

Desci a escada devagar.

A porta da cozinha estava fechada, e as vozes, abafadas. Coloquei a mão na parede, esforçando-me para ouvir. Não adiantou. Eu não tive que esperar, porém. Antes que eu pudesse fugir para o andar de cima, a porta se abriu e mamãe colocou a cabeça para fora. Ela me viu e fechou a boca. Estivera prestes a gritar meu nome, ao que tudo indicava.

— Ah, então você já acordou? É melhor você vir até aqui, então.

Ela desapareceu na cozinha novamente. Desci o último degrau e fiquei do lado de fora da porta, meu coração martelando e martelando. Estava tudo tão quieto. Muito quieto. No que eu estaria me metendo? Cenários surgiam ansiosamente na minha mente. Ninguém tinha me preparado para o que seria.

Esther e Gwydion Grace estavam sentados à mesa frágil da cozinha.

Fiquei parada à porta, alternando rapidamente entre surpresa, medo, prudência.

— Olá — cumprimentou-me Esther com voz agradável. — Foi dormir tarde?

Eu a observei. Ela brilhava, reluzente na luz fraca que a cercava. O cabelo estava preso numa trança grossa e frouxa que descia pelas costas. Ela parecia a mesma. Mas como você deveria ficar quando alguém próximo de sua família morria? Enrugado, talvez? Diferente? Gwydion parecia ter saído diretamente de uma floresta antiga de conto de fadas e tinha sido convencido a usar roupas normais para se misturar. Havia um prato de biscoitos na mesa, e ambos tinham xícaras de chá com cor de água suja em frente deles, grandes canecas descasadas que não se encaixavam em suas mãos finas e flexíveis.

Olhei para minha mãe. Os Grace pareciam perfeitamente confortáveis sentados ali, sem dizer nada, mas ela não era assim. Talvez eles tivessem percebido isso. Ela se inquietou, tamborilando as unhas cor-de-rosa na mesa.

— Bem — disse ela, animadamente. — Nós conversamos à beça enquanto você estava dormindo, não é?

— Conversamos, sim — concordou Esther.

Eu não revelaria nada até saber exatamente qual era o jogo deles porque não podia ser nada de bom.

— Nós estávamos falando sobre você e a família de Esther e Gwydion. — O nome deles soou tão pesado e irregular saindo da boca pequena de minha mãe. — Sobre tudo que aconteceu. E nós achamos que talvez seja uma boa ideia, neste momento, dar a eles um pouco de espaço.

— Como assim? — perguntei.

Os olhos de gata de Esther estavam frios.

— O que nós queremos dizer é que estamos de luto por Wolf neste momento. Nossos corações estão partidos. Summer, Thalia e Fenrin precisam passar um tempo longe de tudo isso.

— Eu não os estou impedindo de fazer isso.

— Ah, sinceramente! — explodiu minha mãe, ficando vermelha.

— Deixe de ser respondona, pelo menos uma vez. Você não está muito bem. Não é bom vocês ficarem juntos agora. Depois do que aconteceu... Eu recebi cartas da escola também.

Congelei. A maior parte de mim não se importava, mas ainda havia um pedaço secreto e silencioso da minha alma que queria ser a garota popular e normal que tirava excelentes notas, aquela de quem todo mundo gostava. Aquela que ia se dar bem na vida e fazer os pais considerarem-na uma garota adorável. Eles sorririam quando conversassem a respeito dela. Você podia desejar algo que nunca foi, mesmo que jamais fosse conhecer o formato real daquilo.

— Eu sei que você gostou de passar tempo com Summer — comentou Esther com voz macia. — E tenho certeza de que o que aconteceu com Wolf foi difícil para você também, então tenho certeza de que você entende. Não haverá mais festas descontroladas. Todos na minha casa passaram tempo demais com rédeas soltas para fazer o que bem entendessem, e eu não quero que eles acabem como Wolf. Você precisa parar de telefonar para nossa casa todos os dias, e precisa parar de ir até lá.

— Você tem ligado para a casa deles todos os dias? — O rosto da minha mãe estava franzido de vergonha. Eu fiquei em silêncio. Os lados já estavam escolhidos antes mesmo de eu entrar. Eu não tinha a menor chance.

Talvez por isso eu tenha dito o que disse em seguida, a última ferroada da abelha antes de morrer.

— Isso é sobre a maldição?

Meu golpe certeiro transpareceu no rosto de Esther.

— O que você quer dizer? — perguntou ela.

— A maldição. Aquela que diz que se um feiticeiro Grace se apaixonar por um não feiticeiro, um deles morre ou enlouquece. Tipo, é por isso que você é obcecada com a vida particular deles, não é? Você não os deixa sair. Você não gosta que recebam amigos que não sejam um de vocês. Você nunca deixa ninguém ficar na sua casa. Você interrogou Summer a meu respeito porque ela se atreveu a me convidar para assistir a alguns filmes. Tipo assim, eram só filmes. O que você achou que a gente estivesse fazendo?

Minha mãe agarrou meu braço.

— Pare já com isso — mandou minha mãe, chocada. — Você não pode falar dessa maneira com eles. Peça desculpas agora mesmo!

Eu não ia pedir desculpas. Não para ela.

— Peça desculpas, mocinha!

Era humilhante ver minha mãe se rebaixar na presença deles daquela forma. Beleza. Glamour. Dinheiro. Tudo aquilo pesava muito no aposento, sugando o ar até ficar a sensação de que era preciso respirar em dobro só para se manter de pé.

Esther ergueu uma das mãos.

— Está tudo bem — afirmou ela, tranquila. — Ela obviamente precisa falar. Por favor, continue. — Ela dirigiu as últimas palavras a mim com um sorrisinho nos lábios, como se não houvesse mais nada que eu pudesse dizer para afetá-la.

Então eu me esforcei ao máximo.

Cruzei os braços, mantendo o controle.

— Você expulsou Marcus da sua casa e coagiu Thalia a excluí-lo totalmente da vida dela, fazendo-a sofrer e fazendo-o enlouquecer porque ele estava apaixonado por ela. Isso não é a maldição. É apenas crueldade. A sua crueldade é a crueldade dela agora. Ela está aprendendo com a melhor.

— Eu não sei o que contaram a você...

Eu continuei falando. Se eu parasse agora, nunca voltaria a falar de novo.

— Eles não precisaram me contar, eu *vi* com estes olhinhos aqui. Eu vi como Fenrin jamais demonstrava para ninguém que amava Wolf. E eles se esgueiravam escondidos porque estavam com medo...

— Porque ele *sabia* que aquilo era errado! — sibilou ela, de repente. — Ele sabia que era...

Ela parou. Mas era tarde demais porque eu já tinha visto a palavra quase pronunciada em seus lábios: "nojento".

Ela achava que era nojento.

Ela suspirou.

— E eu imagino que Summer tenha contado isso tudo para você, certo? E o que mais ela contou?

— Por que isso importa? — devolvi.

— Porque você não é uma Grace, então como você poderia nos compreender? — A voz dela tinha um tom repugnante de bondade. — Você não é como nós. Você nunca será como nós. Quer se sentir especial também, não é? Bem, eis a verdade feia: algumas pessoas são simplesmente comuns. As melhores pelo menos têm o bom senso de saber disso. Seja uma pouco mais madura. Você já tem um lugar no mundo, e é aqui, com a sua mãe. Você não combina com a gente.

Esther se sentou e cruzou os braços. Suas joias tilintaram.

— Eu não sabia ao certo se precisávamos fazer isso — disse ela. — Mas eu estou preocupada com você, River, e com Marcus. Vocês dois são indivíduos muito sensíveis. Nós temos conversado sobre isso, e achamos que o melhor a fazer seria tirar Summer, Thalia e Fenrin da escola.

— O quê? Você vai educá-los em casa?

— Não. Eles vão para um colégio interno, longe daqui. Claro que Thalia e Fenrin só precisam terminar o ano e passar nas provas. Se eles se saírem bem, vão tirar o ano seguinte para viajarem juntos. Summer vai ficar com seus primos na cidade nos fins de semana e dormir na nova escola durante a semana. — Ela inclinou a cabeça para mim como se me compreendesse. — Você não vai mais vê-los.

Por um instante, fiquei muda de susto.

— Você não pode... — Engoli o tremor na voz. — Vocês não podem fazer isso.

— É claro que podemos. — A voz de Gwydion soou um tanto casual. — Nós fazemos o que é melhor para nossos filhos. Sua mãe vai entender. E você também, um dia, quando tiver seus filhos.

— Tenho certeza de que você poderá fazer novos amigos — comentou Esther, pegando um biscoito no prato diante dela. — Você parece ser uma garota legal. Talvez até consiga um namorado? Espero que goste de surfistas. Nossa cidade tem uma abundância deles.

Ela me deu uma piscadela, como se compartilhássemos de algum segredo, e mordeu o biscoito. Senti uma fúria pavorosa como vômito na minha boca. Eu queria correr. Eu queria revidar. Qualquer coisa para não sentir aquele desespero negro e fastidioso que me dizia que eu não oferecia nada, que eu era nada, e que eu sempre seria nada até eu morrer.

Algumas pessoas são simplesmente comuns.

Você não combina com a gente.

— Esther — disse Gwydion, inclinando-se para ela.

Seu lindo rosto tinha ficado completamente vermelho. Sua garganta tremia.

— Esther.

O peito dela tentava respirar. Ela levou as mãos ao pescoço.

— Ai, meu Deus, ela está sufocando — disse minha mãe num sopro de voz. — Água. Deixe-me pegar água!

Esther lutava. Eu estava mergulhada no horror daquele momento.

Aquilo não estava acontecendo.

Não estava.

Eu não ia dar conta de ver mais uma pessoa morrendo na minha frente, ainda assim, eu só fiquei ali parada, congelada. Ouvi minha mãe abrir a torneira e o som da água, mas o som parecia vir de muito longe, como uma televisão ligada em outro cômodo. Fiquei vendo Gwydion puxar a esposa para si e levar o punho às costas dela. Ela fazia um som baixo e constante, como se o ar não estivesse entrando. Ele a pegou por trás da cadeira e enfiou o punho fechado na barriga dela. Observei, surpresa, a violência do golpe.

Esther estava tossindo e puxando ar enquanto o biscoito mastigado escorria pela sua boca.

— Você poderia me dar um lenço de papel por favor? — pediu Gwydion, calmo como sempre.

Mamãe trouxe uma caixa com mãos trêmulas. Esther passou vários lencinhos na boca, limpando tudo. Sua cabeça estava abaixada, como se estivesse envergonhada.

Ficamos em silêncio.

— Estes malditos biscoitos são secos demais — arriscou minha mãe, na sua voz mais insegura. — Sinto muito. Espero que esteja se sentindo melhor, Sra. Grace.

Esther estava olhando para sua caneca.

— Estou muito bem, obrigada — respondeu ela por fim. Eu meio que esperava que sua voz saísse sufocada, mas ela soou exatamente como antes.

— Acho melhor irmos embora — decidiu Gwydion. Ele passou um braço protetor nas costas de Esther.

— Claro. Acho que todos concordamos que é melhor para todo mundo se cada um ficar na sua por um tempo. Vamos deixar as pessoas resolverem as coisas. — Minha mãe me lançou um olhar. Ela estava com a expressão clara e neutra. — Obrigada por virem conversar. Acho que entendemos tudo de forma bem clara.

Ela puxou meu braço, tirando-me da porta da cozinha.

Eu não reclamei.

Eu nem sabia o que fazer agora.

Esther e Gwydion estavam de pé, contornando a mesa cuidadosamente. Ele a mantinha próxima de si, como se não se atrevesse a soltá-la. Eu me peguei imaginando por que ele a amava, e como eles tinham se conhecido, e como eles eram quando tinham a minha idade. Será que o tempo a endurecera e a transformara naquela coisa amedrontada e controladora ou será que ela era assim desde o início? Em que ela acreditava? O que a deixava feliz?

Nós os observamos passar pela porta da frente, e, com eles, senti a última parte de mim se esvair, minha luz, minha vida. Minha voz de carvão-negro, carvão-luzente ficou em silêncio. Talvez eu nunca mais a ouvisse novamente.

— Bem — disse minha mãe. — Ela foi meio esnobe, não foi? — Ela colocou o braço hesitante nos meus ombros.

Eu me debulhei em lágrimas grandiosas e trêmulas.

Saía pela porta minha última chance de me consertar.

Saía pela porta minha última chance de recuperar meu pai.

Ele se fora. Era isso.

— É melhor assim — veio a voz da minha mãe sobre minha cabeça, suave e definitiva, enquanto ela me abraçava. — Eu sei que você quer acreditar que todo mundo pode se dar bem e que todos somos iguais, mas pessoas como eles ficam no canto deles, e nós ficamos no nosso, e é assim que o mundo funciona. É melhor assim — repetiu ela.

Eu me perguntei, finalmente, se ela estava certa.

CAPÍTULO TRINTA

Eu estava trancando a cafeteria quando senti pela primeira vez.

Era uma noite de sexta-feira. Faltava apenas umas duas semanas para o Natal, e já tinham se passado dois meses desde a visita de Esther e Gwydion.

As coisas estavam diferentes agora.

Eu preferia trabalhar naqueles dias. Eu vinha passando muito tempo sozinha de novo, então fazia sentido aproveitar aquelas horas de puro nada fora da escola para ganhar algum dinheiro. Tive muita sorte ao passar neste lugar assim que estavam colocando um cartaz escrito a mão recrutando uma nova garçonete. Era melhor estar ocupada porque a ocupação me impedia de pensar. A ocupação me ajudava a ignorar o sentimento de saudade dentro de mim.

Eu tinha doado meus livros de bruxaria para um bazar de caridade. A mulher que gerenciava o lugar me lançou o olhar asqueroso quando percebeu do que se tratava — talvez ela os queimasse em vez de vendê-los. Descobri que eu realmente não ligava, de um jeito ou de outro. Aquela parte da minha vida tinha acabado.

Fora um turno longo. Havia uma família que não ia embora, com aquelas lindas crianças louras que se alternavam entre gritar loucamente ou conquistar você. Eles vinham com frequência, então deviam morar por aqui. Gostavam da cafeteria porque, uma vez a mãe me explicara, "é artesanal". Eu não soube o que responder, então apenas assenti.

De qualquer forma, era um lugar legal. Meio escuro, mas Delia, a gerente, tinha feito um bom trabalho com os móveis. Ela descrevia o estilo como *vintage* natural, mas tudo que eu conseguia pensar era que, às vezes, quando eu permitia, me lembrava a casa dos Grace, e meu coração tropeçava no peito.

Eles faziam bolos deliciosos lá. As pessoas sempre elogiavam. Havia alguma pequena magia na comida, eu estava descobrindo. Eu me perguntava às vezes se a boleira seria uma feiticeira da terra — seus *cupcakes* pareciam e tinham gosto de sentimentos. Talvez eu desejasse ser ela. Eu me perguntava se ela era feliz. Eu me perguntava se ela passava o dia inteiro vestida em malhas de tricô em cores terrosas e bijuterias pesadas, movimentando-se pela cozinha quente e com os dedos cobertos de farinha.

Delia tinha começado a confiar em mim para trancar a loja sozinha no final do turno da noite. Era uma coisa tola para se apreciar, mas havia algo tão sereno e grandioso em outro ser humano depositando tanta confiança em você com suas coisas. Eu não queria estragar aquilo. Eu queria ser a River 2.0, aquela de quem todos gostavam. Meio reservada, tudo bem, mas confiável e boa de se ter por perto. Era minha segunda transformação, e eu gostava mais desta. Esta fazia com que eu me sentisse capaz e normal e no controle.

Eu trabalhava quantas noites da semana conseguisse, e nos fins de semana também. Mamãe gostou do fato de eu ter um emprego e uma renda própria de novo. Disse que eu poderia ser independente. Que isso me manteria longe de problemas.

Mas assim que a chave virou na fechadura e deu aquele estalo, senti algo na minha nuca, como se alguém estivesse me observando. Quando me virei, estava sozinha na rua.

Pelo menos eu tinha a casa só para mim naquela noite — mamãe estava no rodízio do turno da noite, e eu só a veria no fim da tarde do dia seguinte, quando ela se levantasse. Delia às vezes me dava alguma sobra de bolo, como uma gorjeta adicional. Eu ficava agradecida; aquilo tornava a vida um pouquinho mais tolerável. Eu tinha um pote do seu sorvete de manteiga de amendoim no freezer e um dos meus livros favoritos preparado — meu método favorito para esquecer as coisas por um tempo.

Mas meus planos caíram por terra quando cheguei em casa porque Summer estava sentada na porta, encolhida por causa do frio.

Estava encolhida ali como um cãozinho perdido, e aquilo era uma mentira, uma grande mentira, porque ela não era nenhum cãozinho e jamais estivera perdida. Ela havia cortado o cabelo desde que desaparecera para ir para o internato. Ainda estava pintado de preto alcaçuz, mas agora acompanhava o formato de sua cabeça, batido na nuca e descendo mais comprido na frente. Parecia uma supermodelo.

Ela quebrou o silêncio primeiro.

— River — disse.

A voz dela, pronunciando meu nome, foi o suficiente para acender minhas entranhas.

— O que você está fazendo aqui? — perguntei, surpresa. — Você não pode vir até aqui. A gente não faz mais isso.

Não conversávamos. Não ligávamos uma para outra. Não fazíamos mais nada. Eu nem mais os via pela cidade; Esther mantivera a palavra. Dois meses antes eles tinham desaparecido, e aprendi a conviver com o vazio que deixaram.

Summer fungou, irritada.

— Pare de olhar para mim como se eu estivesse infringindo alguma lei ou algo assim. Eu só queria ver você. Já faz tanto tempo. Eu só...

Ela parou de falar e envolveu o próprio corpo com os braços. Estava muito frio. Eu não fazia ideia de há quanto tempo ela estava ali.

— Eu só queria saber como você está — concluiu ela.

— Mais alguém sabe que você está aqui?

Ela hesitou.

— Não. Eu deveria estar na escola neste fim de semana, como uma boa menina. — O tom seco que ela usou para dizer aquilo me fez derreter um pouquinho. Só um pouquinho.

— Olha só — falei —, é melhor a gente manter distância uma da outra. Se fizermos isso, como estamos fazendo até agora, ninguém mais vai se machucar, tá bom?

— Eu nunca concordei com isso.

Eu olhei para ela.

— Você só pode estar brincando. Você me ignorou por semanas e aí depois todos vocês foram embora! Você simplesmente me abandonou.

— Você mentiu sobre Wolf. Eu não levei isso na boa, tá legal? Eu odeio quando as pessoas mentem para mim! Isso me deixa tão p... — Ela parou. Respirou fundo. — Eu fiquei com raiva de você. Não consegui acreditar que você não confiava o suficiente em mim para me contar a verdade.

Eu bufei, e ela revirou os olhos.

— Olha, eu entendo *agora* — continuou ela. — Agora que tive tempo para pensar em tudo. Acho que nós todos somos muito bons em guardar segredos. E olha bem onde isso nos levou.

Ela estremeceu.

— Por favor, será que a gente pode apenas conversar? De preferência lá dentro, onde meus colhões não vão congelar e cair?

— Você não tem colhões.

— Bem, talvez eu tenha desenvolvido alguns desde que fui embora.

Eu hesitei.

Mas era tarde demais. No momento em que a vi já era tarde demais. Eu estava vibrando de novo, como se tivesse passado os últimos dois meses sem energia e ela fosse a minha bateria pessoal.

Era só uma conversa.

Procurei chocolate quente nos armários enquanto Summer se empoleirava na mesa da cozinha.

— Então Esther deixou você vir para cá — alfinetei, enquanto ligava o fogo.

— Ela não faz ideia de que estou aqui. Esta é a primeira vez que ela não está em casa desde que fomos embora. Ela e Gwydion estão no exterior, divertindo-se em algum lugar de clima quente no fim de semana, então aproveitei a oportunidade para fazer uma visitinha à minha cidade natal.

Eu me sentei e empurrei uma caneca de chocolate quente para ela, esquentando as mãos na minha. Tomei um gole para ter o que fazer. Ainda estava quente e queimei a língua.

— Posso fazer uma pergunta? — pediu ela, de repente.

Eu esperei, cautelosa.

— Você acredita na maldição?

Ela me lançou um olhar intenso. Fiz menção de falar e desisti, pega de surpresa.

A River 2.0 não acreditava. A River 2.0 era normal e racional e reconhecia que esse tipo de coisa era bem sedutor, mas não passava de fantasia infantil. Era fácil se deixar levar pela histeria, pelo drama da coisa toda; mas, no final, aquilo só fez causar confusão e mágoa.

— Eu tenho pensado muito sobre coincidências ultimamente — falei por fim. — Tipo... Marcus, ele é instável. Talvez ele só não tenha conseguido lidar com o fato de ter sido excluído.

Summer inclinou a cabeça.

— Os feitiços fizeram isso — afirmou ela. — As coisas que aconteceram. Você acha que tudo foi coincidência?

— Bem, nenhum deles funcionou, não foi? Na verdade, nós nunca vimos evidências verdadeiras disso.

— Wolf — começou ela com voz calma. — Ele se afogou?

— É claro que ele se afogou — respondi, irritada. — Eu estava lá. Ele estava bêbado e perto demais da beira e se afogou. — Será que ela tinha ido até lá para arrumar outra briga comigo? Eu tinha conseguido ficar um tempo sem pensar em Wolf, e não conseguia suportar reabrir aquela ferida.

Por um longo tempo, ela não disse nada.

— Você está me dizendo agora que não acredita? — provoquei.

— Porque você com certeza agiu como se tivesse acreditado.

Ela estava olhando para a caneca.

— Eu não sei. Eu não tenho todas as respostas — respondeu. — Eu nunca tive. Depende de para quem você perguntar. Pergunte para Fen... Você sabe o que ele vai dizer. — Ela retorceu a boca.

— Pergunte a Thalia... você sabe que *ela* acredita. E isso é parte do motivo pelo qual ela é tão trágica com tudo.

— E onde você está nisso tudo? Em cima do muro?

— Eu ainda não me decidi quanto a isso — respondeu ela, recostando-se, seu olhar fixo no meu rosto. — Ainda não.

Senti que ela me analisava.

— O que você veio fazer aqui, Summer?

Ela deu de ombros, evasiva.

— Você era minha melhor amiga. Não faz tanto tempo assim, talvez você ainda se lembre.

A palavra "melhor" me balançou por dentro.

— Não mais — respondi em tom uniforme.

— Fala sério, você nem me deu uma chance. Ainda estávamos muito ferrados por causa de tudo que aconteceu com Wolf. Fen estava descontrolado. Thalia já estava assim havia um tempo. A gente só precisava de um tempo.

— Sua mãe veio aqui, nesta cozinha, e me disse categoricamente para ficar longe de vocês. Como se eu fosse alguma influência horrível ou algo assim. Como se eu tivesse chegado e ferrado a vida de *vocês*, e não o contrário.

— Mas foi o que você fez.

Fiquei boquiaberta.

— Eu? *Eu?* Vocês não têm a menor ideia do efeito que causam nas pessoas não é?

— O que você quer que eu diga? Se eu responder que sei, você vai me chamar de arrogante. Pode me acusar de jogar com isso. Se eu disser que não, você vai dizer que sou cega e burra. Talvez até me chame de mentirosa. De qualquer forma, eu perco!

— Bem, isso foi divertido — disse eu, empurrando minha cadeira para trás. — Mas tenho uma vida para a qual preciso voltar, e tenho certeza de que você também tem. Então obrigada pela visita.

— O quê? — Ela pareceu genuinamente apavorada, o suficiente pra me fazer parar. — Eu ainda não vou embora. Eu não posso. Precisamos conversar.

— Não temos mais nada a dizer.

— Temos sim.

— Então diga!

Summer ficou me encarando com olhos arregalados. Então recostou-se na cadeira. Sua bota bateu no pé da mesa, fazendo chocolate quente espirrar das canecas.

— Meu Deus! — exclamou ela. — Você nunca facilita as coisas, não é?

Eu estava perplexa.

— *O quê* eu tenho que facilitar?

— Dizer para você que estou com saudade. Dizer que você era minha melhor amiga. E eu não tenho melhores amigas. *Eles são* os meus melhores amigos. Mas então você chegou, e eu percebi o quanto eu precisava daquilo. Você mudou a gente. Você mudou tudo.

Ela fez uma pausa, olhando para a poça de chocolate quente que se formara na base da caneca.

— Eu realmente não tive nenhuma oportunidade de voltar para casa até agora. É horrível. Eu fiquei completamente sozinha, sabe? E você nem tentou ir me ver. Eu ficava fantasiando nas aulas sobre como talvez você pudesse descobrir o endereço da escola, aí você se esgueiraria pelo campus uma noite e encontraria a janela do meu quarto e jogaria pedrinhas como já fez antes. Eu acreditei sinceramente que você faria isso. Mas você nunca fez.

Sua expressão era inescrutável, balançando a cadeira para trás e, de repente, foi para a frente de novo, mutável como o vento. A Summer de que eu me lembrava. Sua vergonha caiu por terra, e ela me olhou diretamente nos olhos.

— Então? Nós vamos voltar a ser melhores amigas? — Ela abriu os braços de forma dramática. — Apesar de o mundo tentar nos manter separadas?

O sorriso ameaçava partir meu rosto caso eu não o deixasse vir à superfície, então eu sorri. Eu tinha muitos bons motivos para não fazer aquilo. Para seguir com minha vida, deixando-os no meu passado sombrio, um passado que eu só deixaria emergir ocasionalmente, como um álbum de fotos enterrado numa caixa em algum lugar no fundo de um sótão.

Havia motivos. Só que naquele momento, eu não consegui me lembrar de quais eram.

— Você vai contar para seus pais que somos amigas de novo? — perguntei.

Ela inclinou a cabeça.

— Você vai precisar me dar um pouco mais de tempo para isso.

Eu bufei.

— Você vai contar para sua mãe? — perguntou ela com a voz suave.

Respirei fundo.

— Você vai precisar me dar um pouco mais de tempo para isso.

Ela sorriu. Parecia aliviada, como se eu, de repente, tivesse resolvido tudo de novo. Ficamos nos olhando, ambas sentindo exatamente a mesma coisa e felizes por isso. Era uma sensação muito simples e poderosa, ser desejada.

Summer ergueu as mãos. Seus anéis de prata cintilaram na luz.

— Mas precisamos ser melhores desta vez. Nada de segredos. Vamos contar tudo uma para outra, caso contrário não vai funcionar. Foi isso que você disse que deveríamos fazer, não foi? Você foi bastante firme quanto a isso. Bem, você estava certa.

Fiquei surpresa por ela se lembrar.

— Tudo bem.

— Combinado?

— Combinado — respondi.

Combinado? Sério? Você vai contar a ela? Tudo?

— É melhor eu ir — disse ela. — Foi mal pela bagunça. — Ela apontou para o chocolate derramado.

— Não se preocupe com isso — respondi, mergulhando na decepção, mas tentando não demonstrar.

Ela se levantou, dando de ombros dentro do casaco.

— Quer saber o que você vai fazer amanhã?

— O quê?

— Você vai tomar café da manhã comigo.

— Eu vou? Talvez eu esteja ocupada. Talvez eu esteja trabalhando.

— Você não vai trabalhar.

— Como você sabe?

— Eu sei das coisas. — Ela lançou um olhar sagaz. — Então? Tipo, se você conseguir passar pela sua mãe.

Uma calidez dourada se espalhou pelo meu corpo.

— Ela está trabalhando no turno da noite. Se você chegar por volta das nove, ela nem vai ter chegado ainda. Vou deixar um bilhete para ela.

— Legal. Eu passo aqui um pouco antes das nove, então.

— Sério? Achei que você fosse dizer que este é um horário absurdo ou algo assim. Desde quando você sabe como é o dia às nove horas da manhã de um sábado?

— Ah, o colégio interno acabou comigo. Te conto tudo amanhã enquanto estivermos comendo ovos. — Ela me lançou um olhar sério. — E vou te contar um segredo. E você vai me contar outro. E é assim que vamos começar. Vamos fazendo isso, arrancando o gesso. Segredos e ovos.

— Segredos e ovos — repeti.

Ela piscou para mim, tocando meu ombro de leve quando passou.

Ouvi a porta da frente bater.

Amanhã. Segredos e ovos.

Demorou alguns minutos até meus nervos começarem a se eriçar.

Aquilo não ia funcionar. Como poderia? De agora até o restante da eternidade, Wolf sempre estaria entre nós, seu espírito enrolado em nossos pescoços como um gato, nos botando para baixo.

O que eu estava fazendo?

O que eu estava *fazendo*?

CAPÍTULO TRINTA E UM

Ela cumpriu o combinado: a campainha tocou um pouco antes das nove horas da manhã.

— Você tem permissão para dirigir? — perguntei; enquanto deslizava no banco do passageiro do carro emprestado.

— Não — respondeu Summer alegremente. Estava usando um casaco preto com botões imensos e botas até os joelhos. Um gorro de tricô vermelho protegia seu cabelo negro.

— Você está tendo aula de direção?

— Sally tem me ensinado nas últimas semanas.

Imaginei que ela devia estar se referindo a uma amiga da escola, que era dona do carro em que estávamos.

— Sério?

— Esther nunca curtiu muito a ideia de aprendermos a dirigir. Sempre disse que não precisávamos ir a lugar nenhum sozinhos que não fosse nesta cidade, até que fôssemos embora de casa para sempre.

— Uau!

— É.

Ela arrancou devagar e seguimos para a cidade, em direção à orla. Parecia que ela já dirigia há anos. Acho que ela nunca nem tentaria fazer nada no qual não fosse imediatamente habilidosa.

— Então — disse ela em tom casual. — O que você disse para sua mãe sobre onde estaria agora?

Olhei para ela. Summer nunca pareceu se preocupar com minha mãe antes. Será que estava tão tensa quanto eu?

— Está tranquilo — tentei assegurar. — Deixei um bilhete dizendo que peguei um turno extra no café. Ela não vai me esperar de volta até o início da noite, quando acordar.

Summer pareceu satisfeita. Foi uma viagem curta e nenhuma de nós falou muito. Estacionamos e entramos no Blue Juice, um bar muito agradável bem de frente para o mar. Provavelmente era cedo demais para encontrarmos alguém da escola ali, mas eu ainda estava nervosa. Eu queria que nos vissem, e não queria que nos vissem. Summer parecia preferir a segunda opção, uma vez que escolheu uma mesa nos fundos, escondida do olhar de todos, a não ser pela mesa bem ao nosso lado, sendo que o lugar estava praticamente vazio àquela hora.

Eu não conhecia a garçonete, mas ela devia ser uns dois anos mais velha que Thalia. Ela ficou olhando para Summer como se minha amiga tivesse duas cabeças. Não anotou meu pedido, mesmo eu tendo falado duas vezes. Summer parecia calma externamente, mas por dentro, eu percebia que ela estava se encolhendo e retorcendo.

— Olá? — disse eu para a garçonete. — Será que dá pra parar de encarar e fazer seu trabalho?

A garçonete me olhou de cara feia.

— O quê?

— Eu quero ovos mexidos na torrada e um café preto com gengibre. Ela quer ovos quentes com espinafre e chá verde com mel. Talvez você devesse anotar?

— Eu consigo me lembrar — respondeu ela. — Na verdade, todo mundo aqui tem uma excelente memória.

Ela lançou um olhar duro para Summer e se afastou.

— Uau! — tentei brincar. — O que foi isso?

Ela deu de ombros, emburrada.

— Desembucha.

— A maré está mudando — declarou ela, misteriosa. — Ela muda de vez em quando.

Franzi a testa.

— Não estou entendendo.

— O que quero dizer é que algumas pessoas mais ingênuas nesta cidadezinha idiota acham que nós matamos Wolf. — Ela deu uma risada cortante.

— O quê? — perguntei, surpresa. Eu não andava mais com o pessoal da escola, mas não tinha ouvido mais nada sobre o assunto. Eu me perguntava se a minha mãe tinha ouvido. Eu me perguntava se ela simplesmente não tinha me contado. — Isso é ridículo.

Summer desviou o olhar, brincando com a ponta do cardápio.

Eu fiquei olhando para ela.

— Você quer ir embora?

— Não, está tudo bem. Vai ser a mesma coisa em outro lugar. Eles vão acabar superando em algum momento.

Pigarreei, tentando pensar em alguma coisa para dizer.

— Ei — disse ela, de repente. — Acabei de perceber que eu nunca perguntei para você qual é a sua cor favorita.

Parei pra pensar, pega de surpresa.

— Aquele tipo de azul bem escuro com tom arroxeado e aveludado. E a sua?

— Bordô. Como o vinho. Como sangue seco. — Ela sorriu. Era uma cor bem do estilo de Summer.

O papo seguiu naquele clima por um tempo, compartilhando nossas preferências, e as coisas começaram a melhorar, mas tudo estava carregado de expectativa. As piadas ficaram mais engraçadas, e as palavras eram escolhidas com mais cuidado. Muita coisa tinha acontecido entre nós, e isso estava agachado bem entre a gente, um sapo feio e paciente à espera do menor equívoco.

A garçonete voltou com nossos pedidos, e, apesar do silêncio venenoso, nosso desjejum parecia delicioso. Peguei o garfo e abri a boca para fazer alguma piadinha boba sobre ovos e colhões, mas Summer estava olhando para o outro lado, sorrindo; ergui o olhar e me deparei com o peito de Fenrin.

O mundo congelou.

— Ei — reclamou ela —, você está superatrasado, como sempre.

— Ah, pare de reclamar. Você está bem acompanhada. — Ele piscou para mim.

Por um momento que se estendeu eternamente, fiquei sem a menor ideia do que fazer.

Fenrin deslizou no banco ao lado de Summer e a cutucou.

— Ela não parece muito feliz de me ver.

— Já faz um tempo — respondeu ela.

— Faz mesmo. — Ele abriu um lindo sorriso, e senti o meu corpo inteiro estremecer.

Ele estava lindo de novo, como se nada tivesse acontecido. Vestia um suéter tipo pescador por cima de uma camisa larga, e o cabelo louro tinha sido despenteado pelo vento. Dava para ver a ponta do pingente de concha aparecendo acima da gola V.

Eu não tinha me permitido pensar nele porque tudo aquilo estava acabado, acabado mesmo, cheio de dor e vergonha. Ainda assim, ele estava ali, diante de mim, como se o tempo simplesmente não tivesse passado.

— O que... você está fazendo aqui? — consegui perguntar.

— Foi mal, eu o convidei...

— Foi mal, a culpa é minha...

Summer e Fenrin falaram ao mesmo tempo, olharam um para o outro e deram uma risada estranha.

— A culpa é minha — repetiu Fenrin. — Pedi para ela não contar que eu ia vir. Achei que talvez você não fosse aparecer se soubesse que eu estaria aqui.

Tentei relaxar a mão que segurava o garfo.

— E por que você pensaria uma coisa dessas?

— Por causa da última vez que nos vimos — respondeu ele. — Eu não lidei muito bem com as coisas. Sinto muito. Eu não estava muito bem naquela época. — Ele falou com cuidado, e eu me perguntei se era para esconder a dor subjacente, como se falar devagar, como se ele tivesse ensaiado, fosse a única forma de se expressar.

— Não se preocupe com isso — respondi. — Estraguei tudo de qualquer forma. Tipo... Sinto muito também. Eu devia... Eu devia ter contato tudo.

Ele ficou em silêncio. E eu fiquei olhando para o meu prato com o máximo de concentração.

— Bem, agora que todos já nos desculpamos por termos sido completos idiotas uns com os outros — interveio Summer em tom alegre —, vamos comer antes que nossa comida esfrie.

Tentei rir, e espetei uma gema.

Fenrin pegou o cardápio atrás do saleiro.

— O que tem de bom aqui? — perguntou ele com a voz quase tão alegre e forçada quanto a de Summer.

E as coisas seguiram assim, de um jeito sobressaltado. Fenrin pediu waffle com mel de flores silvestres, e eu mantive os olhos abaixados enquanto ele comia. Eu nunca tinha conseguido vê-lo comer sem desejá-lo. Ele e Summer riam, implicavam e brincavam um com outro, mas havia algo estranho ali, um nervosismo que eu não tinha notado até então, e achei que talvez fosse algo novo. Mas eu não poderia esperar que tudo fosse exatamente igual entre nós depois de tudo que tinha acontecido.

— Então, o que vocês estão planejando para o fim de semana? — perguntei depois de acabar de comer.

— Estamos pensando em aproveitar o fato de nossos pais estarem fora para fazermos um agito lá em casa — respondeu Fenrin, se servindo de um pouco mais do café que estávamos dividindo.

— Você deveria vir.

— Você deveria vir nos fazer uma visita — disse Summer exatamente ao mesmo tempo.

Eu ri.

— Vocês precisam parar com isso, gente. É estranho.

— Cara, pare de me copiar — pediu Fenrin, lançando um olhar pesado para Summer. Ela mostrou a língua para ele, mas ele não viu porque sua atenção tinha se voltado para mim. — Então?

— Então? — repeti.

— Então, você vai vir? A gente podia assistir a filmes ou algo assim, como era antes.

Senti o peito apertado.

— Provavelmente não — respondi devagar. — Tenho um monte de dever de casa para fazer neste fim de semana.

— Dever de casa? — Summer revirou os olhos. — Existem coisas mais importantes na vida. Tipo um filme de terror que encontrei, sobre assassinos em série que morreram e ressuscitaram como palhaços fantasmas. — Ela meneou as sobrancelhas, animada.

— Meu Deus do céu, Summer — interveio Fenrin. — A gente quer que ela venha passar um tempo com a gente, e não lhe render pesadelos.

Dei um sorriso tímido.

— Sério, acho que não vai dar neste fim de semana.

Um silêncio estranho caiu sobre a mesa. Eu deveria ter dito sim; eu não sabia quando ia poder vê-los de novo. Ainda assim, eu ainda não conseguia encarar aquilo. Voltar para aquela casa sem Wolf nela. Aquela *casa*, impregnada de lembranças. Fenrin parecia esperançoso, mas tive a nítida impressão de que Summer estava com raiva.

Pedi licença e fui ao banheiro, mesmo que fosse apenas para pensar no que fazer em seguida. Fiquei me olhando no espelho, tentando ver o que eles viam. O quanto da minha aparência traía a pessoa que eu era de verdade, a pessoa carvão-negro, carvão-luzente? Por quanto tempo eu ainda seguiria com aquilo?

Quando voltei para a mesa, eles estavam cochichando entre si, mas Summer estava sorrindo um pouco, e eu me acalmei.

— Servi mais café para você — disse Fenrin, apontando minha caneca, e eu a peguei, agradecida, já que me dava algo no qual me concentrar.

Summer começou a contar uma história longa sobre uma garota na sua nova escola, a qual ela tinha certeza ser filha de um famoso astro do rock que tentava passar incógnito, e a tensão cedia à medida que a conversa mudava de rumo. Eles falaram sobre como a escola era rígida, como o campus era bonito, as quadras de tênis, a piscina, o professor de francês que, de acordo com Fenrin, desafiava todas as expectativas culturais, já que era a pessoa com mais mau gosto para se vestir que ele já conhecera.

Conversaram sobre novas matérias e novos amigos, e sobre tentar se adequar e, ao mesmo tempo, se sobressair, problemas que eu achava serem dignos apenas de reles mortais como eu. Eles me perguntaram sobre meu trabalho, e eu falei um pouco sobre os bolos e sobre Delia, que era cheia de histórias, mas que as contava muito melhor do que eu.

Não conversamos sobre Wolf. Não conversamos sobre magia e não falamos sobre lembranças de coisas que tínhamos feito, porque todas elas, eu acho, continham coisas que preferíamos esquecer. Será que as coisas tinham dado tão errado para nós, que só conseguiríamos ter este tipo de conversa a partir de agora?

Eles tinham me procurado. Eu não tentei voltar para eles. Aquilo devia contar para alguma coisa

Mas eles realmente eram divertidos. Eu estava rindo de alguma coisa estúpida; eu não conseguia parar de rir. Nós estávamos falando sobre nossas infâncias, e eu estava tentando contar sobre os brinquedos que eu tinha, e como, durante algum tempo, quando eu era bem pequena, eu insistia em ganhar apenas caixas cheias de clipes coloridos no Natal e nos meus aniversários porque meu intuito era fazer colares com eles, mas acho que a história não estava saindo do jeito que deveria. Parecia que minha mandíbula era feita de chiclete — quando eu abria a boca para falar, parecia que ela estava estirando como tiras de borracha.

— Ei — tentei, e então esqueci o que eu queria falar porque minha cabeça estava tão pesada, e eu me recostei, sonolenta.

Eu devia estar muito mais cansada do que esperava.

Ouvi Summer dizer:

— Sinto muito.

CAPÍTULO TRINTA E DOIS

Por um tempo, achei que estivesse sonhando.

O quarto estava escuro e fechado, mas eu o reconheci. Era o quarto de hóspedes no segundo andar, aquele que eu costumava ocupar quando dormia na casa. O tapete de retalhos no chão. A pequena cômoda com gavetas. As paredes brancas. A tigela com as malditas pedrinhas na mesinha de cabeceira.

Eu estava sonhando com a casa dos Grace de novo. Aquilo acontecia com certa frequência, principalmente de uns dias para cá.

Mas minha cabeça latejou forte, e meu corpo inteiro parecia rolar sem parar. Olhei para as dobras do tapete, tiras coloridas amarradas, esperando até que tudo fizesse sentido.

Senti um cheiro pesado no ar. Flores — este era o motivo. Dois vasos colocados sobre a cômoda. Outro no parapeito da janela. E flores espalhadas pelo chão. Virei a cabeça; e meu cérebro pareceu chapinhar um pouco lá dentro. Olhando para meu próprio corpo, vi que as mesmas flores tinham sido colocadas em volta de mim, junto aos quadris e a toda a lateral.

Aquilo era mais do que um pouco estranho.

Algo escuro chamou minha atenção — algo aos pés da cama. Eu me sentei, meu coração disparando no peito, a cabeça oscilante, e aí eu a vi. Summer, sentada no chão, encostada na parede, os braços entre as coxas e as mãos cruzadas, observando-me.

Tentei fazer a cabeça funcionar. Aquilo parecia coisa que algum stalker faria numa série dramática de TV, como aqueles programas de crimes aos quais minha mãe sempre assistia. Mas Summer não precisava me perseguir. Eu era toda dela. O café da manhã que tomamos juntas não provava aquilo? Apesar de todos os meus instintos terem me dito para não fazer aquilo, eu não havia permitido que ela voltasse?

— Como você está se sentindo? — perguntou ela. Tentei analisar sua voz. Tudo que consegui detectar foi preocupação.

— Meio como se eu tivesse levado um soco na cara. — Minha voz estava soando meio grogue.

— Sinto muito por isso. Acho que talvez eu tenha exagerado um pouco. Tentamos usar a medida certa, mas eu não sabia quanto café ainda havia na sua xícara. E as flores, você sabe. — Ela fez um gesto.

O quê? Não, eu *não* sabia. Do que ela estava falando?

Ela estava olhando para mim, mas eu não sabia ao certo o que aquilo significava. Eu não conseguia lê-la. Percebi, de repente, que eu talvez sempre tenha achado fácil interpretar suas emoções porque nunca houve nenhum motivo para ela escondê-las de mim. Não de mim, sua melhor amiga.

Agora havia.

Ela estava se tornando uma desconhecida, uma cada vez mais amedrontadora estranha com olhos pintados de preto. Tão rápido. Estava acontecendo tão rápido. Eu sentia a garganta pesada e doendo, e talvez não fosse apenas por causa do que tinham colocado no meu café. Abri a boca, mas a porta estalou, ela baixou o olhar e Fenrin entrou.

Ele olhou para Summer, e depois seu olhar pousou em mim.

— Mas o que está acontecendo? — perguntei. Pareceu que levei anos para conseguir fazer a pergunta sair.

Nenhum dos dois respondeu. Vi um movimento atrás de Fenrin, e Thalia entrou.

E lá ficaram eles, os três, olhando para mim em silêncio.

Se você a cortasse ao meio veria que, por dentro, ela é completamente Grace, dissera-me Marcus. *Como um torrão de açúcar.*

— Bem — disse eu. — Se vocês queriam um reencontro, poderiam simplesmente ter pedido.

— Nós pedimos — respondeu Fenrin, sério. — Você disse não.

— Eu disse ainda não. — Tentei despistar enquanto percebia o joguinho deles no café da manhã. Convidar-me para ir à casa deles tinha sido um teste. O café drogado, o último recurso.

Todos pareciam estar esperando por alguma coisa. Mas o quê? Que eu gritasse e xingasse? Que eu perguntasse em voz oscilante por que estavam fazendo aquilo?

— O que você usou? — perguntei para Summer. — Para me apagar?

— O remédio para dormir de Thalia — esclareceu ela, olhando para a parede. — Você tem certeza de que está bem?

Ignorei a pergunta.

— Então agora vamos fazer uma festa? — perguntei. — Acho que provavelmente está meio frio para irmos à enseada. Mas poderíamos acender uma fogueira, como daquela vez na floresta.

— O fato de você conseguir fazer piadas agora — disse Thalia com seus olhos tristes brilhando de forma sombria — simplesmente prova meu ponto de vista. — Ela olhou para Summer, que não estava fazendo muita coisa.

Eu me imaginei levantando da cama, caminhando até Summer e desferindo uma bofetada em sua cara. Uma bofetada forte cujo estalo equivaleria ao de uma arma disparada. Uma bofetada para demonstrar bem sua traição enquanto a plateia em casa comemorava meu ato silenciosamente.

— E que ponto de vista seria esse, Thalia? — perguntei, forçando-me a dizer o nome dela.

— Você está ouvindo isso? — perguntou Thalia para Summer, levantando a voz. Eu não era a única que estava tentando chamar sua atenção. — Ela age como se nada tivesse acontecido. Ela não sente nada. Ela não se importa. Eu disse para você. Você entende agora?

— Claro — respondeu Summer mecanicamente. Ela estava cutucando as unhas, um gesto que me pareceu deliberado, um ar forçado de indiferença.

— *Claro* não vai me convencer. Eu preciso saber onde sua lealdade está. Nós dois precisamos.

Summer finalmente ergueu o olhar, a irritação transparecendo em sua voz:

— Pelo amor de Deus, Thalia, fui eu que a trouxe até aqui. Fui eu que tive todo o trabalho. O que você acha?

Silêncio. Eu queria abrir mais a fenda, fazer alguma piadinha que levaria Thalia a um colapso, porque parecia que ela estava prestes a sofrer um. Mas meu coração estava magoado, distraindo-me.

Estou com saudade. Você é minha melhor amiga. A noite anterior tinha sido fingimento. Um plano perfeito para fazer com que eu confiasse em Summer o suficiente para que eles pudessem me sequestrar sem levantar suspeitas. Ela não era minha melhor amiga. Nenhum deles era. Era tudo mentira.

Eu queria esperar pelo momento perfeito. Um lindo e perfeito momento, no qual eu poderia feri-los onde doeria mais. Eu queria descobrir a grande fraqueza deles e pregá-los na parede com aquilo, e observar enquanto sangravam.

Se eu ao menos conseguisse clarear os meus pensamentos primeiro. Se eu ao menos conseguisse pensar direito.

— Eu acho — começou Fenrin, como se estivesse saboreando as palavras — que você deveria explicar porque ela está aqui.

Eu meio que estava esperando que Summer fosse dar um fora nele, mas ela deu de ombros e aceitou.

— Tudo bem — disse ela. — Vamos acabar logo com isso. — Ela se afastou de perto da parede onde estava e olhou para mim. — Amanhã à noite é o solstício de inverno — explicou ela. — O festival do renascimento.

Senti minha pele se arrepiar como reação às palavras dela, mas mantive o contato visual, tentando permanecer tão fria e neutra quanto ela.

— Então é o momento perfeito para trazer Wolf de volta.

Só que eu não estava esperando aquilo. Minha pulsação acelerou.

— O quê? — perguntei, tolamente.

Ela suspirou.

— Você ouviu.

— Vocês vão trazê-lo de volta dos mortos?

— Não — interveio Thalia. Ela estava calma agora, os braços cruzados. — *Você* vai.

Eu bufei, um som de descrença igual a um ronco de porco. Mas eles estavam preparados para minha descrença. Nenhum deles nem piscou.

— Isso é um absurdo — declarei. — Summer, você sabe que isso é um completo *absurdo*.

— Não é, não — respondeu Thalia. — Você o matou. Então só você pode trazê-lo de volta.

Eu não tinha acabado de ouvir aquilo.

Aquilo não tinha a menor graça. Não podia ser real.

Eu precisava dizer alguma coisa. Ficar chocada e, então, com raiva. Era assim que pessoas inocentes agiam, não era? Chocadas com a sugestão; com raiva de que alguém pudesse acreditar que seriam capazes de fazer aquilo. Mas a única coisa que eu realmente queria fazer era gargalhar, rolar de rir até minha barriga doer, rir deles e de mim e daquela situação ridícula. Completamente ridícula.

— Thalia — cuspi, por fim. Minha garganta convulsionou com um riso. — Você está oficialmente fora de si.

— Ah — respondeu Thalia, tranquila. — Você achou que não íamos descobrir?

— Descobrir o quê, exatamente?

— Seu segredo.

Aquelas três palavras, e todas as suas implicações, me fizeram querer vomitar, ou matá-la, talvez. Talvez as duas coisas.

— *Qual* segredo? — perguntei.

Mas ela não queria contar, e ninguém se adiantou para responder por ela.

Balancei a cabeça.

— Vocês estão loucos. Wolf morreu num acidente. Foi arrastado pelo mar.

Ela deu um risinho de escárnio.

— Bem, não é como se estivéssemos esperando que você simplesmente confessasse. — Seu olhar pousou em Fenrin, que estava no mais absoluto silêncio, impassível, de braços cruzados. Seus olhos estavam fixos na parede. Summer me observava intensamente.

— Ah, fala *sério* — zombei. — O que está acontecendo com vocês? Estão me dizendo que acham que matei Wolf? Se vocês sabiam disso o tempo todo, por que diabos esperaram tanto tempo para fazer algo a respeito? Eu teria me sequestrado e me drogado *muito tempo* atrás.

— Bem, deixe-me contar o resto para você — respondeu Thalia. — Se você se recusar a trazê-lo de volta, nós mesmos faremos isso usando magia antiga. Tudo que precisamos fazer é um sacrifício. Uma vida em troca de outra.

Meu sangue gelou nas veias porque eu sabia o que estava por vir.

Ela inclinou a cabeça.

— Você sabe. A sua pela dele.

CAPÍTULO TRINTA E TRÊS

A porra daquelas flores.

Elas fediam, talvez até mais do que logo que eu cheguei. O cheiro enchia meus pulmões, dificultando a respiração. Quando você estava se concentrando em respirar, não conseguia pensar muito bem.

Sempre tinha alguém do lado de fora da porta do quarto, e eles a mantinham trancada. Eu conseguia ouvi-los andando, sussurrando uns com os outros, como se estivessem do lado de fora do quarto de alguém doente, e não de uma prisão. Tentei a janela, mas tinha sido travada de alguma forma.

Eu já estava ali fazia algumas horas, e a noite já estava quase caindo. Eu me perguntei se minha mãe notaria que eu não tinha voltado para casa. Eu duvidava. Eles estavam com meu telefone — tudo que precisavam fazer era enviar uma mensagem tranquilizadora que parecesse escrita por mim. Eu tinha saído com amigos. Chegaria tarde — talvez só no dia seguinte. Não se preocupe. E ela não se preocuparia porque saberia que não eram os Grace; os Grace tinham saído da minha vida.

O silêncio sussurrante chegava aos meus ouvidos, e minha mente estava a mil por hora, mas sem chegar a nenhum lugar útil, apenas correndo em círculos até me deixar tonta. As flores brancas eram como fantasmas à luz do crepúsculo, e eu as imaginei rastejando pelo chão, subindo pela cama e flutuando pela minha pele, colocando-se cuidadosamente na minha boca até eu parar de respirar. As pétalas carnudas esfregando-se umas nas outras contra as tábuas do piso enquanto emanavam seu cheiro em ondas.

— Ei — chamei.

O sussurro parou.

— Ei — chamei de novo, desesperada para que eles respondessem. — Eu estou com fome. Oi?

Silêncio.

Ouvi um estalo da porta sendo destrancada e aberta com lentidão cuidadosa. Eu estava sentada na cama, meus joelhos dobrados junto ao peito. Olhei acima deles e tentei parecer fraca.

Fenrin entrou, e seus olhos pousaram em mim, e meu coração parou.

Ficamos nos olhando por tempo demais. Ele fechou a porta atrás de si, e eu ouvi um clique quando alguém trancou a porta por fora. Eu o observei enquanto ele olhava cuidadosamente pelo quarto. Por quê? Será que estava procurando armadilhas que eu pudesse ter feito com todos os materiais úteis disponíveis?

— Vamos arrumar alguma coisa para você comer — disse ele, próximo à porta. — O que você quer?

Ofereci meu melhor olhar de desdém.

— Se vocês realmente vão me matar amanhã, por que a preocupação em me alimentar?

Ele deu de ombros.

— Summer insiste.

O som do nome dela me magoava.

— Por que você não está tentando fugir? — perguntou ele. — Você poderia esperar atrás da porta, tentar passar quando nós a abríssemos. Você poderia até ter conseguido.

— Eu não quero ir embora! — explodi. — Meu Deus, isso é loucura. Se vocês simplesmente tivessem pedido minha ajuda, eu teria concordado, sabe? Nós poderíamos ter conversado sobre isso. Vocês poderiam ter dito "Ei, estamos pensando em ressuscitar Wolf, quer vir com a gente?" E não toda essa merda ridícula de capa e adaga. O que vocês acham que eu vou *fazer* com vocês?

Ele não respondeu, mas também não se aproximou, como se achasse que eu tivesse alguma doença contagiosa. O que será que eles viam quando olhavam para mim agora? Eu tinha passado a última hora repassando todas as lembranças que eu possuía de todos nós juntos. O que eu tinha feito, o que eu tinha dito para me levar até este momento?

A sensação de torpor das pílulas tinha cedido; eu me sentia abalada, pequena, com medo e com raiva. Mas jamais ia permitir que ele soubesse disto. Eu também sabia jogar.

— Fenrin — disse eu.

Ele estava totalmente tenso, como se só de estar no mesmo lugar que eu lhe incomodasse.

— Eu não quero mais ficar andando em círculos, River. — A voz dele estava calma. — Chegou a hora da verdade.

Segredos e ovos.

— Porque vocês são ótimos com a verdade, não é? — rebati.

— O que você quer saber?

— O quê?

Ele deu de ombros.

— O que você quer saber? Vamos fazer uma troca. Um dos meus segredos por um dos seus. E nós podemos escolher o segredo do outro.

Fiquei sem saída. Aquilo parecia um jogo, e eu ainda não conhecia as regras.

— Tudo bem — aceitei. — Eu tenho uma pergunta.

Ele se recostou na parede ao lado da porta. Ele ainda não se aproximava de mim. Será que me achava tão nojenta assim?

— Wolf — comecei, e fui recompensada por um pequeno brilho em seus olhos, o brilho fugaz de um peixe embaixo d'água, ao ouvir aquele nome saindo da minha boca. — Você era apaixonado por ele, não era?

Ele ficou em silêncio.

Desdobrei as pernas e as cruzei na altura dos tornozelos, recostando-me nos travesseiros às minhas costas.

— Achei que esta era a hora da verdade — provoquei.

Notei que ele enrijeceu todo.

— Sim — respondeu ele, e sua voz assumiu um tom casual impressionante. — Eu era apaixonado por ele.

A admissão provocou uma coisa em mim, uma onda de constrangimento e vergonha que descia até os dedos dos pés. Wolf também o amara. Ele admitira isso para mim no jardim, que era apaixonado por um deles. Eu só errei por quem.

— Marcus me disse uma coisa um dia — continuei. — Que os casamentos dos Grace são sempre arranjados.

Fenrin inclinou a cabeça.

— Prometidos — respondeu ele. — Esta é a palavra. Não é um casamento. Não é um contrato legal.

— Isso... — Procurei por uma palavra adequada. — Isso tudo é muito estranho, Fenrin.

Ele ficou em silêncio.

Olhei para ele, os ângulos do seu rosto. Aquela expressão confusa quando eu o vira sob o corpo de Wolf na praia. Como se nada mais existisse na Terra naquele momento, a não ser o corpo que ele tocava e a alma ao qual pertencia.

— Então deixe-me adivinhar — continuei. Algo que eu tinha imaginado havia um tempo, mas que eu queria confirmar. — Wolf estava prometido para Thalia.

— Que inteligente.

— Fen, isso é loucura. E... como é? Um dia alguém simplesmente diz "Então, gente, agora vocês são um casal"? Vocês não têm escolha?

— Eu não vou discutir esse assunto com você.

Senti uma onda de irritação. Ao que tudo indicava, eu só merecia a verdade até certo ponto.

— Tudo bem. Tipo, nunca vi duas pessoas menos interessadas uma na outra. Eles agiam mais como primos do que como *prometidos*, mas... tanto faz. Todo mundo sabia que você e Wolf estavam apaixonados, mas tudo bem, tudo em nome da *tradição*, vamos só ignorar todo o resto, né? Então quando Thalia e Wolf ficassem juntos, o que restaria para vocês dois? Não haveria mais idas à praia? Nada de rolar na areia?

A expressão de Fenrin endureceu, como se fosse esculpida em pedra.

— Rolar na areia — repetiu ele, mas não houve tom de pergunta na sua voz.

Eu esperei, intrigada.

Ele riu. Não era um som de diversão.

— Na verdade, nós só rolamos na areia uma vez, como você diz. Só naquela vez.

Eu sabia o que ele queria dizer.

Ele olhou para cima, como se quisesse contemplar o teto.

— Você quer saber do que *eu* me lembro daquele dia?

— Você disse que não se lembrava de nada. Outra mentira?

Ele deu de ombros.

— Eu nunca menti para você.

Abri a boca, ofendida, pronta para informar os horários e as datas. Mas nada veio.

— Tudo pelo que tive de passar — disse ele, seu corpo contraído com força. — Os interrogatórios policiais, a suspeita. Minha própria dúvida. O que tinha acontecido, por que eu não conseguia me lembrar. Era uma tortura. Se eu soubesse, então eu poderia seguir adiante. Eu poderia, de alguma forma, acabar aceitando que Wolf tinha partido. Mas eu não sabia. Nós tentamos de tudo, todos os encantos, feitiços e truques para recuperar minha memória. E nada adiantava. Mas logo depois da sua confissão, eu acordei de um sonho. O sonho se referia ao dia em que ele morreu. E, de repente, eu me lembrei de tudo.

Agora, finalmente, ele olhava diretamente para mim.

— Era como se alguma coisa estivesse me impedindo de me lembrar até aquele dia. Eu sabia exatamente o que tinha acontecido. Porque vi você lá na enseada. *Eu vi o que você fez.*

Esconder-se era um tipo de comportamento no qual os Grace eram particularmente bons. Fen estivera se escondendo antes, mas não estava agora. Eu jamais me esqueceria de sua expressão — como se ele quisesse me esfaquear e sentir meu corpo cedendo sob o peso do seu braço.

— Acho que parte do que aconteceu foi minha culpa — continuou ele. — Eu não fui legal com você naquele dia no pomar. Eu não deveria ter dito que não gostava de você daquele jeito. Você simplesmente me pegou de surpresa. Eu nem tinha pensado em você assim, sabe?

Ele fez uma pausa.

— Eu não acredito de verdade que você possa trazer Wolf de volta — disse ele por fim. — Mesmo que você tivesse o poder para matá-lo. Mas não importa. Na verdade, acho que eu quero que você falhe. Porque assim você vai morrer e a gente vai consegui-lo de volta, de qualquer forma.

Tremi de medo por dentro.

— Fenrin, ouça o que eu tenho a dizer — pedi, lutando contra o pânico. — Seja lá o que você acredita ter visto... A morte de Wolf foi um *acidente*. Você, dentre todas as pessoas, não pode acreditar que posso fazer alguém voltar dos mortos!

— Talvez sim. Talvez não. Mas se não funcionar, se você não puder trazê-lo de volta... Bem. — Seus olhos estavam distantes. — Sua vida pela dele. É como as coisas devem ser. O modo antigo de se fazer as coisas. — Seu olhar pousou em mim. — Vingança — concluiu ele. — Olho por olho.

Fiquei num silêncio horrorizado.

Como ele se atrevia a virar as costas para mim?

Como ele se *atrevia*?

Fenrin voltou para a porta, retirando a chave do bolso. Ele a abriu, e eu observei enquanto ele saía, senti os músculos comicharem uma vez, como se eu pudesse saltar pelo quarto e sair voando dali. Mas eu não podia. A porta foi fechada. Ouvi o som da chave virando.

E de repente fiquei furiosa, a raiva como combustível atiçando meu fogo. Levantei da cama, peguei um punhado daquelas pedras na tigela da mesinha de cabeceira, aquelas pedras inúteis e desprovidas de poder e as atirei contra a porta. O barulho delas atingindo a porta e se espalhando pelo chão de forma violenta foi horrível, martelando nos meus ouvidos, mas ao mesmo tempo, provocou uma sensação de satisfação na minha barriga.

— Onde está minha *comida*? — berrei por cima do som das pedrinhas rolando pelo chão. — Eu estou com fome! Vocês não podem me matar de fome!

Mas ninguém voltou para me ver durante toda aquela noite, não importando o barulho que eu fizesse.

CAPÍTULO TRINTA
E QUATRO

Acordei de um pesadelo.

Era na maioria das vezes uma série de impressões. A luz cinzenta e perolada da aurora. Arquejos. Os pés de Fenrin se enterrando na areia. O som do mar reivindicando uma vida do único jeito violento que conhecia. Violento e lindo. Ainda era tão lindo, mesmo quando eu via agora, e tal pensamento me encheu de vergonha por eu conseguir encontrar beleza na morte.

Havia fragmentos de lembranças no pesadelo, coisas que tínhamos feito juntos. Elas mudavam e se embaralhavam e estavam todas manchadas. Aquele primeiro dia no bosque na escola, Summer controladora e manipuladora, e todas nós suas assistentes, atentas a cada palavra que ela dizia, como coelhinhos frágeis. Fenrin não parecia mais feliz. Ele era cruel, jogando corações de lado como se fossem pacotes de bala vazios, ignorando a garota que estava pegando na semana anterior e dando atenção para a que estava pegando agora, e seus olhos, cheios de sofrimento, enquanto via todos passeando pelos corredores. Na nossa noite de filmes, eles se fecharam à minha volta como um bando, debochando de tudo que eu dizia e rindo de forma estrondosa. Eles envenenaram a garrafa de vinho, e eu vomitei na frente de todos, tremendo e envergonhada.

Levantei-me da cama, coberta por uma fina camada de suor, me sentei no chão, sob a janela, enrolada no edredom. Foi no auge daquela escuridão suave da noite, por volta de duas ou três horas da madrugada, que senti que qualquer coisa poderia acontecer. O céu estava limpo, e a lua brilhava, provocando algo selvagem em mim. Era em noites assim que eu costumava ficar olhando para fora e me perguntar se poderia simplesmente fugir para longe, saltitando como uma lebre pelos terrenos, ligeira e silenciosa. Viver na floresta, conhecendo muito bem os caminhos e a paisagem, como se ela tivesse sido feita para mim e eu para ela.

Eu me odiava por tais pensamentos porque eram pensamentos infantis. Mas nunca deixei de tê-los. Eles eram reconfortantes — eles me deixavam irritada e instável.

Mais cedo, eu tinha me livrado das flores. Fui bem metódica, tirando cada uma das pétalas dos caules e rasgando-as com cuidado, sua maciez sedosa silenciosa sob os meus dedos, fazendo com que eu me contorcesse. Eu as enfiei por baixo da porta, usando os caules vazios para empurrá-las selvagemente pela brecha até que as pétalas se espalhassem pelo corredor.

Thalia gritava do lado de fora que eu deveria parar. Tola feiticeira da terra, fingindo sofrer quando suas preciosas plantas sofriam. Gritei para ela parar de fingir. Ela não tinha 3 anos, precisava encarar a realidade.

Ela não acreditava que eu quisesse trazer Wolf de volta. Eu percebia seus olharezinhos apressados, cheios de ódio nervoso. Ela se achava forte, mas sua força vinha do medo. Medo dos pais e do próprio futuro, que parecia ficar cada vez mais restrito, um túnel que ia se fechando até que ela não conseguisse mais seguir em frente; presa em um lugar escuro e sufocante pelo restante da vida.

Eu costumava sentir pena dela, mas assim que ela passou a querer me matar, a compaixão passou a ser uma emoção que eu não poderia mais me dar ao luxo de sentir.

Eu me ajeitei, acomodando melhor os joelhos para que não doessem por estarem dobrados. Imaginei que conseguia sentir o luar nos meus ombros, um toque frio e suave. Eu sabia que não era real, mas ajudava minha mente a se acalmar e chegar àquele lugar do faz-de-conta que parecia andar de mãos dadas com a magia. Acredite e se tornará realidade.

Vontade. Era preciso força de vontade para isso. Era isso que Summer costumava dizer quando fazíamos um feitiço. Se eu fosse uma feiticeira de verdade, eu poderia fazer com que os Grace me libertassem ou acreditassem em qualquer coisa que eu quisesse. Mas eles não acreditavam. Só acreditavam no pior.

De qualquer forma, era uma coisa estúpida e sem sentido tentar fazer as pessoas amarem você. Todo mundo estava sozinho. Nascíamos sozinhos e morríamos sozinhos. O que quer que fizéssemos no meio não era nada, a não ser uma série de tentativas de afastar a escuridão que estava sempre à nossa espreita. Isso era fraqueza. Deveríamos permitir que a escuridão entrasse. Quando você conhece uma coisa, ela não pode mais assustá-lo. Não pode machucá-lo. Eu conhecia a escuridão. Eu conhecia a solidão.

Então fiquei sentada ali e desejei, desejei com cada um dos meus átomos, com cada uma de minhas moléculas. Mas eu não sabia bem o que eu estava desejando. O desejo estava sempre mudando. Rostos se fundiam uns nos outros, e as palavras perdiam o significado.

Eu queria tantas coisas, eu não sabia para qual direção seguir.

Então a porta do quarto estalou e uma sombra negra a abriu totalmente, correndo em direção a mim. Por um segundo, eu não entendi — será que a escuridão tinha vindo me buscar de alguma forma? Mas as dobradiças rangeram, e percebi que porta estava abrindo, e que não havia luz no corredor entrando no quarto. Estava tudo preto e calmo.

Antes que eu pudesse pensar em me levantar do chão (*e fazer o quê?*, perguntou a voz dentro de mim em tom de deboche), algo deslizou para dentro. A porta se fechou e a chave virou na fechadura.

— Ai, meu Deus — disse uma voz normal, quebrando o feitiço.

— Eu estou aqui.

A figura se virou.

— River? O que você está fazendo no chão? Vi a cama vazia e achei que você tivesse ido embora.

Olhei para Summer de onde eu estava, sob a janela.

— Como é que eu conseguiria fazer isso? — perguntei. — Vocês travaram as janelas e trancaram a porta.

Ela não respondeu. Vi a figura caminhar em direção a mim e se inclinar sobre a cama. Uma luz dourada cálida e fraca inundou o quarto quando ela acendeu o abajur na mesinha de cabeceira. Contraí os olhos até se acostumarem à claridade. Ela estava com uma calça preta de pijama e uma das diversas camisetas de bandas. O cabelo estava despenteado, mas ela deu uma sacudida na cabeça e os fios se ajustaram aos contornos do rosto.

— Não é, tipo, umas três horas da manhã? — perguntei. — O que você quer?

Ela ignorou a pergunta e se sentou na ponta da cama, enfiando os pés embaixo do corpo. As unhas dos pés estavam com o esmalte preto lascado. Summer tinha dinheiro para comprar coisas caras, é claro, mas por algum motivo, sempre comprava coisas baratas que duravam um dia. Eu me perguntava porquê. Eu nunca questionei aquilo antes. Agora eu ia me perguntar sobre todos os motivos, para sempre. Havia uma longa lista de consequências do que ela havia feito.

— Acho que você não gostou das flores — comentou ela.

— Eu deveria ter gostado? Elas fediam.

Summer me lançou um olhar pensativo.

— Sua reação a elas foi um pouco exagerada, não?

— Vocês encheram o quarto inteiro com elas. Eu nem podia abrir a janela. Estava meio difícil respirar aqui.

— Você sabe por que elas estavam aqui?

Eu me recostei com um suspiro, como se estivesse resignada com a interrupção.

— Pode explicar.

— São flores de impedimento.

— Ah, isso outra vez não. O que você vai fazer? Enrolar fitas ao meu redor enquanto estou dormindo? Pendurar outra boneca com um nó de forca?

— Mais do que isso — continuou ela, como se eu não a tivesse interrompido. — Elas são do nosso jardim, e Esther tem cultivado o arbusto há anos, então elas são muito fortes. Fen tem tigelas com as pétalas em seu quarto. Ele gosta do cheiro. — Os olhos dela pousaram no meu rosto. — Esther faz perfumes com elas. É um dos seus sucessos de venda. Tipo um cheiro forte de baunilha, mas um pouco mais selvagem. Fen usa. Todos os dias. Na verdade, é o cheiro dele. Isso e sal marinho.

Era o cheiro dele. Era um truque mesquinho. Engoli a explosão repentina de fúria que eu sentia crescendo no meu peito.

Ela balançou a cabeça, e a boca assumiu um sorriso engraçado.

— Sabe, até recentemente, eu era a única que estava em cima do muro em relação a isso tudo. Eu simplesmente achava... que não era possível. Que era loucura.

— E agora? — perguntei casualmente, como se eu não estivesse nem aí, ao mesmo tempo em que o meu coração tentava sair pela boca. — Você perdeu a razão juntamente aos gêmeos do mal?

— Acho que estou esperando você me contar o que realmente aconteceu.

— Para que você possa olhar dentro dos meus olhos e ver a verdade?

Ela deu de ombros de um jeito que dizia "mais ou menos isso".

Ergui as mãos, impotente.

— Eu não sei o que dizer. Você... você me *drogou*, Summer. Qual é o seu problema? Por que você simplesmente não... sei lá, me *pediu*?

— Pedir? — repetiu ela. — Ah, claro. "Ei, River. Eu estou de volta à sua vida para pedir um favorzinho de nada. Sei que isso é meio absurdo e tudo, porque, bem, se feitiços de ressurreição realmente funcionassem, teríamos um sério problema populacional a essa altura, mas eu queria saber se você não gostaria de tentar trazer Wolf de volta dos mortos, em nome dos velhos tempos, sabe? Talvez seja divertido".

— Bem...

— Além disso — continuou ela —, vamos pensar nisso tudo de forma hipotética. Você pediria ao assassino de alguém para tentar ressuscitar a pessoa que matou?

Uma risada histérica me escapou.

— Eu não consigo acreditar que estamos realmente tendo esta conversa. Não, hipoteticamente, acho que não.

— Eles têm medo de você — disse ela calmamente. Ela não estava rindo. — Eles acham que você nunca faria isso. Eles acharam que sequestrá-la era a única maneira.

Mas por que você concordou com eles? Por que você está fazendo isso? Summer, por favor, por favor, não tenha medo de mim também. Eu acho que não consigo suportar isso.

— E o que você acha? — perguntei em voz alta.

Ela passou as mãos pelo cabelo curto num gesto tenso e frustrado.

— Sei lá, River. Eu achava que conhecia você. É isso que realmente está acabando comigo nessa história toda.

— Você me conhecia. Você me *conhece*.

— Conheço? Mas você estava sempre mentindo para mim, então como é que eu posso acreditar? Não, na verdade, você não mente, mas omite coisas muito, muito importantes. Você nunca se preocupou em me contar, por exemplo, que você estava completamente apaixonada por Fenrin.

— ...o quê?

Comecei a entrar em pânico. É claro que ele tinha contado para elas. Eu tinha imaginado que ele contaria, não é? Eu sempre soube que ele me humilharia daquela forma.

Ela ergueu uma das mãos.

— Na verdade, você mandou bem. Eu não fazia a menor ideia. Achei que você gostasse de mim por mim mesma, e não como um meio para se aproximar dele. Tipo, não é algo tão incomum assim. A maioria das amigas que tive fizeram isso. Eu só achei que você fosse diferente, só isso. Para você ver como eu sou burra, não é?

— Summer, por favor, isso não verdade. Você não entende.

— A segunda coisa que você omitiu — continuou ela, me ignorando — foi o que você disse para Wolf instantes antes de a onda carregá-lo.

Agora eu estava muda. Ficar muda era a última defesa que me restava.

— Talvez você não se lembre — disse ela. — Mas Fenrin se lembrou de tudo. Você disse para ele: "Se eu quisesse que você desaparecesse e o mar simplesmente viesse e levasse você embora, o que aconteceria? Será que ele ia me querer em vez de querer você?"

Ela estava parafraseando.

Mas tudo bem.

— E a última coisa que você omitiu — disse Summer, com um sorrisinho estranho — foi o que você fez com Niral.

— Como assim? — Eu estava perplexa. — Eu não fiz nada contra ela! Foi ela que fez bullying *comigo*!

Summer se abraçou, pousando as mãos perto dos ombros.

— Foi só quando aconteceu com ela que eu realmente entendi — continuou ela. — Thalia acreditou em Fen na hora. Foi ela que conseguiu que as pessoas fizessem aqueles impedimentos idiotas contra você na escola. Eu tentei fazê-los parar. Aquilo tudo era tão mesquinho.

Ela fez uma pausa, e eu fiquei numa expectativa pavorosa como se estivesse caindo e alguém me empurrasse mais.

-— Mas teve aquele feitiço que você fez contra Niral um dia — disse ela. — Você queria que ela parasse de falar besteiras a seu respeito, não é? Acho que não existe limite de tempo para essas coisas, porque nada aconteceu no início. Mas ela começou a alternar períodos de doença e de saúde, você se lembra disso? E então, depois que Wolf morreu, ela ficou muito tempo afastada da escola. Lou me contou ao telefone que ela ainda falta semanas inteiras de aula o tempo todo, mesmo agora. Talvez ela precise até largar a escola.

Minha respiração estava ofegante. Eu não queria ouvir aquilo.

— Ela fica sempre perdendo a voz — ouvi Summer contar.

— E daí? — esforcei-me para perguntar.

Eu conseguia sentir seus olhos em mim, avaliando cada movimento que eu fazia.

— Laringite crônica, ao que tudo indica. Eles não fazem ideia do que possa estar causando isso.

— Ela pode estar com câncer na garganta ou algo assim.

— Eles já fizeram exames para tudo isso. Eu já disse, ninguém sabe qual é o problema. Mas eles também não teriam como saber. Eles não fazem exames para feitiços.

— Isso é ridículo — declarei em tom desesperado. — Você está vendo coisas onde não há nada para se ver. Isso não passa de uma coincidência.

Ela parecia se divertir.

— É, você disse isso ontem. Sabe, eu me lembro de falar para você, muito tempo atrás, que a magia de verdade não precisava de cânticos, nem de roupas, nem de nenhuma daquelas coisas sem sentido. A verdadeira magia só precisava do desejo por si só. Você deve ter rido muito à minha custa. Você deve ter ficado sentada lá e pensado que eu era uma completa idiota, River, eu queria que a magia acontecesse de verdade, às vezes, eu desejava tanto que era como se minhas entranhas fossem sair do corpo. Eu *queria* acreditar, mas nunca acreditei. Não de verdade. Não até conhecer você.

As bochechas estavam coradas no rosto pálido, como se ela tivesse sido esbofeteada.

Eu estava tentando manter minha voz calma.

— Você está me dizendo que você é uma farsante?

Ela foi evasiva.

— Eu estou dizendo que nada é tão preto e branco assim. Nada é tão simples.

— Ah, por favor, Summer. Fala *sério*. Pense por um instante. Se eu realmente tivesse algum poder mágico de verdade, minha vida poderia ser muito melhor, você não acha? — Eu estava falando mais alto, mas não ligava. Eu ia permitir que ela visse minha dor. Eu ia convencê-la. — Eu poderia ter rios de dinheiro num simples passe de mágica e poderia ter resolvido todos os problemas da minha vida. — *Eu poderia trazer meu pai de volta*. — Eu poderia ter feito Fenrin me amar. O feitiço de amor que fizemos lá no bosque foi para ele. Você estava certa. Eu gostava dele. Mas não funcionou, não é?

— Não. — Ela balançou a cabeça. — Funcionou, sim. Ele estava muito a fim de você naquela época. Ele achava que você era ótima.

— Ah, cale a boca! — gritei. — Ele não estava a fim de mim. Ele amava Wolf.

— Ele a via como uma irmã mais nova, River. Ele me contou.

— Ah, isso é ótimo. Era exatamente o que eu queria quando fiz o feitiço.

— Será que você não compreende? — perguntou Summer, incrédula. — Ele via você como uma *irmã*. Não alguém para *usar* por algumas semanas. Você não vê o que isto significa?

Ela estava curvada, seus lábios uma linha fina.

— E você o traiu — continuou ela. — *Será que você não vê que isso significa muito mais?*

Eu não tinha nada a ver com aquilo.

— Eu acho que você pode desfazer o que fez com Wolf. Você pode trazê-lo de volta.

Senti vontade de envolver minha cabeça com as mãos num gesto de desespero.

— Summer, eu não *posso*.

A expressão dela ficou triste, como se eu jamais a tivesse decepcionado tanto.

— Olha, sinto muito se fizemos as coisas assim — desculpou-se ela, parecendo genuinamente sincera. — Eu queria que você *quisesse* nos ajudar. Só... River, por favor. Você era minha melhor amiga.

Sim. Você também era. Para nunca mais.

Eu só sentia vergonha quando eu me lembrava de como me senti por causa dela. Porque com os Grace eu me sentira especial, mas com Summer, eu me sentira humana. Todas as perguntas infinitas e estrondosas que eu tinha e ninguém mais parecia ter, aquela coceira bem no âmago do meu ser que sempre fazia que eu perguntasse por quê, por quê, por quê, qual era o motivo de estarmos aqui, por que tínhamos desejos se não passávamos de animais, por que eu amo e odeio as coisas sombrias, por que luto contra a vida que me foi dada, por que não posso ser normal como as outras pessoas? Bem, Summer podia responder todas elas apenas estreitando os olhos como se dissesse "por que você *quer* ser?"

Mas agora eram eles contra mim. Eu estava sendo preterida em função da família dela. Eu sempre viria em segundo lugar. Summer olhou para mim, e tudo que ela viu foi a única coisa que eu me esforcei muito para nunca ser para ela: uma aberração. Uma aberração solitária e mentirosa. Eu nunca quis ver aquela expressão no rosto dela, e jamais imaginara que as coisas chegariam àquele ponto. Mas, no final, tinham chegado, e agora que estávamos ali, tudo que eu sentia era torpor.

— Summer — tentei —, seja lá o que você acha que eu fiz, seja lá o que você pense que eu sou... eu não posso trazer Wolf de volta. Ele morreu. Ele se afogou. Eu vi. E é isso. Os mortos permanecem mortos.

Ela ficou me olhando por mais um tempo.

— Você está mentindo — declarou ela de forma abrupta. — Meu Deus! Eu não queria que eles estivessem certos.

— Summer...

Ela se levantou da cama, seus pés descalços pousando no tapete de retalhos sem fazer barulho.

— É como se você nos odiasse. Como se quisesse nos punir. Você não é assim, River. Não é mesmo. Mas você está se esforçando tanto para ser. — Ela ergueu as mãos, hesitante, impotente. — E eu não vejo mais nenhuma opção.

Eu a observei sair, com olhos úmidos e brilhantes.

Faltavam umas duas horas para o amanhecer.

Tudo que fiz foi ficar sentada, olhando para a parede.

Eu só queria que aquilo acabasse.

CAPÍTULO
TRINTA E CINCO

De manhã, tomei um banho. Eles tinham deixado na suíte toalhas e sabonetes feitos por Esther. Deixei a água escorrer pelo meu corpo, e tentei pensar. Quando me vesti, examinei a janela do banheiro, com um pouco de esperança, mas era pequena demais. Talvez eu conseguisse enfiar a cabeça e um braço para fora, e certa vez li num livro que uma vez que você conseguisse fazer isso, era possível sair dos espaços mais apertados. Mas eu estava cansada demais para tentar. Eu só queria deitar e desaparecer no nada.

Fenrin me entregou o café da manhã sem dizer palavra. Só destrancou a porta, entrou, depositou o prato de pães e uma xícara de café no chão e saiu. Como se eu fosse a prisioneira deles. Como se eu fosse o cachorrinho de estimação deles.

Eu comi. Primeiro eu tinha pensado em recusar de forma dramática. Esfarelar os pães e espalhar naquele tapete de retalhos estúpido ou derramar o café nos lençóis. Mas aquilo incomodaria mais a mim do que a eles — era eu que estava presa naquele quarto claustrofóbico. De qualquer forma, seria infantil. Melhor manter minhas forças para que eu pudesse estar preparada.

Preparada para quê?, debochei de mim mesma. *Isto não é um conto de fadas. Não há uma jornada do herói.*

Você não é uma heroína. E ninguém virá salvá-la.

Eu nem conseguia acreditar que só tinha se passado um dia desde os ovos na lanchonete, e um dia e uma noite desde que os Grace tinham retornado à minha vida. Eu sentia como se estivesse naquele quarto há uma eternidade. Fiquei passeando de um lado a outro, de um lado a outro e de um lado a outro. Eu desejava, ansiava para que tudo ficasse bem, e não daquele jeito repugnante e errado. Eu meio que esperava uma visita de Thalia, mas ela manteve distância. Quando eu não estava andando de um lado a outro, ficava sentada, escutando com atenção. A casa estava quieta demais. Eu não sabia dizer se havia alguém do lado de fora da minha porta ou não.

Quando começou a escurecer, Fenrin voltou. Trouxe almôndegas desta vez. Colocou o prato no chão, deu meia-volta e saiu em questão de segundos. Nem olhou para mim. Na última hora, eu estivera pensando em um plano para atacá-lo assim que ele abrisse a porta. Pelo menos seria alguma coisa, algum tipo de desafio, mesmo que não fosse adiantar. Mas ele entrou e saiu tão rapidamente que nem consegui fazer meus músculos se mexerem para levantar da cama antes de ele virar a chave na fechadura do lado de fora.

Fiquei olhando para o prato por um tempo, sentindo o cheiro de alho até meu estômago roncar. As almôndegas estavam frias da geladeira, mas ainda incríveis. Senti um gosto amargo e arenoso que não consegui identificar, e só uns vinte minutos depois desconfiei do que poderia ser. Porque ainda não tinha escurecido lá fora, mas de repente eu estava muito, muito exausta.

Rastejei de volta para a cama e tive tempo para pensar que eles deviam ter acertado a dose agora, porque não demorou muito.

Rostos. Murmúrios. Eu estava tentando me virar, mas tudo estava tão pesado, pesado. As coisas eram longas como cordas.

Estávamos em um carro, concluí. Estava escuro, e eu estava deitada de lado. Podia sentir o braço de alguém à minha volta. Que bom que era, aquela simples sensação.

Não sei quanto tempo demorou para eu emergir e compreender. Foi lento e, ao mesmo tempo, rápido. Quando acordei, eu sabia de várias coisas.

Estávamos na enseada.

O som do mar chegava aos meus ouvidos.

A brisa estava fria o suficiente para me fazer tremer.

Meus pulsos doíam. Isto porque estavam amarrados para trás.

Minhas costas estavam apoiadas em algo duro. Eu estava amarrada em uma das vigas do calçadão de madeira.

Era uma noite escura, e as estrelas brilhavam. A lua brilhava como uma moeda de um centavo lascada. Eles tinha acendido uma fogueira. Eu estava muito afastada dela para sentir seu conforto. Uma vaga sensação de calor chegava às minhas canelas, mas era só isso.

Os três estavam lá, um pouco afastados. Thalia tinha dado um passo à frente dos outros dois, e olhava para o mar, seu cabelo comprido balançando ao vento, as pontas dançando, sendo gentilmente erguidas e baixadas, erguidas e abaixadas.

— Ela está acordada — declarou Fenrin, observando-me.

— Ótimo — respondeu Thalia. — Só temos uma hora até a meia-noite.

Ela se virou para mim.

Sua mão esquerda segurava algo frouxamente junto ao corpo. Ela usava uma saia cor de bronze que despertou algo vago em mim, mas foi só quando olhei para Summer que entendi. Eles todos estavam usando as roupas que tinham usado naquela noite. Na noite que Wolf morreu. Eles estavam com cachecóis, camadas de roupas por baixo e botas, mas de outro modo, estavam iguais. Eles tinham colocado meu casaco em mim, mas o ar que vinha do mar cortava meu rosto. Eu ainda não sentia frio. Talvez ainda fosse sentir, assim que as drogas perdessem o efeito.

— O que vocês estão fazendo? — perguntei, minhas palavras lentas e pesadas. — Vocês acham que podem trazê-lo de volta com as roupas certas?

— A gente, não. Você.

Eu me remexi na areia, tentando afastar a sensação grudenta que me mantinha presa.

— É, bem, sinto muito decepcionar vocês, mas eu queimei aquela roupa.

Na verdade, eu tinha doado para caridade, mas se houvesse uma fogueira por perto, eu a teria queimado. Se eu morasse numa mansão com uma lareira de verdade, a qual sempre seria acesa no inverno, com direito a sentar-se em frente a ela sobre tapetes e almofadas e segurando uma caneca de chocolate quente. Se eu tivesse aquela vida, eu queimaria coisas de uma forma simbólica e reconfortante, em vez de ir a bazares de caridade numa manhã cinzenta de domingo e entregar um saco de lixo cheio de roupas que custaram mais barato para mim do que o preço pelo qual seriam revendidas.

— Agora — disse Thalia. — Você o traz de volta.

Uma onda de adrenalina varreu meu corpo e mergulhou dentro de mim.

Thalia ergueu o braço esquerdo. A luz da fogueira iluminou muito bem a lâmina do seu punhal. Era tão afiada quanto eu me lembrava; seu gume cinzento prateado.

Fenrin veio até mim. Antes que eu pudesse pensar no que fazer, ele se agachou sobre minhas pernas esticadas na frente do corpo, prendendo-as contra a areia. O peso as fez estremecer. Thalia se agachou do meu lado esquerdo, sentando-se sobre os calcanhares, a mão direita entre as coxas. Com a mão esquerda ela segurava o punhal, apontando-o para o meu coração.

— Traga-o de volta — repetiu Thalia. — Ou nós a sacrificaremos por ele.

Tentei soltar os punhos, mas seria mais fácil arrancar uma árvore pela raiz usando as mãos. Meus dedos estavam ficando dormentes.

— Vocês estão doidos! — berrei na cara dela. — Eu não posso.

Silêncio pesado. O vento levantou o cabelo de Thalia, e ele se avolumou em volta do rosto dela.

— Você está mentindo — declarou ela, calma. E aí ergueu o punhal, empurrando a ponta contra o meu peito.

— Meu Deus, Thalia — consegui dizer.

— Nós vamos mesmo fazer isso? — A voz de Summer estava tomada de pânico. — Isso não é certo! Não podemos estar certos quanto a isso, Thalia! Não teremos como voltar depois!

— Eu sei — respondeu Thalia, fazendo ainda mais pressão.

Tentei rir.

— Você não vai fazer isso.

— Não? Por que não?

— Porque é assassinato, Thalia! Vocês não podem simplesmente assassinar alguém!

— Nas leis da natureza — retorquiu ela —, você faz justiça com as próprias mãos. A natureza não se importa com um assassinato se ele for justificado. Uma vida por outra. É assim que funciona.

— Ah, tá, com certeza, mas no mundo real, nós temos uma coisinha chamada polícia e outra chamada cadeia!

Seus lindos lábios em formato de botão de rosa se contraíram demonstrando uma leve preocupação.

— Você acha que seríamos presos? Nem sei se alguém vai sentir sua falta, sabe? Ninguém sente falta do vilão.

Fiquei boquiaberta.

— Vilão? Não sou eu que estou prestes a esfaquear alguém bem no coração!

— Você não entende? — perguntou Thalia, surpresa. — River... você é a bandida nessa história. Você é aquela que os mocinhos sempre tentam deter. É trágico que você morra no fim, mas você sabe, todo mundo concorda que é melhor assim. Você conhece a história, é claro que conhece. Você precisa ser detida para o seu próprio bem. Será que não percebe? Não seria melhor para todos se você simplesmente fosse embora?

— Saia de cima de mim! — berrei, contorcendo-me e resistindo. Mas o peso de Fenrin tinha feito minhas pernas ficarem dormentes, e tudo que aconteceu foi que Thalia ergueu o punhal e esperou até eu parar. A areia estava congelante, paralisando todo meu corpo. Senti a pressão áspera sob minhas unhas.

— Por que você está fazendo isso? — perguntei, e minha voz falhou. Eu não queria ser fraca, choramingando e lamentando, mas minha mente girava num turbilhão apavorado, um ciclo infinito de ai meu Deus ai meu Deus ai meu Deus, deixando todos os pensamentos racionais de fora.

Thalia ergueu o punhal firme e olhou diretamente nos meus olhos, sua voz absolutamente convicta:

— Porque é a coisa certa a se fazer.

Ela era assustadora. Eu não ia conseguir fazê-la mudar de ideia, não importava o que eu dissesse. O que eu deveria fazer diante daquilo?

Thalia, por fim, se cansou quando não fiz nada, a não ser ficar olhando para ela, usando cada fibra de energia que eu ainda tinha no corpo para não chorar.

— Apenas traga ele de volta! — gritou ela, furiosa. — Traga ele de volta, sua assassina! TRAGA WOLF DE VOLTA.

Fazendo um retrospecto, acho que ela realmente não tinha a intenção de ir até o fim. Ela simplesmente estava se deixando levar pela própria histeria, e quando você fica assim, não tem muito controle dos movimentos do próprio corpo. Mas naquele dia, tudo que eu sabia era que aquela garota fria e terrível que tinha sérios problemas e *não me ouvia* estava gritando a centímetros do meu rosto, impiedosa, o som martelando nos meus tímpanos. E então senti um fio em brasa queimar minha pele e algo quente empoçar na dobra da minha barriga. Confusa, olhei para baixo e vi uma mancha escura no meu suéter marfim.

Era sangue. Sangue encharcando meu suéter.

Aquela vaca lunática tinha me *cortado* mesmo.

Meu

Deus

Do

Céu

Ira cegante, como tentar olhar para o sol, o brilho branco, quente e ofuscante. Todo meu ser estava desintegrando-se em pó, flamejante de fúria.

— Não! — berrou Summer. Sua voz soava muito, muito longe.

O peso deixou minhas pernas. Quando dei por mim de novo, soube que deveria procurar a fonte do barulho de engasgo na minha frente.

Era Thalia. O cabelo comprido estava enrolado no pescoço. O vento soprava pelo seu rosto num círculo horrendo e cerrado. Seu cabelo era uma corda sendo puxada pelo ar, por mãos invisíveis, apertando a pele.

Ela estava emitindo um terrível som resfolegante.

— Não, não! — Summer estava fora de si. Quase caiu por cima de Thalia na sua pressa de ajudar, as mãos arranhando a corda de cabelo que apertava o pescoço da irmã. — Pare! PARE COM ISSO. ELA ESTÁ MORRENDO.

Fenrin tinha saído de cima das minhas pernas e estava atrás de Thalia, tentando enfiar os dedos entre o cabelo e a pele. Eles se esforçavam. Tudo que eu conseguia fazer era olhar. Não conseguia me mexer. Não havia nada que eu pudesse fazer para ajudar. Minhas mãos ainda estavam amarradas, embora eu estivesse apenas presumindo isso porque não conseguia mais senti-las.

A mão de Summer apareceu e agarrou o punhal na areia, ao lado da coxa de Thalia.

Passaram-se mais alguns terríveis segundos. Ou talvez nem um segundo, mas pareceu durar uma eternidade enquanto Thalia gemia e ofegava.

Então ela caiu para a frente, apoiada nas palmas das mãos. Havia algo escuro descendo pelo seu pescoço, como uma lagarta fina e comprida. Sangue de onde Summer tinha ferido a pele de Thalia ao cortar o cabelo na base da cabeça. A corda de cabelo deslizou pela curva das suas costas e caiu num montinho na areia.

Por um momento tudo ficou suspenso, pairando sobre nós.

Mas não houve tempo porque ouvi um tipo de rugido de algo sugando e olhei em direção ao mar, e estava acontecendo de novo, exatamente como acontecera com Wolf, ai meu Deus, mas eu tive tempo de berrar:

— SEGUREM-SE EM ALGUMA COISA...

A onda nos alcançou. Tudo desapareceu. Eu fui atirada para o lado, enquanto a água arrebentava em cima de nós. Meus braços, ainda amarrados, torciam-se contra a viga, meus ombros uivando de dor. Eu não conseguia respirar. Eu não conseguia escutar.

Estávamos nos afogando. Estávamos mortos.

Eu estava quase aliviada. Não havia responsabilidade na morte. Não havia mais consequências.

Mas aí algo bateu em mim, e eu colidi contra a viga de novo enquanto a onda se afastava, deixando seus refugos, as toxinas que não queria mais. Eu me encolhi contra o poste, tossindo, esperando, mas ela não voltou outra vez.

Apenas uma única e monstruosa onda. Tão antinatural quanto se o céu tivesse ficado verde neon.

Consegui erguer a cabeça, meu cabelo cobrindo os olhos como um pedaço de alga. O mar estava calmo de novo, mais calmo do que qualquer coisa. Como se tivesse sido apenas uma brincadeirinha.

Tossidas ao meu lado. Eu me virei na areia encharcada, músculos contraídos e congelando, e vi três corpos.

Todos estavam se mexendo.

Fenrin foi o primeiro a se recuperar. Seu rosto estava pressionado contra a areia. Ele cuspiu e cuspiu de novo. Virou e ficou deitado de costas. Sua pele parecia cinzenta sob o céu escuro e estrelado. Thalia estava em posição fetal. O rosto mais fino sem todo aquele cabelo, ou talvez fosse por causa do frio e da umidade. Summer estava de quatro, sua franja preta caindo em tiras sobre os olhos. Eu vi quando ela olhou para mim. Minha barriga latejava de forma constante. Eu não sentia mais nenhum líquido quente na minha pele, mas não sabia se era porque eu tinha parado de sangrar ou se era porque eu estava com frio demais para sentir.

Silêncio. O som calmo do mar preenchendo o vazio.

Eu queria que aquilo tudo acabasse. Eu queria me deitar e sentir Summer pressionada contra minhas costas, mas eu nunca mais teria nada daquilo agora. Eu não podia mais suportar as emoções deles, todas escorrendo para mim, pesando em cima de mim, enterrando-me. Eu me obriguei a falar, não me importando o que me custaria. Eu precisava me revelar, ou talvez acabasse tentando matar a todos nós novamente.

— Não foi minha intenção.

Silêncio.

Eu sentia a viga às minhas costas, reconfortante. Algo sólido para sustentar o meu ser quebrado. Meus joelhos estavam encolhidos até o rosto, e eu falava colada a eles em vez de além deles. Mas pelo menos eu estava falando. Eu estava tremendo de frio.

— Nunca foi minha intenção — repeti. — Não de verdade. Só por um segundo. Aquele átimo de segundo. Mas é o suficiente. Sempre foi assim. Apenas um segundo.

Eu estava com a cabeça recostada contra a viga, olhos fechados.

— Sabem quando uma criança diz "eu queria que você morresse", ou algo assim, quando está com raiva? Ela não quer aquilo de verdade, não depois. Bem, durante anos, quando eu era mais nova, eu achava que quando você desejava uma coisa com muita vontade mesmo, aquilo acontecia de verdade, pois acontecia mesmo. Pelo menos comigo.

"Um pouco antes de nos mudarmos para cá, eu fiz o meu pai ir embora. Ele desapareceu no meio da noite. Ele nem levou nenhuma roupa. Deixou tudo. Eu estava com raiva dele... Nós tivemos uma briga sobre... isso. Seja lá o que for isso que acontece à minha volta. Ele queria que eu fosse cientificamente estudada. Para receber ajuda, foi o que ele disse, mas na verdade ele só estava com medo demais para lidar comigo. Naquela noite, eu desejei e desejei que ele simplesmente fosse embora para sempre. E então ele foi. Ninguém sabe onde ele está. Ele simplesmente... desapareceu."

As palavras jorravam, praticamente como se eu as estivesse vomitando na ansiedade de colocar tudo para fora. Como se a tampa da minha garrafa tivesse se aberto e todos os meus segredos líquidos escorressem para todos os lados, manchando a areia

— Às vezes, quando eu era mais nova, eu desejava coisas, e então elas aconteciam. Na maior parte das vezes, elas não aconteciam... Mas às vezes, apenas algumas vezes, elas aconteciam. Uma vez, eu queria que um professor do primário tivesse algum problema para que parasse de implicar comigo na aula. Ele foi sentenciado dois dias depois por fraude ou alguma coisa assim. Ele jurava ser inocente, mas mesmo assim foi fichado criminalmente.

"Uma outra vez, eu queria que fizesse sol para eu poder brincar do lado de fora. Passamos por um verão de seca. Literalmente, só na nossa região. O restante do país ficou bem. Foi tão grave que nosso gato morreu.

"Teve um garoto que passou a mão em mim no ponto de ônibus, e eu desejei que algo horrível acontecesse com ele. Depois do que fez comigo, ele foi atravessar a estrada para ir para casa e foi atropelado. Eu nem mesmo vi o carro se aproximar. A partir daí ele teve que usar uma cadeira de rodas.

"E eu... Eu vi Jase surfando e se exibindo, e achei que ele era um babaca por tudo que tinha dito para você. E eu só pensei que seria bem feito se ele quebrasse uma perna. E com Wolf, eu..."

Mas eu não consegui terminar, eles sabiam o que tinha acontecido.

— Talvez tudo não tenha passado de uma baita coincidência, sabe? Eu nunca tive certeza, não de verdade, não uma certeza absoluta de que tinha sido eu. E eram só coisas ruins que aconteciam ao meu redor, nunca coisas boas. Durante muito tempo, tentei só ter pensamentos positivos, para me precaver. — Eu sufocava a cada sílaba que saía, as pontas afiadas se arrastando como lâminas de barbear contra minha garganta. — Mas ninguém consegue só pensar em coisas boas. Eu achei que eu estivesse quebrada. Agora, só imaginem... Talvez eu seja amaldiçoada, como vocês. Porque não importa o quanto eu me arrependa depois. O arrependimento nunca trouxe ninguém de volta.

Silêncio pesado e o som das ondas do mar.

— Durante todo esse tempo. Você sabia o que você era. Você mentiu para nós. Você nos magoou. — Os olhos frágeis e molhados de Summer se ergueram para mim.

Eu estremeci.

— Mas eu não sabia. Eu não tinha certeza.

— Nós confiamos em você — declarou Fenrin. — Nós confiamos em você, e então você o tirou de mim. Eu o amava, e você o levou.

Ele começou a chorar.

Ficamos sentados ali, encharcados e com frio. O silêncio quebrado apenas pelos soluços abafados de Fen. Thalia acariciava o cabelo molhado do irmão. Eu me certifiquei de ouvi-lo. Ele merecia pelo menos isso de mim.

Ele precisava de um motivo grandioso e maldoso para explicar a morte de Wolf, mas tudo que eu tinha para oferecer era a verdade banal — às vezes as pessoas morriam pelos motivos mais idiotas do mundo. Por apenas um momento, a traição que senti ao ver Fenrin com outra pessoa foi o suficiente para eu desejar puni-lo. Foi uma pirraça infantil. Se fosse com qualquer outra pessoa, seria apenas fonte de constrangimento por um tempo. E a vida seguiria.

Um momento foi tudo que bastou. E uma vida se foi, algumas outras foram arruinadas. Era uma coisa tão pequena, um momento. Mas era o modelador mais poderoso da realidade que existia. Era o poder que eu parecia possuir: modificar momentos.

Eu queria poder explicar tudo isso para eles, tudo isso que estava dentro da minha cabeça. Mas as palavras não saíam. Nunca saíram. Passei tanto tempo sentindo medo do que eu era capaz de fazer que eu não conseguia mais contar a verdade para ninguém, sobre nada. Era a melhor maneira. Construir barreiras e não confiar em ninguém por saber muito bem que você mesmo não era nem um pouco confiável, então por que outra pessoa seria diferente?

Se havia algo errado com você, poderia haver algo de errado com todos os outros também. Se você era capaz de tanta coisa terrível, independentemente do quanto você se arrependesse depois, independentemente do quanto você gritasse e implorasse para o universo para desfazer as coisas, então talvez todo mundo também fosse assim.

Eu daria tudo para reverter as coisas que fiz, mas justamente aquilo eu nunca tinha conseguido fazer. Aquela era minha tragédia. Minha punição. Minha maldição.

Summer estava me observando. Eu não sabia o que meu rosto revelava a ela, mas ela começou a se aproximar de mim. Ela ainda estava segurando o punhal enquanto engatinhava pela areia. Eu estava tão rígida de frio que todo meu corpo estremecia ocasionalmente, mas eu não conseguia que ele fizesse nada do que eu queria. Dar um chute na sua cara antes que ela enfiasse aquilo no meu peito, por exemplo. Tudo que consegui fazer foi observar enquanto ela desaparecia atrás de mim. Estava tudo acabado.

Senti um puxão leve nos meus pulsos. Zap zap zap. Pausa. Zap zap zap.

— Não — pediu Thalia. — Summer, não. — Mas o som da faca não parou.

Eu nem me dei conta a princípio quando as minhas mãos ficaram livres. Tentei esfregá-las para voltarem à vida, mas era como esfregar um bloco de gelo com um tijolo. Summer se recostou no poste ao meu lado, suas pernas dobradas. Ela olhou para cima. Seus lábios estavam quase brancos.

— Você não pode trazê-lo de volta, não é? — perguntou ela.

Eu estava tremendo.

— Acho que não. Tentei reverter todas as vezes. Mas nunca dá certo.

— Então é o fim. — Thalia se levantou, abraçando o próprio corpo. — Olha só, sinto muito pelo que acabei de fazer. Nós nunca quisemos machucar você. Só queríamos que você se mostrasse para nós.

Controlei o riso histérico.

— Thalia, você... tinha uma faca. Você disse que ia me matar.

Ela negou com a cabeça.

— Porque você continuava mentindo para nós. A gente só achou que se fizesse uma ameaça, você se revelaria para nós... e o traria de volta. A gente não ia matar você. Eu nunca quis isso.

Mas suas palavras soavam ocas. Eu me lembrava muito bem do olhar enlouquecido e escuro quando ela estava agachada em cima de mim. Eu me lembrei do fio em brasa contra meu peito.

Thalia faria qualquer coisa para proteger a família.

Ela estava me fitando, mas seus olhos não encontravam os meus. Ela parecia tão estranha e magra sem seus cabelos.

— Então já que você não pode trazer Wolf de volta, estamos quites. Por favor... Apenas prometa ficar longe da gente. Acho que é melhor assim. E nós prometemos ficar longe de você, combinado?

Combinado?

Fenrin se levantou com dificuldade, mas não olhava para mim. Thalia agarrou a manga encharcada da roupa do irmão e também não olhava para mim. Os olhos de Summer estavam fixos neles, e ela também não olhava para mim.

— Mas... — comecei estupidamente, e então calei-me.

Não, não, estava tudo errado. Aquele era meu pior pesadelo se tornando realidade.

Eles eram os únicos no mundo que poderiam entender. Na verdade, eles deveriam me *abraçar*, me tranquilizar, apresentar uma expressão alegre em seus rostos, porque eles sabiam como colocar arreios naquilo. Deveriam saber como direcionar, estimular e acalmar aquilo exatamente, como se fosse um cavalo. Eles deveriam achar maravilhoso o que eu podia fazer e acolher-me como um deles.

Eu era um deles.

Mas o medo que tinha me impedido de ser sincera, além da dúvida de que eu realmente estivesse provocando qualquer coisa, era exatamente este: que eles olhassem para mim e enxergassem a mesma coisa que meus pais tinham enxergado.

— Esperem — pedi. — Eu sei que eu... Olha só, eu deveria ter contato tudo desde o início, mas eu estava com muito medo, tá? Tudo que sempre quis foi encontrar alguém como eu. Eu só queria saber o que eu sou. Então finalmente encontrei vocês e eu... Eu achei que vocês pudessem me ajudar.

— Nós não podemos ajudar você. Ninguém pode. — Fenrin colocou um dos braços ao redor de Thalia enquanto falava.

— Mas... você pode. *Vocês* podem.

A voz de Thalia se intercalou numa cadência tipo alto e baixo, alto e baixo, resvalando para a histeria.

— Não, River, não. O que você faz... é do mal. Você mesma disse. Apenas coisas ruins acontecem à sua volta. E se tivermos outro desentendimento? Você vai nos matar também?

Um sofrimento negro subiu pelas minhas costas e se abriu para os ombros como um manto de cimento sólido e pesado.

— Por favor — pedi. — Por favor, não tenham medo de mim.

Mas eles tinham. Ah, se tinham.

Summer começou a se mexer. Parecia o fantasma de um rato afogado. Ela parou com se fosse dizer alguma coisa. Por sobre o som do mar, ouvi Fenrin chamá-la, Thalia pressionada contra o corpo dele. Ele estendeu a mão.

Por um momento, Summer ficou parada. Seu olhar perscrutou meu rosto.

Então ela se levantou e deu a mão para ele.

Juntos, subiram a trilha que levava às dunas e, por fim, ao pomar. Eles estavam voltando para casa. Eles não queriam que eu fosse com eles. Eles simplesmente não me queriam.

Observei as dunas ondulantes engolindo suas formas. Eles voltariam para casa, toda decorada com objetos que faziam seus donos sentirem que possuíam poder. Objetos bonitos e vazios para mostrar suas vidas bonitas e vazias. Eles tocariam conchas do mar, bolsas macias de encantamento penduradas nos dintéis. A ferradura sobre a porta de entrada, para sorte. Eles precisavam daquelas coisas que os ajudavam a compreender o mundo; caso contrário, tudo apenas se resumiria a um caos confuso e infeliz. Eu compreendia o consolo daquilo.

Mas eu não era um deles.

O momento em que a compreensão chegou foi curto. Apenas um ligeiro e rápido estalo de percepção, instantâneo e fugaz. Era ali que o poder estava, não era? Em pequenos momentos, pequenas percepções.

Ele não me ama.

Ela tem medo.

Ele acha que sou louca.

Estou sozinha.

Vou morrer.

Eu não sou uma de vocês.

Eu não sou uma de vocês.

Eu sou única.

Naquele instante, eu sabia o que estava por vir. Eu sabia o que eu tinha feito.

Fiquei sentada na praia e esperei, observando o mar.

CAPÍTULO TRINTA E SEIS

Demorou alguns minutos para a figura emergir.

Ela se arrastou do mar como uma aranha pálida e trêmula.

Minha sensação era de estar completamente dormente agora, totalmente morta por dentro, mas não de verdade, não completamente, porque senti uma onda de pânico gaguejante. Tudo naquela figura aracnídea e pálida estava errado. Ela parou, bem na beirada da água, seus membros mergulhados na areia. Então caiu, formando uma massa disforme e ofegante.

Aquilo me fez lembrar de um documentário ao qual eu assistira uma vez, sobre criaturas estranhas que viviam nas partes mais escuras e profundas do oceano, onde a pressão explodiria seu peito em questão de segundos. Eram translúcidas, com olhos discoides e dentes tão finos e compridos que nunca conseguiam fechar a boca. Se você os levasse para mais perto da superfície, ofegavam e agitavam-se, soltando bolhas no caminho para a morte.

A maré recuava enquanto o mar se afastava do que tinha acabado de vomitar.

Eu vi a massa disforme se mexer, bem suavemente.

Ouvi um som como o de um gemido longo e sibilante.

Eu sabia o que era, mas estava com medo. Estava com medo de que não fosse.

Eu me levantei, cambaleante, e obriguei meu corpo rígido a caminhar. Senti uma dor aguda no peito, mas depois passou e senti apenas um latejar. Neste momento eu não podia pensar no corte que Thalia fizera — eu me limparia depois. A figura disforme foi ficando mais clara diante dos meus olhos à medida que eu me aproximava, deixando de ser a forma aracnídea. As costas apareceram, o entalhe longo da espinha. Pernas. Braços. Estava deitada de lado, encolhida. Eu tive que contorná-la para encontrar a cabeça. O cabelo encharcado se misturava à areia. Olhos fechados. A figura tossiu, um som guizalhado.

Eu me inclinei na direção dela, minha cabeça gritando *pare*. Pressionei a mão em seu peito e a rolei para que ficasse de barriga para cima. A pele estava fria e molhada, mas havia vida ali. Eu podia sentir.

Ela rolou, sem resistir, e abriu os olhos. Estavam sem foco, mas acabaram me encontrando. Fixaram-se no meu rosto. Confusos. Neutros.

Engoli em seco, forçando minha voz a sair:

— Oi.

O corpo se mexeu. Os braços e pernas oscilaram.

— Oi — tentei de novo. Eu tinha que ficar calma. Eu tinha ficar impassível. Talvez a figura pudesse detectar meu medo. — Diga alguma coisa.

Abriu a boca, mas nenhum som saiu. Seus olhos se afastaram sem focar em nada. Seus membros nus se contraíam de frio.

— Vamos lá — falei. — Temos que ir. Você vai acabar congelando de frio. Venha. Levante-se. Por favor, você precisa se levantar.

Precisei ajudar, repetindo "por favor" e "levante-se" como uma ladainha, mas a figura conseguiu se virar e ficar de quatro. Eu me agachei ao seu lado, colocando meu ombro sob seu braço, tentando erguê-la para ficar em pé. Eu me esforcei para levantar. Sua pele estava fria como o mármore contra a lateral do meu corpo, e seus braços pesavam uma tonelada no meu pescoço.

— Temos que ir — falei de novo, seguindo em frente.

Levamos um longo tempo até chegar às dunas. A figura caiu duas vezes. Na segunda, seu braço puxou meu pescoço com força, e fiquei apavorada com a possibilidade de ter me machucado, ou a ela mesma. Quando chegamos às dunas, subi devagar e a figura me seguiu, a cabeça tombada para a frente, o cabelo cheio de areia grudado na cabeça. Amorfa — era aquela palavra que me vinha à mente. A figura olhava para baixo, para as próprias pernas, como se nunca tivesse visto pernas antes. Devia estar com muito frio, mas eu não tinha nada para lhe dar. Tudo que podia fazer era levá-la para casa o mais rápido possível.

Quando chegamos ao topo, coloquei o braço dela sobre meus ombros e o meu pescoço estalou, protestando. Ignorei. Era necessário um pouco de dor. Um pequeno sacrifício da minha parte.

A figura cambaleou ao meu lado. Tentei pensar em alguma coisa para perguntar.

— Está tudo bem?

Mas a figura nunca respondia.

— Você sabe onde está?

Silêncio. Os únicos sons que fizera foram os gemidos quando caíra.

Não sei quanto tempo o deslocamento todo levou.

Não era nem assim tão longe, mas parecia que cambaleamos e caminhamos juntos por horas e horas. A noite clara ajudava, e a trilha estava iluminada pela luz fria e branca da lua e das estrelas. Deveria parecer mágico. Mas a magia nunca parecia mágica, como eu aprendera. Era difícil e exaustiva e, às vezes, horrível.

Minhas roupas ainda estavam molhadas, e meus músculos doíam, mas pelo menos estavam se aquecendo agora que já estávamos andando há um tempo. Chegamos à casa dos Grace. Pensei em dar a volta pelos fundos, mas a figura estava tão pesada àquela altura que achei que não ia conseguir ir muito além.

Seguimos até o pequeno arco de pedra que emoldurava a porta de entrada. Apoiei o corpo gentilmente na parede para que não caísse. A figura ficou. Sua cabeça quase esbarrou na parte de baixo de uma pequena bolsa de encantamento pendurada num prego na parede.

Bati na porta.

Bati e bati e bati.

A porta se abriu. Era Fenrin.

A onda de calor que veio de dentro da casa foi o suficiente para me fazer tremer de novo. Eles estavam todos secos e com roupas limpas. Thalia parecia extenuada e estranha sem seu cabelo.

Eles olharam para mim. Eu olhei de volta.

— River, por favor, não volte mais — pediu Fenrin. — Por favor, River. Por favor, nos deixe em paz ou nós vamos chamar a polícia.

Ele estava tentando parecer forte, mas estava com medo.

Se eu não estivesse tão exausta, acho que aquilo teria me irritado muito.

— Eu só trouxe uma coisa para vocês, só isso. E aí vou embora — declarei, batendo os dentes. Puxei o braço da figura ao meu lado, e ela foi banhada pela luz que vinha da casa.

Nua e trêmula, ficou ali.

Dei um passo para trás.

— Isso é um pedido de desculpas, está bem? — expliquei. — Sinto muito por tudo que fiz. Então consertei as coisas.

Captei o olhar de Summer. Ela estava de queixo caído. Seus olhos, arregalados.

A luz e o calor vindo da casa estavam esvaindo minhas últimas forças. Meu corpo se virou para ele. Minhas costas ainda estavam na escuridão. Tudo que eu queria era cair e dormir.

— Vocês disseram que eu não era capaz de fazer coisas boas. — Respirei fundo. — Mas estavam enganados. Vocês estavam *errados*.

— Wolf? — chamou Fenrin. A voz dele tinha ficado estranhamente aguda, como a de uma criança trêmula e perdida. — Wolf? Wolf?

Tudo que ele fazia era repetir o nome.

Wolf não fez nada, a não ser ficar ali.

Eu não era mais parte daquilo. Agora era com eles. Eu me obriguei a virar de costas para ele e caminhar pela trilha. Enquanto eu caminhava, conseguia ouvir as vozes deles, agitadas e em pânico, como pássaros. A porta da frente se fechou com um estrondo. Ele estava lá dentro. Ele estava em segurança com eles.

Eu me abracei. Estava tão frio, e a caminhada de volta demoraria um tempo. Pelo menos eu poderia tomar um banho depois daquilo. Foi esse pensamento que fez minhas pernas funcionarem, um passo depois do outro.

Pensei na minha casa pequena e em como ela parecia mais confortável agora que eu estava voltando para ela. Eu me perguntava se minha mãe estaria preocupada por eu ainda não ter retornado. Eu ia dizer que estava tudo bem.

Eu ia dizer que tudo estava melhor do que antes.

Eu ia dizer que papai talvez não tivesse ido embora para sempre, no final das contas.

CAPÍTULO TRINTA E SETE

No ano novo, começo minha terceira transformação.

Tenho a impressão de que esta é para ficar.

Perco a reunião da escola e estou dez minutos atrasada para a primeira aula do semestre. Entro na hora em que o nosso professor de inglês, o Sr. Sutherland, está discutindo os capítulos dez ao 15 do livro *The Innocent*, os quais eu deveria ter lido no fim de semana.

Ele me olha de cima a baixo e me diz que blusa com ombros de fora não é uma roupa adequada para o ambiente escolar, aí pergunta se eu tenho um casaco. Respondo que estou vestida como alguém que não está nem aí e ganho uma detenção por não obedecer e por responder ao professor.

A turma toda está olhando. A atenção alheia não faz mais com que eu queira me esconder dentro de mim mesma. Sinto os olhos nos meus ombros e no meu cabelo espetado. Eu pareço estranha. Não sou bonita e não sou maneira, mas eu não ligo. Finalmente, pareço exatamente como sou.

Existe um vácuo deixado pelos Grace nesta escola, e eu vou preenchê-lo.

Marcus e eu temos nos evitado. É fácil fazer isso quando se estuda em anos diferentes, e, de qualquer forma, ele raramente está por perto — todos os alunos do último ano estão se matando de estudar para as provas finais.

Eu não falo direito com ele desde a noite da festa. Parte por vergonha e parte porque simplesmente não consegui enfrentá-lo. Às vezes, com Marcus, é como se eu estivesse me olhando no espelho. Eu compreendo todos os pequenos momentos que tiveram que acontecer para ele chegar àquele ponto. Compreendo a sua frustração, sua obsessão e sua raiva. Seja por causa da maldição ou não, existe algo de especial em Marcus. Ele tem conhecimentos sobre magia. Ele viveu próximo aos Grace por muito tempo, muito mais do que eu. Assim como eu, ele foi amado por eles, e, como eu, foi rejeitado por eles. Agora, nós dois temos que aprender a viver sem eles.

Mas isso não significa que precisamos fazer isso sozinhos.

— Por que você quer conversar comigo? — pergunta ele, colocando a bolsa-carteiro na mesa antes de se sentar. Percebo que está tenso. — Se for sobre Thalia, não estou interessado. Acabou. Eu não a vejo há meses. Não vejo nenhum deles há meses. Ninguém viu, não desde que Wolf morreu.

Compartilhamos um olhar de sofrimento mútuo, fugaz e complexo. Desaparece do seu olhar bem rapidamente, cuidadosamente escondido. Eu me pergunto se o sofrimento se demora mais no meu olhar. E me preparo para o que virá a seguir.

— Sinto muito pelo que aconteceu, Marcus — digo. — Tudo que aconteceu com você. Acho que foi muito injusto o que eles fizeram. Mas eles nunca sofrem as consequências. É sempre quem está à volta deles que sofre.

Ele fica me olhando. Sua expressão me diz que ele está tentando me compreender.

— O que você quer? — pergunta ele.

— Mostrar uma coisa para você e fazer uma pergunta.

Ele parece estar em conflito, como se sentisse uma armadilha, mas sua curiosidade se desdobra diante de mim.

Pego minha mochila devagar e tiro um envelope cor de creme. Lá dentro tem um cartão grosso marcado com pequenas sementes e com beiradas douradas, impresso com letra elegante e clássica.

Assim que seus olhos pousam nele, tenho a resposta para minha pergunta.

Por um momento, ele parece confuso demais para falar. Ele fica olhando fixamente para o cartão, mergulhado em pensamentos. Então enfia a mão na bolsa e tira seu próprio envelope. Sem dizer uma palavra, ele saca o cartão lá de dentro e me entrega. É exatamente igual ao meu.

Está escrito:

A família Grace & a família Grigorov
Têm a honra de convidar
Marcus Dagda
Para a festa de boas-vindas de
Wolf Grigorov

Olho para Marcus.

— Você também recebeu — digo.

Ficamos nos olhando.

— Que se danem eles todos — diz ele com uma onda repentina de selvageria. — Não sei qual é o jogo deles agora, mas para mim chega. Eu nunca mais quero vê-los.

É óbvio que ele não está sendo sincero.

— Marcus — chamo, e o tom da minha voz faz com que ele olhe para mim. — Você acredita em magia?

— O quê?

— Você acredita que algumas pessoas conseguem fazer coisas que outras não conseguem? — pergunto, paciente.

Seu corpo está tenso. Os olhos, alertas. Mas eu sinto a mudança sutil nele. Sua essência carvão-negro inclinando-se em direção à minha essência carvão-negro, esperançosa.

— Acredito — responde ele, por fim. — Você vai me tratar como se eu fosse louco por causa disso?

Meu sorriso é sincero.

— Não. Porque eu tenho uma coisa para contar para você.

E eu conto tudo para ele.

Relato cada detalhe, tudo do qual consigo me lembrar. Todos os momentos que causei.

Conto a ele sobre a morte de Wolf.

Isso dói, mas parece vergonhosamente bom também, como se eu estivesse removendo um espinho negro venenoso que passara muito, muito tempo fincado em mim. Eu espero para ver a repugnância em seu rosto, mas tudo que vejo são sobrancelhas franzidas, como se estivesse confuso.

Conto a ele sobre meu pai e sobre Niral. O engasgo de Esther e seus potes de barro. A perna de Jase.

E Wolf novamente, ressuscitado. Aqui novamente, vivo. Vivo. Aquilo tinha sido eu. Ele está vivo, e tinha sido eu. Estou bem agora. Não sou estragada e não estou errada porque, finalmente, consigo reverter.

Vejo o rosto dele mudar de total descrença para outra coisa.

— Então? — pergunto por fim.

Este é o teste dele. Será que ele percebe?

Marcus se remexe.

— Então o quê?

— Você acredita em mim?

Ele faz menção de falar e desiste. Abre a boca outra vez.

— Sinceramente?

— Sinceramente.

— Eu não sei. Acho que isso foi uma das coisas mais loucas que já ouvi.

Tudo bem. Sei como ele se sente — eu tinha levado a vida toda para aceitar aquilo.

— Eu me lembro daquela noite — disse ele, de repente. — Da noite da festa. Por um segundo, eu achei... Realmente achei que tinha sido você que havia quebrado os vasos. Você estava com tanta raiva, e eles simplesmente... estilhaçaram. Mas eu estava bêbado. Fiquei achando que eu tinha só inventado aquilo tudo.

Prendo a respiração.

Seus olhos encontram os meus.

— E você está me dizendo que Wolf está vivo de novo. — Ele tocou as bordas do seu convite. — Que isto, isto... é real. E aconteceu por sua causa.

Fico em silêncio, esperando. Eu não vou pressioná-lo.

Ele se recosta, balança a cabeça. Suspira.

— Eu não sei. Adoraria acreditar que tudo isto é real. Seria incrível. Mas eu não sei.

— Você não precisa saber — asseguro. — Ainda não. Eu entendo. Só quero sua ajuda. Só isso.

Fico observando enquanto ele se recupera do último golpe.

— Ajuda com o quê?

— Ajuda para entender. Você sabe muito mais sobre esse tipo de coisa do que eu.

Ele fica pensando no assunto. Eu me pergunto se ele percebe todas as coisas que estou pedindo implicitamente. Estou pedindo mais. Estou pedindo a amizade dele. Estou pedindo para não estar sozinha naquilo.

Ele percebe. Seus olhos estão pensativos quando voltam ao meu rosto.

— Eu gostaria disso — responde ele. — De ajudar.

Aquele velho brilho começa a abrir suas asas no meu peito, mas eu o controlo antes que possa ir longe demais.

Uma última coisa.

— Suponha que, no decorrer do tempo, você descubra que sou real — digo suavemente. — Apenas suponha que tudo seja verdade. — Você teria medo de mim? Você ia querer me deter?

— Medo? — Ele me olha, surpreso. — Claro que não. Eu acharia que você tem o dom mais incrível do mundo. Eu acharia que você tem muita *sorte*. O que foi? Por que você está sorrindo assim?

— Nada — digo, balançando a cabeça enquanto meu coração bate feliz, feliz. — Nada mesmo.

Meu olhar pousa nos nossos convites, brilhando como ouro na mesa.

Quando olho de novo para Marcus, ele retribui, e posso ver o que ele está pensando.

— Acho que devemos ir à festa. — Minha voz é ardilosa.

Ele solta um suspiro curto e duro.

— Ai, meu Deus.

Mas ele não discorda.

★

O sofrimento é meu novo amigo.

Eu costumava achar que meu torpor seria minha salvação. A ausência. Se você não ligasse, ninguém poderia magoar você, e você continuaria com poder. Agora estou começando a entender que o sofrimento é mais poderoso. É o sofrimento que me impulsiona. Enquanto eu estiver motivada pelo sofrimento alheio, posso fazer qualquer coisa. Um passo de cada vez, cada vez mais forte, alimentando-me de sofrimento até que eu possa tornar o mundo um lugar melhor. O tipo de lugar que deveria ser. Quem diz que você deve aceitar o jeito como as coisas são? Qualquer um que já teve algum papel na história da humanidade nunca aceitou isso.

Tenho um propósito neste universo, agora, e estou abraçando-o.

Eu sou o que você se torna ao decidir que o que você é se revela bom o suficiente. Estou cansada de tentar ser menos. Eu não me pergunto mais se algo como eu deveria ter permissão para existir.

Eu existo. *Eu existo.*

Eles acham que sou poderosa?

Mas eles ainda não tinham visto nada.

AGRADECIMENTOS

O fã-clube original ganha o primeiro viva — Caitlin Lomas, Sally Felton e Nick Coveney. Reviro os olhos quando vocês gritam, mas me sinto secretamente desconcertada e lisonjeada por vocês continuarem me apoiando de modo tão barulhento. Muito obrigada. E sim, vocês podem fazer crachás com a minha cara estampada, se quiserem. É muito, muito estranho, mas vou concordar.

Para todos os bloggers e booktubers que têm sido tão descaradamente eloquentes sobre *Os Grace* — espero que todos vocês saibam que o seu apoio incansável significa muito para os autores. Vocês realmente fazem a diferença, e não apenas para nós, mas para os livros e para as palavras como um todo. Obrigada.

YA London Massive — Juno Dawson, Amy Alward, Kim Curran, James Smythe, Tom Pollock, Will Hill. Que a sexy luz negra da nossa pequena rede nunca se apague. Abraços.

Samantha Shannon, Katie Weber, Alwyn Hamilton, Melinda Salisbury — vocês são incrivelmente talentosas e fazer parte dessa turma é a coisa mais legal do mundo. Obrigada pela amizade.

Sam Copeland — esse foi divertido, né?! Obrigada por manter a calma. Além de provavelmente ser o agente mais pé no chão que uma garota pode querer, você é também meu amigo.

Alice Swan e Anne Heltzel — vocês formam uma dupla incrível, cuidando dos surtos dos autores com uma calma fabulosa. Sem a sua defesa entusiasmada, *Os Grace* não estaria aqui. Obrigada por assumirem esse risco.

Naomi Colthrust — você fez algo incrível segurando as rédeas aqui. Obrigada pelo trabalho duro que fez com que tudo parecesse tão fácil.

Para todo mundo na Faber e na Abrams — livros não chegam muito longe hoje em dia sem um gigantesco suporte da editora desde o início, e vocês são o sonho de um autor virando realidade. Obrigada por trabalharem tanto em benefício dos Grace.

Minha família — britânica, francesa e grega —, por ser maravilhosa e, ai meu deus, excêntrica tantas vezes. Eu não consigo imaginar a vida sem meus familiares. Eu não quero imaginar a vida sem vocês.

Ioannis — por tudo. Para sempre.

Este livro foi composto na tipologia Plantin
Std, em corpo 11/16, e impresso em
papel off-white no Sistema Cameron da
Divisão Gráfica da Distribuidora Record.